汉风烈烈 5

清秋子 著

河南文艺出版社
·郑州·

目　录

一

初登銮殿
尚无为

文帝后元七年（前 157 年）夏六月，初一这日，长安未央宫内，宫人们无不神色张皇，都知当今皇帝卧病不起，药石无效，怕是挨不了多久了。

　　中庭御道上，多日未有帝辇经过，颇显寥落。偶有麻雀落下，也嫌日晒难当，都是旋落旋起，一副神不守舍的样子。

　　至正午，蝉鸣如织，越发聒噪得令人焦心。文帝寝殿外，宫女、宦者无言肃立，看似忧伤，实是疲累得耐不住，挨过一刻是一刻。正各想心事间，忽闻室内哭声大作，有如渠水出闸。众宫人猛一惊，都睁开眼，心中暗暗舒了口气——"总算是驾崩了！"

　　片时过后，便有慎夫人、尹姬等后宫姬妾，闻讯奔来，入内与窦皇后同哭，哭声便越发嘹亮。过了好一会儿，哭声稍减，只闻宦者一声高呼，众宫人当即捧着水盆、汗巾、龙纹覆衣、布带、覆衾等，鱼贯而入，为逝者小殓。

　　众人一边入内，一边就看见太中大夫邓通，双目通红，跌跌撞撞奔出寝殿，并无一句言语。

　　自从文帝病倒，内外传达及琐事等，皆由嬖臣邓通一手打理，再无其余人插手。如今他仓皇而出，却不见有任何吩咐，众宫人就甚觉奇怪。再抬眼望望，见太子刘启立在床前，满面肃然，正在恭请皇后等人稍退。宫人们这才明白：皇帝的善后事宜，已由太子接了过去。

忙碌了一个正午，操办完净身、着衣等事，众人又以白布带将遗体绞束，蒙上覆衾。此时，晏驾的文帝仅露出面孔，眉目安详。窦后视力不济，凑近卧床，眯眼看了看，不禁又泪如泉涌，悲呼道："陛下……"众姬妾闻声，跟着又是一番号啕。

这半月来，太子刘启食不甘味，可谓天下心事最重的一人。方才哭声大作时，他只觉天旋地转，大气都难以呼出，然囿于身份，也只得强自撑住，不乱阵脚。待小殓完毕，才觉游魂归窍，略觉放松，遂直起身来，望一眼身旁的詹事①周文仁，吩咐道："速去请太后、丞相来。"

那周文仁年方弱冠，生得唇红齿白，人亦极伶俐，闻令疾步趋出，不多时，便请来了薄太后与丞相申屠嘉。

后晌的半日里，寝殿内外人进人出，忙乱不休。至入夜时分，才见刘启与丞相申屠嘉一左一右，扶着薄太后缓缓出寝殿，送往长乐宫去。嘈杂半日的未央宫，方复归寂静。

黄夜，窦后、太子等诸人，皆换了素服为文帝守灵。寝殿内外，烛炬通明，如同白昼一般。阶陛上下，唯见人影憧憧，竟不似阳间景象，于夏夜里生出一股寒意来。

次日晨，天气欲雨不雨，满天都是阴霾。众臣上得朝堂来，见气氛有异，都惶恐不安。但见丞相申屠嘉走出，一脸凝重，扬一扬手，压住众人喧哗，从袖中掣出一道诏旨来，声音喑哑道：

---

① 詹事，官职名，秦置，西汉沿置。掌皇后、太子家事。

"昨日午时，今上已宾天，诸臣请听遗诏。"

满朝文武不由齐声惊呼，忙整好衣冠，伏地听宣诏。

这道遗诏，系由文帝临终前口授、申屠嘉执笔录成。诏曰："朕承宗庙，以微渺之身登天下君王位，二十年有余矣。赖天地之灵、社稷之福，致海内安宁，无有兵革。朕天资不敏，常畏己过，恐有损先帝遗德。在位既久，又恐不得善终；今幸以善终，当无悲哀。诏令天下吏民，只可服丧三日，不禁嫁娶、祭祀、饮酒、食肉等。入朝赴丧仪者，皆勿用斩衰①，缠头丧带宽勿过三寸，车辆兵器勿覆白布。勿发民间男女入宫哭灵，哭灵各王侯官吏，只旦夕各哭十五声，礼毕既罢。非旦夕之时，不得擅哭。宫内近侍原服丧三十六日者，今七日即可释去。以此布告天下，使吏民知朕意。朕之寝地霸陵，一仍其旧，勿有所改。"

众臣闻诏，虽已知迟早将有这一日，仍不免心惊肉跳。想想这天下，得享二十余年太平，全赖今上宽仁温厚，今日忽闻圣驾崩殂，都不知今后将有何等变数。又闻遗诏所言，竟是令天下臣民"短丧"，于祖制甚是不合，各人便都不安，然也无人敢出一语。

如此静默片刻，人群中才渐起哀声，先有一二人领头，众人随即猛醒，一齐放声哭起来。

申屠嘉亦泪流不止，本也想放声哭一回，然想到百官皆六神无主，宰执决不可自乱，只得强打起精神，拭了拭泪，命诸臣罢朝归家，换了素服，稍晚再入宫来哭灵。

这日，按仪制是大殓之日。众宫人将文帝遗体搬至前殿，布

① 斩衰，古代丧服中最重的一种，以粗麻制成。

好灵座，以供拜祭。

待灵座布好后，前殿已是一派素白世界，哀氛立见。太子刘启上前抱住父皇遗体，不住号哭。宫女扶薄太后在旁垂泪。窦后、慎夫人等后宫诸人，亦是各个满脸哀容，伏地恸哭。

一通哭毕，宦者将遗体抬起，移入金丝楠木棺，众人再哭；随后掩棺，接着三哭。棺盖将要闭合时，薄太后忽地挣脱搀扶，伏棺大恸道："儿啊！难得你事事小心，从不越矩，怎的就走到了我前头？"说着，就要以头触棺。

太子刘启见事不妙，忙唤了一声："太后保重，父皇他……走得还算心安。"随即起身，扶住薄太后，温言相劝。

薄太后抚棺悲泣多时，方才哽咽道："吾儿心事多，他走得实不心安啊！"

刘启、窦后等人无奈，只得又劝慰再三。

待三通哭毕，众人又对着灵座焚香祭奠，各自默祷，将眼泪几乎流干，方告一番礼毕。

此后数日间，京城公卿及百官，皆列队上殿祭奠。未央宫内，唯见一片雪海似的衣冠。逢到朝夕两时，阶陛上下一片哭声；其余时分则静默无声，无人敢擅哭。数日间，外地诸王也陆续赶来，一时间马车辚辚，当街交驰，满城皆是一派哀容。

万民服丧的三日里，四方城乡无不静默，如万物都失了声一般。百姓们白日忙毕，夜来在棚架下纳凉，说起今上驾崩，都连声叹息，对来日未定之数，甚是担忧。

三日后，长安城内各啬夫、里正，联翩巡城，高声告谕百姓，令民间皆解去丧巾，不得延迟。文帝于生前屡次施惠于民，百姓心中感念，都想多服丧几日；然见晓谕严厉，终是不敢违命，便都纷纷除去了丧巾。

待文帝入殓七日后，百官也都脱去丧服。当日上朝，三公九卿簇拥太子刘启，齐聚在文帝灵座前。奉常①朱信跨前一步，撩衣伏地，向刘启报出："臣等遵太子令，议定大行皇帝尊号，曰'孝文皇帝'。乞请太后、太子恩准，颁布天下，永载典册。"

诸臣闻言，神情便一振，随之都伏地顿首，纷纷赞同，请上尊号。刘启见群臣无异议，自是照准。

隔日，群臣又拥刘启至高庙，祭告高帝。一番繁文缛节后，接过玺绶，太子刘启才算是受遗命，袭了皇帝之位，后世称他为"景帝"。

同一日，新践位的景帝即下诏，尊祖母薄太后为太皇太后，尊其母窦皇后为皇太后，又加封阿姊刘嫖（piāo）为馆陶长公主。其时窦太后之兄窦长君已死，便封其子窦彭祖为南皮侯；窦太后之弟窦广国，亦封为章武侯。

此后半月间，除岭南藩王免奔丧外，其余刘氏诸王都已入都，先后哭祭完毕。景帝见丧期已毕，不敢有违父命，便下诏行奉安大典。择了个吉日，亲率文武百官，扶柩至霸陵奉葬。

且说这霸陵，在长安城东南百里开外，灞水之滨，依山而建，高居于白鹿原上，别有一番景致。文帝生前因担心遭后世人盗陵，不在平地起陵，故而霸陵的墓穴乃是凿壁而成。如此，山即是陵，陵即是山，可望千秋而不毁。

奉安之日，王公、百官、侍卫数千人，簇拥文帝棺椁出城。

---

① 奉常，秦置官名，九卿之一，掌宗庙礼仪。汉初更名为太常，惠帝时又改回奉常，至景帝六年，复名太常。

文帝在世时，耽迷神迹，曾有诏，汉家从此尚赤色。如今奉安队伍出城，旗色便是红的，望去遍野如火。

如此晓行夜宿，走了三日，方行至灞水畔。景帝遂下车徒步，率群臣沿陵西大道而上，行礼如仪，场面极是壮观。

鼓乐齐鸣中，景帝立于霸陵之顶，远望新丰一带烟树，浑茫难辨，不觉就出了神。想到高帝创下的这片河山，从此将担在自家肩头，福兮祸兮，实不可测，心中总觉忐忑。

梓宫下葬之时，群臣一片哀声，与文帝作阴阳永隔之别。文帝生前近宠邓通，更是哭得昏天黑地，倒地不起。

景帝礼毕起身，回头一瞥，见群臣正围住邓通劝慰，便也未言语，挥袖令人将他扶走。

炎天暑日里，一番大典完毕，君臣都觉疲惫。归途上，景帝亲点丞相申屠嘉为骖乘，一路无语。望见长安覆盎门之时，景帝才侧首望了望申屠嘉，叹息一声："今日事，总算是毕了，愿天下安泰如故。"

申屠嘉白发皤然，满面沧桑，闻言却微微摇头道："陛下，孔子曰：'其或继周者，虽百世可知也。'圣贤之言，总有它的道理。无论君臣百姓，今后若不循周礼，则天下未必能安。"

景帝颇觉惊异，回望申屠嘉一眼，稍后淡淡答道："丞相说得是，儒学之道，朕亦略知一二。"

申屠嘉见景帝不悦，忙辩白道："老臣乃弓弩手出身，岂知儒学之道？蒙文帝厚恩，领班朝堂，久了，少许有所耳闻。"

景帝也未加理会，只是一笑："朕也想从周礼，然有太皇太后在，吾力有所不及。想从周礼，却是心急不得呀。"

申屠嘉面色略略一暗，便又道："陛下即位，似应早立太子，大统相承，以告中外，也好安定人心。"

景帝于太子一事，另有打算，又不欲外人知晓，便敷衍道："这也心急不得。我正盛年，未立太子，难道大统便不稳了吗？"

申屠嘉见话不投机，只得拱手谢罪："是老臣多想了。"

少顷，景帝想起方才邓通情形，便道："那太中大夫邓通，无德无识，以吮痈而得宠，如何做得了文官？"

申屠嘉回道："文帝用他，实是用人有误。"

"向在朝中，邓通恃宠妄为，不守礼法，丞相可将此人除掉。"

申屠嘉并不知景帝与邓通的过节，闻言一惊，忙应道："文帝在时，臣亦素厌邓通所为，曾当面训诫。然其劣行，无非是恃宠，免官也就罢了。若问罪至死，则有损文帝脸面，朝野不免有议论。"

"丞相倒是仁慈，朕却不想饶过此竖！"

"臣明日即罢其职、追夺先帝所赐铜山，令其归乡就好。"

景帝感慨道："父皇虽圣明，然诸事千头万绪，总有看顾不到的。你我君臣，今后要来补救。"

申屠嘉心中一凛，连忙然诺。

说话间，车驾已近覆盎门，君臣两人迎风凭轼，眼望着道旁杨柳依依，各想心事。

如此，景帝顺利登大位，由夏入冬，一晃数月，倒也平安，堪堪就迎来了新年。当年十月，循例改元，因景帝在位时曾三次改元，故自本年起，史称景帝前元之年。

新年伊始，景帝便有诏书一道，下给御史大夫陶青。诏曰："孝文皇帝临天下，通关塞，远近无别；除诽谤，去肉刑，赏赐长者，抚恤孤独，以育众生；减嗜欲，不受贡献，不为私利；废株连，不诛无辜；除宫刑，放先帝美人①归家。凡此种种，皆上古帝王之所不及，而孝文皇亲为之。此厚德，如日月之明，祀庙礼乐亦当与之相称，应以高庙、惠帝庙奏乐舞为例，为孝文皇帝庙作昭德之舞。如此，祖宗之德方可传于万世，永永不穷。奉常可与丞相、列侯、礼官等议妥文帝庙礼仪，具文奏上。"

陶青接旨后，不敢有所怠慢，连忙去找申屠嘉等人商议。

数日后，众人议罢，将文帝庙乐舞礼仪一一拟定，入朝呈给景帝。

景帝接过，略一浏览，露出多日不见的笑颜来："好，合当如此。"

此时，申屠嘉又高声进言道："今臣等有议：汉兴至今，万里晏然，功莫大于高皇帝，德莫大于孝文皇帝。应尊高皇帝为太祖，孝文皇帝为太宗，今后天子，宜世世祭祖宗之庙。四方郡国，天下凡高皇帝临幸处，均已建有高庙；今后凡孝文皇帝临幸处，也应有太宗庙。令所在诸侯王、列侯每岁祭祀，不忘祖宗盛德。望陛下恩准，布告天下。"

景帝略一迟疑，打量了申屠嘉一眼，方道："丞相老成，此议当出于至诚，朕焉有不准之理？然立庙不得扰民，太宗庙成之日，群臣亦不必朝贺。"当下，便命丞相府拟诏，颁布四方。

诏令颁下，四方皆服。天下百姓至此时，已看了数月，心稍始安，知新帝有心承继父业，不至于另起炉灶。

---

① 美人，汉宫后妃八品等级之一。汉袭秦制，后宫秩分八品，即皇后、夫人、美人、良人、八子、七子、长使、少使。此处泛指后宫姬妾。

如此，文景两代的更替，竟是波澜不惊。不觉间，景帝前元元年（前156年）春季已至。四月间，风调雨顺，万物勃发，百姓都觉是天意照拂。景帝心中也高兴，为改元之庆，特下诏大赦天下，广赐民爵一级。

这"赐民爵"一事，最易博得民心。汉代爵位共二十级，从庶民至公卿不等，平民亦可有爵位。爵位可卖与他人，亦可抵罪。广赐民爵一级，无爵者便有了爵位，有爵者则晋升一级，无籍流民也可因此而受惠，变身为庶民。

至五月又有诏下，承文帝遗旨，实施农田减租一半，将"三十税一"推至各地乡里。

四方百姓闻诏，无不欢踊。圣旨虽未允"大酺三日"，邻里私下之间，却是多有悄悄聚饮的。父老们无不慨叹：汉家开辟五十年，终是等到了太平盛世。

岂料，朝野臣民正在额手称庆间，忽有一日，长安百姓竟望见骊山那边有警，各烽燧之上，竟是黑烟滚滚，冲天而起！

原来，是军臣单于欺景帝新即位，猜汉家无暇旁顾，便出动胡骑南犯，杀入了代国境内，劫掠地方。景帝阅过边报，不禁怒从中来："匈奴欺我无人乎？"当下，便想起了父皇遗嘱，欲用周亚夫为帅，统兵北征。

这日天气晴好，景帝照例来至长乐宫，向两太后请安。自改元之后，窦太后已迁至长乐宫，与薄太后住在了一处。景帝见母后正陪着薄太后闲坐，语多欢洽，便也无心久坐，匆匆问过几句，就起身欲退。

薄太后却一扬手，唤道："慢！孙儿来去匆匆，心神不宁，莫不是有了大事？"

景帝只得复又坐下，恭谨答道："正是。 边地有警，胡骑又犯我代国。"

"哦？ 才逢春日，如何胡骑也来作践了，他兵马多乎？"

"区区小股，然欺人也未免太甚。"

薄太后不觉一笑："是欺你新君践位，不知如何掌兵吧？"

景帝恨恨道："正是如此。 孙儿不才，拟拜条侯周亚夫为将，统兵去北边杀他一回。"

薄太后一惊，敛起笑容，不以为然道："这又何必？"

景帝不禁将眼睛睁大："祖母之意，是令我忍了？"

窦太后此时插言，叱责道："此为大事，你好生听祖母教训！"

薄太后这才缓缓道："匈奴为小股胡骑，又并非秋犯，或是熬不过春荒了，前来打劫一番，我又何必劳师动众？"

"我若不理，那边地军民，却是要受苦了。"

"这个不难！ 你父是如何做的，你便如何做就好。"

景帝眉毛一挑，脱口道："祖母是教我和亲？"

"和亲有何不好？ 自高帝和亲以来，匈奴虽时有袭扰，然终未成大患。 那么和亲之计，便是妙计，不可轻易更动。"

"儿臣是怕：此次为他所欺，那混账单于，便要欺我一世。"

"焉有此理！ 来日若匈奴逼得紧了，再用周亚夫不迟。"

景帝闻此言，一时便默然不语。

窦太后见此，忍不住又责备道："你生长于深宫，从未掌过兵，莫说本事不及高帝，即便比起你先父来，亦多有不及。 如今新承大统，当以不生事为上。 还是听祖母之言，以黄老之术应万变，莫去学那班儒生，做事迂腐。"

景帝仰头想想，颔首道："祖母与母后所言，确是高明，儿臣这便去布置。"

薄太后这才微露笑意，又嘱道："汉家已非初立，单于当知轻重；我若有诚意，他也必不欺我。孙儿所遣和亲使者，品级不可低。"

此后，景帝果然忍下了一口气，遣御史大夫陶青赴漠北，厚赐重礼，与军臣单于约好，汉匈再次和亲。只不过，眼下诸公主尚年幼，三年后，当送公主一名嫁与单于。

那军臣单于得了面子，甚是得意，遂对陶青开颜一笑："你家新帝，倒是颇知礼。也罢也罢！我就准了他吧。"其实，他也知景帝虽新践，汉家武备却一如从前，不便轻易启衅。加之线报早已探明，景帝脾性不似文帝温文，昔年一怒之下，竟能将吴太子击死，若真惹怒了这位新帝，两家输赢如何，真还难说。于是下令撤兵，命各部不得轻犯汉境。自此，前元年间，匈奴便再无一骑南下了。

回头再说景帝临朝，对东宫两位太后颇有顾忌，故而举止谨慎，万事都从简，不令大小官吏事过繁剧。朝臣见此，心中原有的忐心，便都放平了，无不庆幸文帝有眼光，任用了晁错为太子家令，将储君调教得好。

大臣中唯有一人，心里却惴惴不安，这便是张释之。

张释之脾性骨鲠，是个拗直的文法吏。前文说过，刘启做太子时，曾与故梁王刘揖一同乘车入宫，车过司马门，脚下一懒，未依禁令下车步行。时张释之为公车令，专掌司马门出入，不单阻挡住刘启兄弟不允入内，还上书劾奏了刘启一本。

此事由薄太后转圜过去，太子刘启也认了错，并未起波澜。

其后，张释之位至九卿，做了七年的廷尉，直声满天下。 文帝恐他位高招祸，早早便罢了他的职，令他闲居，仅备顾问，算是功成名就了。 然时势更易，当年的太子熬成了皇帝，张释之心下便感不安，怕新帝记恨当年之事。

新帝即位之日，众臣朝贺，张释之纵是见惯了场面，也忍不住拿眼去瞟景帝，察言观色。 景帝那边，反倒是不见有何异常，偶遇刑律事有不明之处，还遣人向张释之询问。

如此挨过几日，每日悬心，张释之终是不能忍，不由就想起一个人来。

此人姓王，名禹汤，乃一布衣隐士，世人皆称王生。 早年曾师从黄石公，后归隐于终南山，躲避秦乱。 待汉家定鼎后，为生计之故，偶或亦下山来，在长安城内走动。

王禹汤精通黄老，又富辩才，京中公卿多半慕其名，愿折节与之交往，一时门庭若市，脱不开身，索性就在城内买屋住下了。

王生之名，在京都渐渐传开，文帝也有所耳闻。 其时文帝正痴迷方术，便下令召王禹汤入朝面询。

廷对当日，王禹汤所言倒也平常，其间却有一事哄传朝野。那日，王禹汤受文帝恩准，端坐于廷中，白髯垂胸，貌似神仙。三公九卿见了，无不毕恭毕敬，环坐其侧伺候。

文帝望着王禹汤，也是呆了，心想黄石公所授之徒，真是各个丰神俊逸，便恭敬道："先生大名，不只传于闾里，连朕这宫墙也挡不住了。 今日先生来此，请不必顾忌，可以放言黄老。 长安高士阴宾上，亦常入宫，为朕讲解黄老。 惜乎朕学无长进，唯愿洗耳恭听。"

"呵呵，阴宾上兄，老夫同门也。 当年在谷城，黄石公所授篇什，阴兄当场便可领会，老夫则远不及。今闻阴兄又成帝师，便不敢攀旧谊。陛下若愿听老夫闲话，老夫便从谷城说起……"

正说到半途，王禹汤瞥见自己袜绳松了，便自嘲道："吾老矣，鞋袜都着不齐整了。"遂左右看看，一指张释之道："张廷尉，请为我结好袜带！"

时众公卿皆大惊，文帝也感愕然，却见张释之神色不变，上前跪下，为老人将袜绳系好。

文帝便拊掌笑道："今日里，朕竟能亲见世间高节！"

罢朝下来，有大臣冯敬往访王禹汤，提及此事，颇感不解："先生不似刻薄之人，如何当廷折辱张廷尉，令他下跪结袜？"

王禹汤捋一捋白须，缓缓答道："张廷尉，天下名臣也。其为人无私，法不阿贵，刑无等级，致天下刑名事清平公正，草民不生事端。汉家安固，张廷尉可谓有首功，为吾所敬重。然吾一布衣也，人老且贱，不能从旁助他一二，故而出此计。"

冯敬更是大惑："先生如此，岂不是坏了张廷尉名声？"

王禹汤仰首一笑："这你便不懂。廷尉若为太子跪地结袜，则其名必是不堪，为世人所笑；而今，他甘为布衣老叟结袜，岂不是大大的美名吗？天下人若知之，焉能不敬！"

冯敬立时醒悟，大为信服，此后逢人便讲。朝中诸公闻听此说，都尊王禹汤为大贤，而益发敬重张释之。

有了这一番邂逅，张释之也有心结交王禹汤，自此两人成为莫逆，过从甚密。

彼时张释之受文帝重用，权倾一时，得罪人甚多，心中也知福祸之道无常，略感畏惧，于是愿听王禹汤讲些黄老之术，以谋如何避祸。

景帝继位，今非昔比，张释之自然要求教于王禹汤。 这日，张释之沐浴一番，乘车登门，来拜见王禹汤。 王氏居所，在长安城西交道亭市，四周一片车马辐辏，其屋所在，却是闹中取静。入深巷五十步，即是柳荫垂地，绿意中俨然有一茅屋，篱墙上花木繁盛，恰似乡野。

车方停住，王禹汤便闻声而出，推开篱门，笑道："料定你此时要来了。"

那王禹汤久居长安，公卿见得多了，知其虚实，并不以公卿为尊。 见了张廷尉，直如邻里相见，也不特别巴结，只含笑揖过而已。

张释之令随从在门外等候，自己随王禹汤进了篱门，在院内坪地坐下，将一番心事讲了出来，问王生有何见教。

王禹汤听了，并未立刻对答，只放松了腿脚，箕踞而坐，笑道："原来是小事，又何必如此郑重？ 老夫便不拘礼了。"

张释之看到王禹汤脚上布袜，想起当日事，便也一笑。

王禹汤会意，连声笑道："当年足下与我，算是有结袜之谊；今日你来问计，老夫自是知无不言。"

张释之叹息道："今上初即位，行事峻急，不比文帝宽仁。 在下当年值守司马门，正在风头上，未想到拦了太子，便是逆了日后的龙鳞。 如今新帝继位，若究起往事来，恐将大祸临头。"

王禹汤拈须想了片刻，才道："闻足下所言，今上似并无问罪之意，足下便不必惊恐。 然君臣之间，既有过节，若都不说破，日久必生芥蒂，不可不防。 老夫劝你，还不如直截去谢罪为好。"

"去谢罪？ 无乃太过突兀乎？"

"今上昔为太子，受足下折辱，岂能不耿耿于怀？ 你今日说破此事，便是示人以无所惧。今上即便有心责罚，也必有所顾忌，总不至于要你的性命了。"

张释之这才恍然大悟，连忙叩首道："谢先生救我一命。"

王禹汤笑着摆手："哪里。老夫只是想：天子乃贵人也，不似卖浆屠狗者流，岂能睚眦必报？老子曰：'兵强则灭，木强则折。'你今日先行谢罪，反倒可以得个生路，不至折损干净。此一节，尽可放心。"

张释之心中有了数，连忙致谢。想想不胜感慨，望着眼前的竹篱茅舍，忽然心生羡意，便道："王生大名满长安，俨如布衣公卿，却能淡泊至此，实是高致。在下闲居多年，屡有应酬，想如此隐于市，却是不能。"

"呵呵，张公谬奖了，老夫哪里有甚么高致？我不事声张，实是有所忌，无非怕招祸而已。虽是仁君治世，也大意不得。数十年来，凡张扬者，几个有好下场？周勃入狱，薄昭赐死，新垣平伏诛，还见得少吗？"

张释之闻此言，心中一惊，便也无心闲聊了，匆忙起身告辞。

隔日，便依王禹汤之言，至北阙叩门，请入朝觐见。少顷，谒者便来回话，说今上有请张公。

张释之闻景帝并未拒见，心头才放松，疾步趋上殿，摘去头冠，伏地叩首道："臣张释之见过陛下，今日来，是为谢罪。当年臣下入值宫禁，于司马门前，曾冒昧拦阻陛下乘舆，实为大不敬。望陛下据实责罚，臣不敢有半句怨言。"

景帝正不知张释之有何事求见，闻他提及旧事，倒是出乎意料，怔了怔，方勉强一笑："张公不提，朕倒险些忘了。当年你为公车令，拦我车驾，实是职分所在。春秋楚庄王便有'茅门之法'，太子车马犯门禁，连御者都要斩了。张公往日，尚远不及楚庄王。快请平身，无须再提旧事了。"

张释之只是不起，又叩首道："彼时臣初入宫禁，位卑而气盛，倚仗文帝宠信，处处卖直，陛下今日正当责罚。"

景帝便面露不豫之色："你越说越不好听了，甚么卖直？耿直之气，臣子总是要有的，朕若不容，便是朕之过。你可一仍其旧，秉公直言，不可令朝野有所议论，说朕不喜直臣。"

张释之这才松一口气，知无性命之虞了。然稍后返归府邸中，回想景帝辞色，仍捉摸不透，心中总是惴惴不安。

其所担忧，也并非无由。谢罪才过去数月，景帝忽然就有诏下，令张释之赴淮南国为相，去辅佐无足轻重的淮南王。

接旨之日，张释之心中一凛，知今上并未释旧日之嫌，这是要逐他出长安了。想当年自己为文法吏，正受文帝宠信，儒生贾谊却受猜疑，便是这般被逐出长安的。如今风水流转，竟轮到自己被逐了。

愤懑之余，也只得忍下，自叹躁进之时只顾逞强，不懂得留后路，不算是个聪明人。

临出都门那一刻，想起王禹汤之言，张释之不由就叹："幸而王生救我，否则今日，或是绑赴东、西市也未可知。"行前曾起意，想与旧僚痛饮一场，又恐为今上察知，怪罪下来，于是作罢，带了家眷悻然出都。

此时的淮南国，已不是往日大国，早割出去了过半，仅留十五县，封给了淮南厉王刘长的长子刘安。张释之以原九卿之尊，外放此地，与贬谪也无甚分别了。

且说那淮南王刘安，脾性与乃父大不相同，心思缜密，素怀大志，不喜狗马游猎，只喜读书鼓琴。其父厉王刘长，当年因谋反被诛，此等剧痛，只被他深藏于心。自十五岁起，即受封为淮南王，迄今已有九年。其间，只是广招贤士为宾客，聚议文学；又召来一群方术之士，一同炼丹。如此韬晦，实是暗自打定主意，要重耀门楣。

这日，张释之千里驰驱，风尘仆仆进了淮南国都寿春，便有淮南王所遣郎中令前来，迎请张释之入王宫，为之接风。

当年淮南厉王刘长犯事，文帝严命五公卿会审，主审之一便是张释之。当日会审，五公卿担心刘长日后报复，便不顾文帝本意，串通一气，从重判了流徙之刑，致厉王在途中绝食而死。如今面对厉王之子，张释之早已无当年威风，不免面露尴尬。

刘安将张释之延入宫中凉亭，不分宾主，相对坐下。亭外，可见淮南王宫，有无数白墙瓦屋，掩映于竹林间，极之清雅。

张释之正在观赏，刘安便笑道："我这里，从未有朝中重臣来过，阁下是头一人。"

张释之闻此言，心中一怔，不禁多了些忐忑。

好在刘安似是全不记得往事，席间对饮，只议论刑名事。且言谈间，对张释之当年断狱，多有赞语。

酒过三巡，张释之见刘安知书达理，无所不通，不由心生敬佩。却不料，刘安又斟上满杯，一饮而尽，忽就脱口道："阁下当年断狱，铁案如山，从无冤错，可还记得十七年前事？"

十七年前，正是厉王暴卒之日。张释之脸倏地就涨红，结巴了两声，方说道："这个嘛……令尊当年，无非任性不羁，实无死罪，全怪县吏疏忽。臣于此事，也是耿耿于怀，曾奉旨查办沿途渎职者，杀了许多人。"

刘安却摆摆手道："家父之事，不提了。臣僚之生死，君王一言而已。然阁下为廷尉七年，生杀予夺，皆以一语而断，无须先报天子。就天下刑名事而言，张廷尉之权，岂非大过了天子？"

张释之立时惊惶，连忙伏拜道："万万不敢！臣也知职分所在，不敢枉法。"

刘安便一笑："一人识见，终有不足，非干枉法不枉法。寡人也知阁下忠直，并无过错，然何以为今上所不容，外放到了敌国来？"

张释之便语塞，脸面上红白不定。

刘安见此，拿过张释之案上酒杯，亲自为他斟满一杯，劝酒道："阁下请饮。家父获罪时，正是弱冠年纪，恰如我此时一般，若不获流刑，或可以庶民身份而善终。理虽如此，我却是七岁即丧父，不得尽孝道。至今思之，仍不能释怀。窃以为，一人独断，对错便由不得他一人，不知阁下以为然否？"

这一席话，语带机锋，却又并未点破。张释之听来，句句锥心，只觉无地自容，连忙伏地稽首，几欲泣下："大王责备得是！臣下自以为无私，却是暗怀私心。于今受谪来此，便是报应，愿听大王处置。"

刘安却挥挥袖，一笑了之："阁下快请平身。今日接风，寡人也是要表明心迹。你是朝廷遣来，统领众官，一切依律行事。寡人读书二十载，规矩还是懂的。今后诸事，你我两不相犯就是。"说着，便命左右端上一道美馔来，以箸指点道："此乃寡人炼丹时偶得，阁下请尝。"

张释之一脸茫然，见盘中物似肉醢状，便以羹匙掬来尝了，惊问道："此是何物？如此美味！"

刘安笑道："此物以豆菽为料，加以盐卤制成，寡人取名为'豆腐'，为天下未有之美味。"

"果然鲜美，大王有口福。"

"呵呵！寡人以为，人若未食豆腐而死，是为至憾呀。"

此番宴请，张释之耳闻目见，知刘安城府甚深，遂心生敬畏，不敢大意。于此后，在淮南任上，唯有循规蹈矩，再无所施展。公职闲时，想起当初在朝时，只觉得心痛。一心为天下执法者，竟不得好报，君臣之间的事，实在是说不得了。如此郁闷日久，忽一日，竟病殁于任上，这已是后话了。

且说景帝贬走张释之，内廷外朝都有些议论。这日，景帝依例至东宫，向太皇太后及太后问安。至薄太后处，见薄太后因丧子之痛，已几近盲目，卧于床上，不能起身。问过数语，方能答上一句。

景帝见了，不由得伤感，连忙好言安慰。薄太后痴望屋梁良久，只呢喃道："你父皇不敢弃黄老之术，万事淡泊，方有二十三年安稳，你也须谨记。"

景帝忙答道："孙儿已知，绝不敢违。"

稍后转至窦太后处，见阿姊刘嫖也在。窦太后目力亦不济，几近半盲，便将长公主刘嫖接来宫中，贴身伺候。平日由刘嫖搀扶，倒还能走动。

景帝问过安，窦太后忽扯住他衣袖，蹙眉道："近年天下安稳，讼事清平，全赖张释之打下了好底。你父皇也赞：'张释之为廷尉，天下无冤民。'原以为改元之后，九卿换人，要起复张释之，不想你却将他逐走，今后将如何治天下刑名？"

景帝连忙揖道："母后问得好，刑名之事，须得忠直之人担当。儿臣夹袋中，早有合意人选。"

"张释之桀骜，不用也就罢了，只怕旁人不能令天下心服。"

"非也，世上人才，非止一人。向日儿臣为太子，属下侍臣张欧(qū)，便擅治刑名，为人又简素，不事苛求，僚属皆敬重。以张欧接任廷尉，为万全之计。"

"我只知太子太傅石奋，恭敬勤谨，倒不知还有个张欧。那石奋，不可为廷尉吗？"

"石奋为人固无瑕，然太过拘谨，一向管束我甚严。今儿臣登大位，若用师傅为九卿，又教我如何驱遣他？先帝生前，已擢吾师为大中大夫，儿臣并未忘恩，另外安排他就是。"

"哦，倒也是！那张欧，做事干练便好，然不知是何等来历？"

"乃是高帝时安丘侯张说之子，初在儿臣身边为吏，行事稳重，有长者风，从未贬抑他人。僚属亦尊他为长者，不敢有所欺瞒。太子宫上下凡涉刑名事，皆由他一手办理，从无冤错。"

窦太后面露微笑道："唔，那便好。启儿初登大位，用人谨慎就好，不可令躁进之徒近身。"

景帝便又道："儿臣即位，总要令群臣振作，九卿此次换人，不止廷尉一职，连带郎中令①、宗正、中尉，都要起用新人。否则，老臣们因循惯了，新帝之言便无人听。"

窦太后点点头道："如今天下承平，换些新人来试手，也好。

---

① 郎中令，官职名，秦置，汉初沿置。主掌宫廷侍卫。属官有大夫、谒者、诸郎及宫禁卫士，为九卿之一。

那郎中令，执掌宫禁权要，须得小心，你打算换何人？"

"便是儿臣旧属周文仁。"

"周文仁？是那个白面郎吗？"

"正是。此人虽年少，已随我多年，定然可靠。"

窦太后闷哼一声，便不言语。

却说刘嫖为人，心机虽多，却也颇念旧，此时忍不住说道："你换九卿，也就罢了，如何将邓通也免了官？那邓通，人还忠厚，父皇生前所倚赖者，无过于此人，如今无故而罢免，总要顾及父皇颜面。"

景帝素来敬畏阿姊，此时又不好提起旧事，便道："那邓通，以布衣入宫，仅有薄技，却因擅逢迎，竟官至太中大夫。天下有学识者，皆嗤之以鼻。免官，也是为保全他。"

"父皇赐他铜山，如何也夺去了？"

"想来阿姊亦知，邓氏钱遍及天下，即是夺去了铜山，邓通之富，人间也再无第二，阿姊不必担心他受穷。"

窦太后此时打圆场道："你姐弟二人，不必再争。邓氏之富，连我身边近侍都垂涎。他虽罢归，好歹还是富家翁，就任由他去吧。"

景帝躬身扶住母后，应道："朝中人事，儿臣自当谨慎；无道理的事，自然不做。"

"如今启儿登位，无波无澜，真乃上天眷顾了，不似你父皇当初那般惊心。你既坐稳，便不能忘兄弟，要多顾些武儿才是。"

景帝便笑："梁王在睢阳（今河南省商丘市），活得自在呢，与儿臣时有书信往还。"

窦后又执起景帝之手道："你兄弟二人，生于板荡之时，幼年多不安。 能有今日，实属不易，务要相帮相扶。 你命好，做了皇帝，也不要令你弟太过冷清。"

此时，斜阳照亮廊下，满庭海棠，炽如焰火。 景帝忽就想起幼年，与幼弟绕父皇膝下玩耍，是何等快活，心中便起感伤，忙对母后连声然诺。

数日之后，张欧接了廷尉职，入朝觐见。 景帝见他神色略显惶恐，便温言嘱道："你以太子旧臣晋升九卿，固然突兀，然群臣亦不敢有所非议，只管放心去做。"

张欧答道："臣并非忌惮群言，只是唯恐蹈前人覆辙。"

景帝这才知他心事，便劝勉道："张释之功高才大，曾任廷尉多年，并无过失。 外放淮南国，乃是为辖制外藩。 张释之在朝时，颇有建树，你亦不可畏手畏脚。 刑名事，关乎天下治平，往日如何，今日便如何。 由你来掌廷尉府，朕放心，只不要像张释之那般苛急。"

张欧探明景帝心思，遂放下心来。 走马上任后，一如在太子宫时，讼断持平，狱无冤滞。 景帝看了数月，心中大喜，独召来张欧嘱道："朕闻涓人议论，往日笞法过苛，易致人死，与仁德之政相违。 今日可改笞法，勿使过重。 百姓犯法坐罪，挨了竹板，必也有羞耻心，知错改过就好。"

张欧喜道："臣下于此，早就有不忍之心。 文帝废肉刑，初心至为仁厚，然张苍所定刑制，重笞之下，人犯焉能苟活？ 民间里巷间，已是闻笞刑而色变，议论颇多。"

景帝颔首道："正是此理。 不可名为轻刑，实则杀人。"

张欧奉了旨，隔日便上奏，请减笞法，将原来五百改为三百，三百改为二百，依次减等。 又建言，笞刑所用竹杖，须将竹节削平；狱卒行刑，中途不得换人；等等。总之是不许摧残人犯。

景帝看过奏折，含笑道："便可照此颁下。治天下，诸侯可以欺，草民却不可以欺。"

张瓯闻此言，不觉惊异。抬眼望望景帝，只觉自家旧主即位后，城府顿深，真是非同往日。

未几，海内风闻新任廷尉治讼宽仁，疑罪赦之，不似从前苛求，显是有新政气象，官民便都赞声不绝。

旧属张瓯既能胜任，景帝心便放下。不由又想起昔日师傅，便召石奋来问询。

这位石奋，乃是河内郡温县（今河南省温县西南）人。当年高帝东击项羽，石奋年方十五，于汉军过河时，前来投军，在高帝身边为小吏，十分恭谨。一日，刘邦与他闲聊，问道："家中还有何人？"石奋答曰："家父已丧，独有老母，不幸失明。家贫，有一姊，能鼓琴。"刘邦便又问："你方年少，能随我征伐吗？"石奋答："愿尽力！"

高帝大悦，便召石奋阿姊为美人，以石奋为中涓，掌书信、奏表。定都长安后，又徙石家至长安城内戚里。此地所居者，皆为外戚，故有此名，乃万人垂涎的富贵地。

至文帝时，东阳侯张相如曾为太子太傅，免官之后，公卿皆推选石奋接任。

自此，石奋为太子太傅历十数年。此刻景帝见了石奋，倍感亲切，忙问道："多时不见，师傅仍行走如常，不见衰老。"

石奋连忙称谢道："今见陛下，恍如隔世，万不可再称师傅了。"

景帝便笑："哪里，师傅严谨，朕受益甚多，当终身为师。不知诸公子可还好？"

"托陛下之福，臣之四子，勤谨孝顺，皆已官至两千石。"

"哦呀！石君及四子，皆为两千石；人臣之尊，集于一门。朕要送你个别号了，唤作'万石君'才对。"

石奋一怔，竟破天荒开怀大笑。

一番寒暄毕，景帝才提起正事，温言道："今我为天子，当报师恩。只恐师傅在朝，君臣皆有不便，不如劳烦师傅为诸侯国相。如此，于公于私两便。"

石奋焉有不受之理，连忙谢恩。君臣二人，又闲话了多时，方依依作别。待诏令颁下，石奋便打点好行装，上任去了。

朝中人事既妥帖，景帝才稍觉释然。他自幼在代地长大，犹记得早年，旁枝弱系，阖家时有恓惶。如今即位，年已三十二岁，虽难改急躁，却也多了些历练。

问政之初，诸事不敢怠慢，只照着父皇旧章行事，将"无为"二字奉为至宝。偏巧上天于此时，也好似真的有护佑，一连两年，内外均无大事。奉常府的一班史官，常闲得无聊。

如此无风无浪，至前元二年（前155年）四月，太皇太后薄氏忽然病重，药石均无效，堪堪将离人世。

一日，景帝正与旧属晁错对坐，议论天下事，忽闻长乐宫有宦者来报："太皇太后病笃，今晨已食水不进。"

景帝大惊，慌忙撇下晁错，乘舆赶至长乐宫。趋近病床前，见薄太后病体支离，面色苍白，不由就落下泪来。

薄太后闻听动静，微微睁开眼道："可是孙儿前来？"

景帝伏于床边，执薄太后之手哀泣："正是孙儿，来向祖母请安。"

"哦哦，孙儿莫悲戚，祖母还能撑几日。这里起居，无须你挂心，你阿娘昼夜守在此，方才离去歇息。"

"孙儿继位不久，百事都需指教，唯愿祖母早日痊愈。"

薄太后艰难一笑："这不是实话了。天下事，我也无甚要嘱托，只是孙儿急躁，不似你父皇那般沉稳。黄石公曾有言：'高行微言，所以修身。'我看你修身功夫，还欠缺得很，日后事多，万勿莽撞。"

说话间，窦太后由宫女搀扶进来，对景帝摆手道："祖母疲累了，且勿多言。"

景帝也知不宜多言，忙拭泪道："祖母放心，孙儿自当收敛。"

如此挨了几日，薄太后气息日弱，终是撑持不住，撒手而去了。

且说这薄太后，出身寒微，其早年事迹堪称传奇。其父乃吴县（今江苏省苏州市）人，战国末，为魏国宗室僚属，与宗室之女魏媪私通，生下了薄姬。

薄姬虽是私生，其福却是不薄，父死后，由魏媪抚养长成。秦末大乱时，枭雄魏豹起兵，自立为魏王。魏媪便将薄姬送入魏王宫，做了魏王豹的姬妾。

魏媪对此女颇为上心，曾请了女相士许负，来为薄姬看相。那许负素有盛名，所言无不中，见了薄姬，只说了"母仪天下"四个字。

魏王豹闻知此事，以为自己可做天子，满心高兴。岂料纷乱之时，运气不济，在楚汉之间反复不定，终为刘邦部下所杀。薄姬失了依傍，竟沦落至织布工房劳作，眼见得下场不妙。哪里想到，此后，却有了天大的转折。

彼时汉王刘邦身边，姬妾中有管夫人、赵子儿两人，自幼与薄姬交好，三人曾约定"苟富贵，勿相忘"。闻说薄姬丧夫，彷徨无所依，管夫人、赵子儿都不免感慨。某日，二人相语此事，恰为刘邦耳闻。刘邦早见过薄姬，此时想到薄姬守寡，顿生怜悯，便在成皋召见薄姬，有意收其为后宫夫人。三说两说，果然将薄姬说动。

薄姬于绝处逢生，也有心讨好，便笑对刘邦道："昨夜妾有梦，见苍龙盘于腹上，今日即有幸，见了主公。"

刘邦闻此言，喜笑颜开道："此莫非吉兆乎！"当夜，便宠幸了一回。

不想只这一夜，薄夫人便有了孕，后来诞下皇子刘恒。事若至此，倒也圆满，然薄夫人终究性情恬淡，不讨刘邦喜欢，整年也难见刘邦一面，好似身居冷宫。

如此，待刘恒成年，奉诏就国，便上书恳请父皇，请偕生母同往。刘邦早就无意于薄夫人，见了刘恒上书，也乐得破例，便准了薄夫人出宫。

吕后专权时，因妒生恨，刘邦所遗姬妾及庶子，多不能善终。唯薄夫人陪刘恒在边地，母子皆得保全。

后陈平、周勃等诛杀诸吕，拥刘恒为新帝。薄夫人则母凭子贵，尊为皇太后，这才应了许负早年所言的"母仪天下"。

薄太后素信黄老，处世稳重，一心教导文帝谨慎施政，开了汉家兴盛之世。如今以高寿宾天，朝野都感念不已，葬仪隆重，自不必说。太后陵寝号为"南陵"，在文帝霸陵东南九里处（今陕西省西安市东南郊），雄踞于白鹿原上，至今可见。

薄太后在世时，有意回护娘家亲眷，早年即钦定，将自家一侄孙女薄巧慧，许给太子刘启为正妃。

薄巧慧贤淑内敛，并无短处，倒是个好内助；然刘启却不喜此女，只是看在薄太后的面上，不敢不从而已。后刘启继了大位，不得已立了薄女为皇后，却仍是冷淡待之，只宠爱一位栗姬①。后宫的种种纠葛，就此埋下了一根伏线，此处暂且不表。

葬毕薄太后，景帝心内倒是略一松。原来，景帝年幼时，薄太后、窦太后就管教甚严，如今登了大位，两太后也仍是耳提面命。景帝性虽峻急，然自幼家教严格，对两太后始终畏惧。再者两太后声望甚高，臣民无不敬服，景帝即便是天子，若忤了两太后之意，在朝中亦是寸步难行。如今薄太后宾天，无异于移去了一座山，顾忌便少了一半。

此前数年，栗姬朝夕所虑，便是将薄皇后掀下位去，闲言碎语，向景帝说了不少。景帝对薄皇后不耐烦已久，也早存废后之心，所碍无非是薄太后尚在。

待薄太后一死，废后便不可免。当年秋九月，薄太后落葬尚木及半年，景帝便断然下诏废后，开了天子无故废后第一例。

薄皇后既废，皇后之位便虚悬，此时栗姬正得宠，理当扶正。景帝却用了些心思，搁下了此事，权且快活几日再说。

心情既好，景帝游猎便也多了起来。这日，视朝方毕，就带了一队郎卫，披甲执弓，又往郊外驰去。

时值天热，半途中，景帝解下皮甲，脱下战袍，只余一身短

---

① 姬，古代帝王妾，总称为姬，而非正式名位。

衣。手搭凉棚张望，见前面荒草萋萋，高可蔽人，便问左右道："此是何地？"

新任郎中令周文仁在旁，连忙答道："此地是轵道亭。"

"啊？"景帝一惊，立即吩咐道，"前后去探看，谨防歹人行刺。"

周文仁得令，即命众郎卫拔剑警戒，四下里散开，往草丛中去探看。

众郎卫去后，周文仁甚是不解，疑惑道："如今京畿，网罗甚密；轵道离长安不远，如何能有歹人？"

景帝便怒目圆睁，叱责道："当年吕太后即是在此，遭了黑犬冲撞，一命归天。而今我君臣过此地，焉能不防？"

周文仁这才警觉，忙挺身一跃，持剑护在景帝之前。

片刻工夫，郎卫们提剑返回，为首校尉禀道："陛下，左近无可疑之人。唯有一老者，独自在打草。"

景帝稍感释然，想想便道："是何等样人？带来看看。"

校尉得令，便带了数人复返草丛中，将老者带回。

景帝看那人模样，白发苍髯，身着曲裾白布衣，与寻常农人无异。然观其神色，又不似草莽之辈，心中便起了疑，俯身问道："老丈，你可是农夫？"

那老者见景帝未施礼，便也端立不动，只淡淡答道："非也。散淡之人，苍髯匹夫，虽也弄稼穑，却不以种田为业。"

景帝觉老者言语不善，便冷笑："散人也罢，匹夫也罢，总要有个谋生的勾当。"

"在下略通黄老之术。"

"哦？原来是位高士，失敬了。然……你既不是农夫，又缘何在此劳碌？"

"打些草，以喂羔羊。"

景帝便大笑："原以为方术之士，餐风饮露，不事稼穑，原也要顾及柴米事。"

那老者这才一揖，似笑非笑道："足下高看术士了。世上百样人，不虑柴米者，怕是唯有天子家人了。"

景帝一惊，心知老者绝非凡俗，连忙下了车，回揖道："敢问长者大名？"

那老者脸上，忽露出傲然之色，环视四周郎卫，答道："在下草民，姓名无关紧要。足下既称老夫为长者，我便要问：这班军爷，为何无礼至此？"

景帝瞟了那校尉一眼，当即叱道："尔等做了甚么？"

那校尉不禁呆住，嗫嚅答道："……适才，小的并无唐突。"

那老者便又道："老夫刈草，是为生计，并无不法之举。青天朗日下，几位军爷不问情由，便要带我走。足下游猎，小民谋生，本来两不相干，即便是天子过路，也不该扰民至此。"

景帝闻言，脸色一变，疑心自己身份已被看破，连忙整好衣冠，施礼道："闻长者谈吐，绝非寻常，在下请教尊姓大名。"

"老夫微贱，不过长安一布衣，名唤王禹汤。"

"原来是……"景帝不由惊喜，忙又深深一揖，"先生大名，传遍长安，为何却淡泊若此？"

"我崇信黄老，自是要恭俭朴素，这不足为奇。"

"然刈草这等事，终是细事，可命下人去做。先生高行，当有高致。"

"哪里，足下误会了。天生万民，各有其业，这便是黄老'致太平'之道。世间高致,无过于此。若今日一伙军爷、明日一群小吏,频来搅扰,便不是太平之世,天子便也不是好天子。"

景帝不觉悚然,脱口诘问道:"莫非说,当今天子,竟不是好天子吗?"

那老者瞟一眼景帝,语带讥诮道:"足下愿闻我论天子,我便放胆说来。想那前朝文帝,恭谨仁厚,遇事三思而行。何也?乃因即位之初,斥老臣,拔新晋,致朝中大臣不安。后乃改过,渐趋老成,终成治平大业。再看当今天子,性本峻急,为太子时即有骇世之举;今方即位,便又蹈先帝初时覆辙,颠倒本末,不信老成,这便最可堪忧。天子宠信新晋,任由其坐大,后必致乱,百姓也将受其累。以是观之,何以说当今天子,就定然是好天子?"

周文仁浑身一震,提剑向那老者叱道:"老丈,当今即是废了妖言罪,也不能放肆!"

景帝亦不禁愕然,忙喝止住周文仁,注目老者,温言道:"先生博学,在下当焚香更衣请教,不该在此立谈。请先生上车,觅一安妥处,待我从容受教。"

那老者微微一笑:"不必了。上车易,下车便难了。达官贵人有所谋,草民也有所谋。草民所谋者,柴米而已,请足下自去逍遥。"说罢拱拱手,反身便疾步入草丛,又去刈草了。

景帝登车,却未吩咐起驾,凭轼似有所思。

周文仁在旁为骖乘,忍不住提醒道:"陛下!"

景帝这才回过神,匆忙解下腰间龙纹玉佩,唤来校尉,吩咐道:"去赠予那长者,只说'我主公钦敬之至,以此物相赠,聊表谢意'。"

那校尉接过，奔入茂草中，良久方才钻出，竟是一脸惊异："回禀陛下，小臣遍寻草丛，只不见那人！"

景帝亦是瞠目："刈草之处，竟也无踪迹？"

"连那刈草之处，也遍寻不着，方圆数十丈，竟是寸草未断。小臣恐陛下等得心急，未敢远觅。"

"哦？"景帝下车，来至路旁，远望茫茫草海，叹道，"奇了，不想这太平时日里，竟也有异人！"

周文仁便请命道："容我带人去寻。"

景帝摇头道："不必了。异人必有异行，我辈勿去惊扰。"如是怅然良久，方登车而去。

当日游猎罢，返归宫中，景帝唤来周文仁，问道："白日里所遇王禹汤，可否访到，召来奉常府任事？"

周文仁摇头道："怕是不能。臣下听人说，王禹汤为人放达，行踪不定，爵禄之类不在他眼中。先帝在时，亦请他不动，只能延入宫中，垂询半日而已。"

景帝惋惜道："原是个网罗不来的高人，那便罢了。"

灯下，又细思王禹汤所言，只觉草野之人，不知庙堂之苦，总是未说中要害。如今天下，已不似先帝时。文帝一朝，四方诸侯王多为年少者，不足为虑，故而可以宽厚。如今诸王，却多为自家尊长，城府已深，多年看似无为，却不知彼辈此时，究竟揣了何种心思。

此时若再宽厚，无异于养虎遗患。朝中诸老臣，行事中庸，若不赖新晋之臣，压抑诸王，削枝强干，则倾覆之危，恐就在眼前了。

景帝由此又想到，身边多子，大半已长成，应将诸子中能封王者，尽都加封，打发去就国，也好分守四方，如此或可制衡旁枝，不使坐大。

想到此一节，景帝心便不宁，竟像是坐于炭盆之上。无多日，便有诏颁下，封次子刘德为河间王，三子刘阏（yān）为临江王，四子刘余为淮阳王，五子刘非为汝南王，六子刘发为长沙王，七子刘彭祖为广川王。此外还有八子刘端、九子刘胜、十子刘彻尚年幼，便未封王。其中最幼小者刘彻，还未离襁褓，即是后来大名鼎鼎的汉武帝。

此时第五代长沙王吴芮①，已然病殁，无子可传国。吴芮尚有兄弟在，景帝也不教他袭封，索性除国，另封自家庶子到长沙。长沙国僻远卑湿，人多畏其荒凉，当年贾谊被贬，便是在此处。景帝素不喜六子刘发，便将他封于长沙了事。

说来，这刘发的出生，还源于一段荒唐之事。景帝后宫有一位程姬，以往甚得宠幸。刘发的生母唐儿，本是程姬身边一唐姓侍女，景帝为太子时，某日召幸程姬，程姬因来了月事，不能侍寝，情急之下，胡乱将侍女唐儿打扮好，送去伺候。当夜景帝醉酒，未能辨识，与之欢洽一夜，便误打误撞地生下了刘发。侍女唐儿缘此，也得位列姬妾，是为唐姬。

偶得这一皇子，终不是景帝所愿，景帝便不喜欢，连带那程姬也因此失宠。此次封刘发至长沙国，更将原封地大部收归朝廷，仅余长沙一郡，国势已大不如早前的吴氏封国。

景帝封了诸皇子为王，料想天下应该无事，定能有数十年安宁。不料，世事多变，这一番如意算盘，却被朝中一人搅乱。

----

① 吴芮，一说名吴著。

二

新枝独宠
老树摧

话说前元初年的祸事，缘起还在于用人。景帝由太子而即位，未能免俗，最喜提拔太子宫旧人。用了别人还罢，却偏偏重用了旧属晁错，迭出险策，这就埋下了天大的祸根。

那晁错，早在文帝朝时，就已崭露头角，先为太子舍人，因屡次上疏，言辞激切，纵论内外利弊，大受文帝赏识，接连擢为博士、太子家令、中大夫①。

这中大夫一职，虽属要职，然终究是顾问，并不参与朝政大事。景帝即位，看满朝皆为父皇旧臣，心中不快，便要培植羽翼，更换九卿之后，又将晁错擢为内史。

内史之职，执掌长安及京畿数十县民事，位次九卿，可参与朝议，已属十分显要了。如此超秩拔擢，可见晁错得宠之深。

昔年晁错在太子家令任上，任事干练，太子僚属无不敬服。景帝为太子时，亦十分看重晁错，今日超擢为重臣，就更是言听计从，特允他一日十二时，可随时入见。

晁错素来才思敏捷，敢于言事，如今更无所忌惮，动辄便单独

---

① 中大夫,官职名,秦置,汉初沿置。为郎中令属官,随君王左右,备顾问。

觐见，每月都有上疏，建言变更旧法。

昔日在文帝朝，晁错曾一口气连上《言兵事疏》《守边劝农疏》《论贵粟疏》《贤良对策》等奏疏，景帝为太子时，便已逐字读过，满心钦敬。今日坐了龙庭，凡晁错所言，自是欣然准奏。每见晁错，总难掩赞赏之色："晁公所言事，皆深思熟虑，能想到朕所未料。朕初登大宝，本欲无为，然有此良臣，何能忍心无为？朕愿爱卿能日有良策，助我早些平天下。"

得此赞赏，晁错只矜持一笑："臣虽愚鲁，却不敢怠惰，凡胸中所有，必倾囊呈与陛下。"

时日既久，公卿中无论新旧，都觉晁错言僻行险，难以捉摸。朝政诸事，本已有规矩，大臣们行之多年，并无错谬，如此一月月改下去，岂非要重演贾谊旧事？

群臣之中最恼恨晁错的，当数丞相申屠嘉。申屠嘉是武人出身，阵上胜败见得多了，行事一向稳健。见晁错日日唐突，务求更张，堪堪要将守成之风败坏完了，便起意要扳倒晁错。

岂料晁错那边，圣眷正隆，哪里将申屠嘉放在眼里，只想着放手施展。

在内史府就任才数日，晁错忽觉府衙所在实在局促。衙门正朝东，出门便是太上皇庙。往来官吏，欲至外面大道，须绕庙墙而过，令人十分不耐烦。

手下吏员，窥破晁错心思，便故意当晁错之面，议论不休。说得晁错火起，便唤了主事掾吏来，吩咐道："就近闾里，发百十个民夫来，另开南门两个，直通大道，免得我官吏多费腿脚。"

那掾吏诧异，脱口问道："开南门？向南正是太上皇庙南墙垣，如何能穿过？"

“一道矮墙，又非王屋、太行，破墙而过就是。”

“这……如何使得？”掾吏不禁倒吸一口凉气。

原来，那太上皇庙，即是高帝之父刘太公庙，尊贵无比，即便外墙，又岂是随便能破的。

晁错愤然道：“京畿数十县，诸事头绪如麻。署内吏员，更须惜时如金，方可免民怨。像如此每日绕路，天长日久，不知空耗了多少光阴。太上皇庙一道墙，岂如百姓生计之贵？”

掾吏仍不敢冒昧，提醒道：“禀主上，拆这太上皇庙南垣，事涉奉常府，须上报丞相方可。”

晁错便一拂袖，笑道：“改路，又不是动兵。京畿三百里，何处不属本衙管辖？又何须惊动丞相？你照办就是。”

那掾吏不敢违命，立时召来附近里正、啬夫，限时将民夫征齐了。又择了吉日，一众民夫便拿了锄头、石锤，前来改路。

动工这日，百十人一拥而上，乱锤齐下，轰然一声，便将太上皇庙南垣拆为两段。

太上皇庙内，庙仆射闻听外面人声鼎沸，连忙奔出来看，见南垣已凿出两个大洞，不由大骇，急忙喝止：“呔！尔等何许人也，敢动圣庙，便不怕杀头吗？”

内史府诸吏应声道：“奉内史之命，本府出入不便，拆太上皇庙南垣，另开南门。”

“大胆！丞相可有令？今上可有旨？你内史府管辖京畿，三百里内任你拆。莫非拆疯了吗，竟敢拆到我这里来？”

话音未落，但见晁错自人群之后踱出，哈哈一笑，朗声道：“仆射多虑了，本官又不是要拆庙，不过拆外墙而已。此南垣所在，乃长安之土，本官拆墙改道，有何不妥？”

那仆射气得浑身颤抖，戟指晁错道："晁内史，太上皇庙，天子祖宗所在也。无诏令者，擅拆一砖一瓦，即可弃市。你有几颗头颅，可抵此罪？"

晁错微微一笑："区区小事，何须本官拿命来抵？内史府出入绕路，空耗光阴，才是对不起祖宗的大事。此中有何差池，由本官担当，仆射可不必惊慌。"说罢便向众人一挥手，呼道："左右，休得迟疑。拆！"

众民夫一声欢呼，便又蜂拥上前，七手八脚拆起墙砖来。

那仆射脸色惨白，呆了呆，遂一顿足，转身便奔出庙门，赴奉常府告状去了。

再说那丞相申屠嘉，这日在公廨，见奉常朱信跟跄奔入，报说晁错竟凿穿太上皇庙南垣，不由大怒："放肆！一个新任内史，竟敢擅动圣庙？自汉家建礼仪以来，闻所未闻。今日若放任他，明日就敢拆未央宫了！"当即唤了长史来，命起草奏章，要弹劾晁错大不敬之罪。

那长史提笔拟文，写到结句处，停了笔，抬头问道："晁内史当拟为何刑？"

申屠嘉厉声道："蔑视太上皇，当处极刑。"

长史脸色微变，略一犹疑，才落笔写毕。

申屠嘉接过拟文，浏览一遍，对朱信道："好。明日上朝，我便递入，要教他不日即赴黄泉，向太上皇谢罪。足下今夜请安睡，奉常府从未有之奇耻，明朝便可雪洗。"

朱信闻得此言，怒气渐平，便躬身谢过，回府去了，只等看晁错下场。

不料，丞相府中有那一二曹掾，素与晁错交好，当夜便疾奔至晁邸中，通报了消息。

晁错在白日里，带人凿了太上皇庙墙，本不以为意，心想朱信又能奈我何。此时忽闻申屠嘉要大动干戈，便心有不安。欲往宫中入见，抢先辩白，又见夜色已深，怕惊了圣驾。若等明日朝议，听候上裁，又恐君上不好袒护，事将不可测。当下纠结不已，绕室徘徊。

晁错精通《尚书》，见案头有数卷《尚书》，便拿来翻阅，以求良策。翻罢，弃卷而叹道："我素习儒典，以备大用；然事急时，却百无一用。"

遂去书架上取了《商君书》，展开来看。只看了几行，猛见有"夜治则强，君断则乱"之语，不由拍案，大赞道："正是此理。治事，哪里能过夜？若拖过今夜，明日全凭君上裁断，则大事去矣！头颅能否保全，还未可知呢。"

当即便起身，唤了家老来，如此这般，吩咐了一番……

次日早朝，是为小朝会。上朝议事者，仅有三公九卿，以及太中大夫、内史等十数人。

诸臣昨夜多半都得了消息，知丞相今日要劾奏晁错，于是满廷肃然，都侧身注目两人。但见两人神色自如，皆是无事一般，不像要斗狠。众人不知底细，只得佯作不知内情。

待殿上诸琐事议毕，景帝才乘软輂临大殿，坐上龙床，循例问道："今日事如何？"

申屠嘉遂将细事逐一禀明，景帝微微颔首，又问道："可还有他事？无有，便可罢朝了。"

申屠嘉忽就一昂首，高声道："还有！"说罢，自袖中摸出奏疏来，双手呈上。

景帝眉头稍动，接过奏疏，随口问了声："这是甚么？"

"内史晁错，目无纲纪，昨日借口内史府另开南门，擅自动工，将太上皇庙墙垣凿开，惊动列祖列宗，骇人听闻，为神鬼所不容。臣弹劾晁错，有大不敬之罪，按律当诛！"

申屠嘉言毕，诸臣都大惊，拿眼去瞟晁错神色。却见晁错仍泰然自若，并不看申屠嘉一眼。

景帝阅毕奏疏，也只淡淡一笑："丞相心细，容不得秋毫之过。然晁错昨日事，乃因衙署与太上皇庙比邻，出入不便，开南门以取直道，此为利民俭省之举，如何就论起死罪来了？"

"圣祖之庙，岂容惊扰？且官署开门，不过区区细故，以细故而坏纲纪，为法所不容。臣请诛晁错以谢天下。"

"呵呵，丞相年纪大了，要制怒才好。官署开新门，是为公事，公事便不是细故。开新门，免得吏佐绕路，事亦不算小。且所毁并非庙墙，乃为外垣，祖宗又何以受惊动？"

申屠嘉未料景帝不问情由，便回护晁错，不禁哑然，稍顿才又争辩道："若为公事之故，则应有公文呈报，否则便是擅举。擅自毁庙，如何就能无罪？"

景帝抬眼望望申屠嘉，不疾不徐道："此乃朕之意。朕授意晁错而为，并非他擅举，丞相可以息怒了。"

诸臣闻景帝之言，都惊诧万分，原想看晁错落败，却不料，所见反倒是丞相张口结舌。

原来，昨夜晁错在邸中打定主意，唤来家老，命其备车，要赶夜赴北阙求见。

那家老备好车，便自任御者，载着晁错穿行闾里，飞驰至阙门，跳下车来高呼："内史晁错求见！"

门内的公车令闻声，心中纳罕，忙登高去看。见北门外甲士提灯，照亮了来人面孔，果是晁错无疑，便慌忙开了宫门，又去请谒者通报。

其时已近夜半，景帝沐浴已毕，正待入睡。忽闻谒者来报内史求见，便满心疑惑，对那谒者道："晁错夤夜入宫，所奏非贼即盗，怎不见中尉同来？速传他入内。"

少顷，景帝便披了常服，出来见晁错。但见晁错身着朝服，宛如上朝一般，趋入大殿，伏地便拜。

景帝见晁错神情惶急，也是吃惊，忙问道："爱卿，何事如此之急？"

晁错道："白日里臣有一事，未及禀报。恐明日事有意外，特来奏明。"便将内史府另行开门一事，详细奏来。

景帝仔细听罢，颔首道："不错，爱卿倒是想得细。绕路事小，日积月累，却也误了许多大事。"言毕忽又疑惑道："夤夜入宫，便是为此事吗？"

"正是。"

景帝正要责备，何必为此小题大做，忽而悟到玄机，便一笑："晁公，是怕丞相有意留难吧？"

晁错并不直接作答，只回道："臣于今夜，读《商君书》，心有所感。商君言，官衙治事，不应过夜，故而夤夜求见，惊动了陛下。"

景帝心中有数，便含笑道："好，朕已知。晁公也是不易，且去歇息吧。"

晁错谢恩再三，才退下殿来。行至中庭，望见月光如水，一泻千顷，心情便大好，长长嘘了一口气，自语道："终无事矣！"

再说这时申屠嘉在殿上，见景帝无动于衷，便知劾奏一事已泄露，定是晁错昨晚抢了先机。如此一来，反倒显得自己唐突。万般无奈之下，只得伏下身，叩首谢罪。

景帝挥挥手道："丞相也无甚过错，不过是躁进了些。治长安，颇不易，今后要多体谅晁内史。"

申屠嘉在心里暗骂道："晁错小儿，鬼捣得好，老夫倒成了躁进！"

一场弹劾风波，就此化为乌有。返归丞相府，申屠嘉越想越恼，脸色便不好。各曹吏员也都闻知弹劾事，便来打问，申屠嘉恨恨道："乱天下者，晁错也。此竖不除，还有何事可做得？"

有曹掾便劝道："丞相勿急，晁内史行事一向乖戾，假以时日，他必有苦头。"

"悔不该昨日未绑了他，送去廷尉府！只这一夜间，便教他得了转圜。世事不平若此，这丞相还有甚么好做？"正说到此，忽觉一股急火攻心，就涌出一口痰来。痰中，可见血丝缕缕。

众吏员慌了，忙抢上前去，将申屠嘉扶住，又唤仆役抬来软舆，送回了邸中。

家中眷属见了，也是慌作一团，急请了太医来看。如此，申屠嘉便不能视事，每日卧于床上，时有呕血，眼见得病体支离，一日不如一日。

众公卿闻知，心中不安，都纷纷前来探望。申屠嘉见旁人来，并无一语，唯见袁盎来，则执其手不放，似有千言万语要说。

其时袁盎已罢吴相，归乡赋闲；闻丞相病重，专程自安陵故里来探。

这袁盎免归之事，说来也缘起晁错——此前晁错屡次上书，蒙文帝赏识，暴得大名。时袁盎已在朝，甚看不惯；于是两人同朝，竟无一语。后袁盎罢吴相，回朝复命，忽又遭晁错弹劾，称其私受吴王刘濞（bì）财宝，应坐贪渎罪。

此事混沌不清，袁盎亦是百口莫辩。文帝命御史府清查，却也不得要领，似在有无之间。文帝觉如此甚不妥，便诏令袁盎免官，归乡了事。

袁盎落拓至此，之所以独得申屠嘉推重，却是另有一番缘故。

原来，申屠嘉性素耿直。自文帝后元二年为相，侍奉了文帝五年，一向孤清自守，不结私交。僚属见之不忍，屡有劝谏，他也一概不听。

当日，袁盎罢归途中，恰遇申屠嘉车驾迎面而来，便连忙下车施礼，口称拜见。那申屠嘉孤傲惯了，不喜臣僚恭维，只在车上拱了拱手，谢也未谢一句，便命御者驱车而去。

远望丞相车驾尘头，袁盎大窘，便是左右随从，也都看得目瞪口呆。

返回家中，袁盎思之，觉大失颜面，心中颇不平，便专程赴长安，往叩丞相府求见。申屠嘉闻袁盎登门，心中好不耐烦，令袁盎在堂上等候良久，方才出来，只淡淡问道："袁公远来，可有要事吗？"

袁盎长揖道："请屏退左右，愿与丞相私语。"

申屠嘉冷笑一声："袁公昔为中郎将，应知规矩。若有公事，请至衙署中，与我长史、掾吏商量，有何建言，我定如实上奏；若非公事，则我从不知何谓私语。"

袁盎料到申屠嘉孤傲，定是这副冷面孔，便伏地恭谨问道："敢问丞相，足下与陈平、周勃比，何如？"

"这个……我自是不如。"

"还好，丞相倒还有自知。 昔陈平、周勃辅佐高帝，诛杀诸吕。 足下仅为弓弩手，后为淮阳郡守，也不过循序而升，并无尺寸战功，缘何却敢傲视群僚？ 再看今上，自代地入都为天子，逢有郎官上书，必停车询问，纳其可用之言。 世人闻之，无不称道。 今上谦逊如此，见闻日广，圣明亦日增；足下却反之，不听劝谏，拒人甚远，则日愚一日。 我见今日朝堂上，乃是以圣明之君，督愚蒙之相。 以此而论，足下祸将不远矣！"

一席话，说得申屠嘉大惭，连忙跪下，向袁盎敬拜道："我本粗人，从来愚钝不明，幸得袁公指教。"说罢，恭恭敬敬将袁盎扶起，引入内室同坐，奉为上宾。

自此，申屠嘉便视袁盎为奇才，病笃之时，唯愿与袁盎私语几句。

袁盎看申屠嘉憔悴，心有不忍，伏床劝道："天下事，不平者多，丞相不必愤懑。"

申屠嘉摇头道："我岂是小童，不知世事？ 然晁错一人，便致大局动摇，实可堪忧。 老夫为相，却不能救天下之危，又何以心安！"

"丞相劾奏晁错，非为过也，乃事不密也。 恰如韩非子言：'事以密成，语以泄败。' 然这又如何？ 天下安危在大道，不在小技。 一事之成败，不足为凭，丞相请安心将养。"

纵有袁盎这般劝慰，申屠嘉心中仍不能平，郁积渐重。 又过了半月，所有药石针砭，全不见效，太医只是摇头叹息，无可奈何。 未挨过四月，忽一日里，申屠嘉吐血数升，竟含恨而卒了。

丧报传入宫中，景帝亦大感意外，叹道："武人迂执，何至于此？"为之戚戚不欢半晌，方遣奉常朱信往吊。

郎中令周文仁，此日正侍奉在旁，见景帝郁闷，便提醒道："外间传闻，丞相是为晁错所气死。虽为流言，亦不可小觑。"

景帝眼睛便睁大，哂笑道："居然如此！也罢，丞相丧仪，务必隆重些，免得朝野议论。"便传令少府，赠予丞相家眷重金，以作丧仪。又令奉常府礼官，要为申屠嘉拟个好谥号报上来。

隔日，朱信入朝，将所拟谥号呈上。景帝看了，见是一个"节"字，便频频颔首称道："好好！申屠嘉也恰合此谥。"

原来，古之谥字中，"节"为"好廉自克"之意，正合申屠嘉品行。朱信原就厌恨晁错，见申屠嘉弹劾不成，反倒积郁而死，不免物伤其类，便令属下好好找一个字，要为已故丞相出口气。此番所议谥号"节"，又另含有"直道不挠"之意，暗讽景帝不公。景帝只知其一，却不知其二，看看甚妥，当下就准了。

申屠嘉病故，丞相一职由谁接任，令景帝颇费了一番踌躇。申屠嘉虽无显赫战功，但到底是高帝时旧部，阅历深厚，压得住百官。在他之后，竟然无一人能与之相比了。

如此延宕三月，丞相仍旧空缺。景帝赴长乐宫问安时，窦太后就问起："启儿，百官之上，不可无人。我身边涓人都在议论，你还犹豫甚么？"

景帝便摇头："丞相之才，实难寻觅。"

"那晁错，可中你意？"

"不可！今申屠嘉死，外间就有人归咎于晁错。若用了晁错为相，朝堂之上，怕是乱就在眼前了。"

"也是。晁错固然精明，然其性苛急，似全不信黄老。启儿用他，万不可过急。"

景帝点头应诺，便扶起窦太后，一边在庭中慢慢踱步，一边慨叹道："老臣在时，万事都觉掣肘；老臣一朝病亡，却又似失了依凭。当年父皇，怕也是这般两难……"

转眼来到秋八月，景帝想想也无法，只得循序，将那御史大夫陶青，擢为丞相。空出御史大夫一职，恰好授予晁错。如此，晁错亦是位列三公，能左右朝政了，与丞相实无差别。

诏书颁下，朝中众臣心头都一震。想那晁错原为内史，竟能略过九卿，一跃而成三公，看来是圣眷日隆，谁也挡他不住。众臣中，有半数心中不服，却又不敢声张，只敢腹诽。

那继任丞相陶青，亦为新晋之人。其父名唤陶舍，乃高帝时功臣，曾任中尉，得封列侯。父死，陶青便袭了侯，为人素无大志，只知听命。

晁错闻听任命下来，心中大喜，知景帝这步棋，甚是绝妙。陶青为相，只是个摆设，日后朝政大事，便可由自己随心摆布了，虽不是丞相，却也不远矣。

罢朝归来，步入邸中庭院，晁错忽嗅到满庭桂香，便捺不住狂喜。唤来家老，召集邸中随从，在桂树下摆宴，把酒庆贺。

席间，晁错对众人道："尔等随我，已有多年，尝尽我家清苦，今日可望出头了。记得年少时，我在颍川（今河南省禹州市），随郡中高人张恢研习法家之术，邻人皆笑无用，今日如何？"

众随从便都恭维，大赞主人有异才，来日方长，更有高爵厚禄在后头。

晁错趁着酒兴，又放言道："韩非子曰：'智术之士，必远见而明察。'我生也晚，无由获战功，若非依凭远见，何能一夜间便为

三公？ 正所谓乱世唯勇，承平唯智。 无智者，空有抱负，也只能
潦倒一生，我辈焉能如此？"

众人又是齐声赞和。 晁错一时兴起，便起身，抖了抖衣襟上
落英，引吭高歌了一曲。 歌曰：

> 皎皎白驹,贲然来思。
>
> 尔公尔侯,逸豫无期。
>
> 慎尔优游,勉尔遁思。①

唱罢，邀众人举杯，慨然道："大丈夫贵在有为。 我学问尚
欠，胜不过韩非子；然智术却不逊前人，或可比肩李斯。 来日，
还有待诸君助我。"

此时，正有一缕微风拂过，桂花忽就飘落如雨。 摇曳烛光
中，唯见各人脸上，全是喜色。

再说申屠嘉含恨故去，朝野多有哀伤者，唯蜀郡中有一人，心
中却是暗喜。 此人便是前朝宠臣邓通。

此时，邓通免官已有两年，在故里南安闲居。 文帝一朝，邓
氏所铸"半两钱"，成色既足，品相又佳，压过官铸的"五铢钱"。
百姓喜用，都称："邓氏钱，布天下。"二十年来，不知聚财多少，
其身家富过天子，堪比在东南铸钱的吴王。

此时，他虽无官做，又被夺了铜山，却也是优哉游哉一个富家

---

① 见《诗经·小雅·白驹》。

翁。 此前文帝所赐十数次，每次皆是巨万（一亿钱），加上铸钱所获，只怕是十代也消受不完。

日子虽富，邓通却贪恋往日风光，常感寂寞。 当初被免，他不疑是景帝之意，只道是申屠嘉挟嫌报复。 这日闻听申屠嘉死，便觉有望再返长安，立遣心腹赴长安，广施钱财，买通故旧，为他活动起复。

钱撒了出去，自然见效。 不多日，便有近臣收了钱，在景帝耳边提起，称邓通忠直，被申屠嘉无故罢免，实为不公。

那景帝是何等聪明，闻此言，知是邓通仍存侥幸之心，希图再起，便唤来周文仁问道："前太中大夫邓通，百无一用。 近日，如何为他辩白者甚多？"

周文仁略一踌躇，回道："邓通钱，流遍天下。 邓大夫想也是富过王侯，或是在都中使了钱，教人为他辩白。"

"中涓诸人，亦有盛赞邓通的，莫非钱已使进了宫里来？"

"内外朝诸臣，皆是俗子，如何能见钱而不喜？"

"焉有此理！ 如此，朕之安危何人能保？ 你这便去彻查，有收邓通钱财者，都逐出宫去！"

周文仁便一时不语，稍后，才缓缓道："陛下，倘是如此，则未央宫内，将无一个涓人矣。"

景帝闻言，几乎惊倒："莫非，你也收了邓通钱财？"

周文仁慌忙伏地，额头冒汗道："……臣下虽受贿，却不敢为他美言。"

"你为朕亲信，位列九卿，仍恨钱少吗？"

"望陛下宽恕。 微臣若不收，便为众人所猜忌；无须多时，必为众口流言所毁，捏造些罪名，我便是有百张嘴，又如何说得清？"

景帝默然良久，方叹息一声："朕明白了：水在潭中，原是不能至清。世间人情，竟要强过天子诏令，奈何！此事……收便收了，不助他人作恶就好，你下去吧。"

周文仁连忙谢恩，战战兢兢退了下去。

景帝望望周文仁背影，心中不禁怒道："邓通！吮痈之辈，竟猖獗至此乎？"

权衡数日，景帝打定主意，要处置邓通，以解当年之恨，不再顾忌先帝脸面了。

于是召来廷尉张瓯，密问道："前太中大夫邓通，被免归家，如今竟贿买涓人，诬言申屠嘉不公，希图起复。日前朕欲治他罪，还是申屠嘉为之说情，仅免官而已。邓通所为，实是小人不知好歹。只不知他往日在朝，可有何不法情事？"

张瓯答道："查廷尉府旧档，多年前，蜀郡曾有密报，邓通归乡探亲时，行踪诡秘，有潜出关外之嫌。"

"哦！他去了哪里？"

"往西南夷之地。"

"往那里去做甚？"

"尚不知。此前仅为风闻，又碍于文帝颜面，廷尉府未便深究。下官接任后，觉世易时移，不宜重提此事。"

景帝便一笑："张公治讼，还是往日做派，宁纵不枉。朕之意，刑名既开新政，则此事理应查清楚。可遣一得力掾吏，赴蜀郡将他拿下，解来京师，一问便知。"

张瓯惊道："莫非邓通……竟有谋反之意？"

景帝笑笑："邓通，小人也，谋反尚不至。然此人不知礼法，恃宠骄横，当年私自潜出，焉能无不法之事？ 你拿问便是。"

张殴原为太子旧属，亦知景帝素恶邓通，当下会意，便领命而去。

隔日，便有廷尉府一曹掾，带了数名法吏，飞马出都。 一月之后，邓通便被押解至长安，下了廷尉诏狱，械系待罪。

张殴唤来狱令周千秋，吩咐道："邓通一案，为钦案。 昔年有蜀地郡丞告发，邓通曾潜出西南夷，不知何为。 你为廷尉狱老吏，执事三十余年，深谙关窍。 今务求严讯，不得包庇。"

那周千秋闻知是通天大案，也知张殴为人精明，便不敢怠慢，当下承诺："廷尉放心，有周某在，管教他招认。"

过了数日，周千秋便命狱吏将邓通押上来，提审按验。

那邓通本在蜀郡听候佳音，不料，却等来了廷尉府差人，不问情由，一副锁链套住，便押解进京。 路上打问犯了何罪，公差却只是不理。 入长安后，又知是押入廷尉狱，心下这才慌了，不知是得罪了何人。

邓通往日养尊处优，享惯了富贵，入狱不过才几日，便觉度日如年。 听闻提审，反倒是高兴，心想在故里未曾犯法，廷尉又岂能诬人，好歹敷衍几句，料可无事。

待上得堂来，狱卒摘去足枷，邓通抬眼一望，见诏狱大堂上是一老迈狱令在问案，心下就一松，料定未必有甚大事。

周千秋见邓通神色倨傲，心中便有气，猛一拍惊堂木道："下面人犯，可是邓通大夫？"

邓通揖道："正是在下。"

"你既做过太中大夫，便问你，可知韩非子为何人？"

"在下读书少，只知是……法家先贤。"

周千秋便仰头笑道:"你既知法家,便应知法不可违。孝文皇帝一朝,邓大夫权倾一时,可有过不法之事?"

邓通挺了挺身,答道:"并无。"

周千秋瞄一眼邓通,轻蔑一笑:"初来此处的,都说无罪……"说着倏尔就变脸,猛地招呼道:"来人,先以笞刑伺候,重重打!"

两旁狱卒一声呼喝,拥上前来,将邓通按翻在地,掣出竹板便要打。

邓通急得大呼道:"狱令留情!我往日在朝中,做事千头万绪,不知何事犯了法,可否指点一二。"

周千秋冷笑道:"你可知本官姓名?"

"不知,还望指教。"

"在下周千秋,昔日曾折辱过周丞相的,料你也有所耳闻。你纵有铁骨四两,可比得过周丞相骨硬吗?"

"邓某不敢!然我因何事系狱,也请指教。"

周千秋眯眼片刻,忽而睁圆眼喝道:"本官问你,汉家臣民无数,可有几个能潜入西南夷的?"

此言一出,邓通顿时色变,知昔日擅出关外事,已被人举发,不由汗出如雨,只得咬紧牙关道:"在下不明,狱令此言究是何意?"

周千秋冷冷道:"邓大夫既不明,老夫可教你懂。左右,动刑!"

几个狱卒得令,便将邓通死死按住,撩开他深衣,褪下内裤,一人抡起竹板便打。

才打得数十下,邓通便耐不住,一迭连声地惨叫:"娘哟!我招，我招！"

周千秋便抬手，示意停刑，教狱卒扶起邓通，拽至案前问道："你出关去了哪里？"

"只在滇国勾留。"

"潜出关去，有何图谋？"

"久闻滇国异域，有苍山大泽，景致奇佳。在下饱食无趣，便忽生奇想，欲往异邦赏玩山水。"

"那么，有何所见？"

"民皆从楚俗，男女衣裳同款，喜猎取人头以祭祀……"

"哦？"周千秋面色一沉道，"太中大夫，你是好兴致，本官信了，然夹棍却不信。来人，抬上夹棍！邓先生一肚子学问，非用夹棍方能讲得出。"

众人一声唱喏，便将夹棍、石锤搬上。有皂隶如狼似虎扑上，捆绑邓通脚踝。

那邓通早知夹棍厉害，料想今番是逃不过了，便将心一横，仰天叹道："罢罢！拿笔墨来，我自写供状，绝无隐瞒。"

周千秋这才捋须一笑："知时宜便好，莫要再藏了心机。"遂命书佐将笔墨、竹简拿来，递给邓通。

不多时，邓通将供状写就，周千秋接过看了，见上面写道："邓某昔年潜入滇国，乃闻听彼处有铜山，故而入夷地，聚游民挖铜，驮回铸钱，有私逃货税之罪。"

周千秋心中一惊，脱口问道："只是此事吗？"

邓通叩首道："在下既服罪，便不敢有所隐瞒。"

"出关外挖铜，所获几何？"

"滇国铜山甚小，仅获利千金而已。"

周千秋又看一遍供状，沉吟不语，心中暗想："无怪此案通天，这邓通，真有包天之胆。既如此，千金是他，万金也是他，何不问成获利十万金？成就我大功，也令廷尉高兴。"于是沉下脸来，将供状掷还邓通，叱道："潜入关外，必图大财，何止区区千金？怕是十万金也不止。"

邓通慌忙辩白道："狱令有所不知：若获利十万金，铸钱便不止数十亿枚。那西南夷，山高路险，如何驮得这许多铜回来？"

周千秋立时横眉立目："邓大夫，你欺蒙本官，莫非想断足吗？"

邓通一怔，注目周千秋片刻，反倒是不慌了，反问道："足下无凭而严鞫①，是要令我自诬吗？"

周千秋未料邓通出此言，一时竟哑然，猛然想起：邓通终究是前朝重臣，今虽入狱，朝中或还有朋党，须探个究竟，才好下狠手。于是微微颔首道："邓大夫倒还有骨气。也罢，今日过堂，便如此吧。容你先退下，好生思量。"

提审毕，周千秋便整理好衣冠，来至廷尉府厢房，求见张敺。

张敺见是周千秋，劈面便急问："邓通可曾招供？"

周千秋俯首答道："回廷尉，邓通招认：昔年曾潜入滇国，在彼处招流民，挖铜载回，可值千金。"

张敺大喜，不禁拍掌道："老吏断狱，到底是爽快，我这便草拟上奏。"

周千秋却故作迟疑道："下官以为，邓大夫私出边关，偷逃货

_____

① 鞫（jū），审问犯人。

税，已是铁案。然其所得利，远不止千金。"

"何以见得？"

"廷尉也知：邓氏钱常年流遍天下，其家财，何止万万钱。他岂能为千金之利，便犯险偷出边关？下官以为，他在西南夷挖铜所得，定在十万金之上。"

张殴未置可否，沉吟片刻，只说道："那邓通，佞臣也，一向不为今上所喜。虽如此，狱令断案，也不可无凭，更不可罗织成罪。"

周千秋闻听此言，知邓通入狱乃是逆鳞，心中便有了数，于是断然道："廷尉放心，无须下官动刑，明日便教他自招。"

自廷尉府出来，周千秋便去找了相熟的涓人，探得邓通当初开罪今上，原是为"吮痈"一事，心中更有了主意，要教邓通甘心自诬。

次日，复又提审，邓通心怀恐惧，以为必会有大刑伺候。不料上得堂来，却不见如狼似虎的皂隶，仅有两案相对，案上摆有酒馔。

只见周千秋独自在堂上迎候，施礼见过，便请邓通入席。

押解狱卒立刻上前，卸下足枷，扶邓通入座。周千秋挥一挥袖，众人便皆退去。

邓通不明就里，于恍惚中坐下，只听周千秋好言劝道："邓大夫，且饮美酒。你我相识一回，便是前缘。此后何时再饮，怕是未可知了。"

邓通听出此言蹊跷，便不举箸，抬眼问道："狱令究是何意？可以直说。"

周千秋却不理会，只以平常语气问道："下官曾闻：太中大夫在昔日，竭诚尽忠，曾为孝文皇帝吮痈。 可有此事？"

"有过。 为臣之道，在于不避繁难。"

"哦呀！ 能为此者，岂非与孝子无异了？"

"在下以为：孝道便是臣道，并无不同。"

周千秋微笑片刻，忽就话锋一转："然臣子到底是外人，不是皇帝真孝子。 你如此做，教那真孝子的颜面，又如何安放？"

邓通不禁愕然，略一思忖，这才猛醒：原是当日为文帝吮痈事，触怒了今上。 今日系狱问罪，即由此事而发。

正恍惚间，又闻周千秋举杯劝道："你既知原委，便不须本官费力了，招或不招，总归逃不过的。"

邓通哀叹道："往日事，追悔也是莫及了。"

"不然！ 若你招认曾潜入外邦挖铜，获利十万金，愿以家财抵罪，今上岂能不顾文帝颜面，叫你去死？"

"去死？"邓通脸色一白，不禁喃喃道，"且慢且慢，容我细思量……"

周千秋这番威逼，果然见效。 才过了一夜，便有狱卒交上邓通供状，招认潜出挖铜，获利十万金，罪无可逭，愿以全部家财抵罪。

周千秋看过大喜，命狱卒安抚好邓通，便急赴廷尉府厢房，将供状呈递张敺。

张敺看过状，将信将疑，只问道："可是拷问所得？"

"非也。 下官未动一指，仅晓以利害，邓通便自愿招认。 廷尉若不信，可往狱中掀衣验之。"

张敺想了想，才面露喜色，赞许道："秉公断案，当如是。 邓通既服罪，你便立有大功！"

旋即，张欧将邓通案卷呈上，请景帝定夺。景帝看过，冷笑一声，询问张欧道："以爱卿之意，当如何决此狱？"

"臣以为：邓通铸钱，终究是先帝特许。潜入外邦固然违禁，然只为铸钱，亦无大罪。法之威严，乃在于持平，不如准其所请，罚没家财，以示儆惩。"

"只抄了他家财，岂不太轻？"

张欧一笑："邓氏家财虽厚，然亦不足顶罪。其不足之数，可视为官债，令他限期偿还，不得通融。如此办理，既不伤先帝颜面，亦可令天下之人心服。"

景帝望着张欧，笑道："张公到底是精明，也好！一个黄头郎，如何就能富逾天子？'吮痈大夫'，只恐要贻笑万年了，若不惩戒，又怎向后世交代？"

经廷尉府一番忙碌，待得邓通蒙赦出狱，方知全部财物及家宅，尽已没入官家。如此，昔日巨富，转瞬便成赤贫，且身负数亿官债，独自流落长安，衣食无着。

邓通遭罚一事，数日之内即哄传于长安城内，百姓皆喜形于色，只恨罚得太少。

这日，馆陶长公主刘嫖在长乐宫，正为窦太后剥枣。闻听宫女说起此事，不觉黯然，对窦太后道："那邓通，也是可怜。父皇在时并无劣迹，不过擅逢迎而已。"

窦太后亦感叹："正是。人不可以骤贵，即便小人得志，也是要遭妒的。"

"启弟行事，向来苛急。邓通在往日，尽心伺候父皇，并无差池；如今落拓，总要留些颜面给他。"

"嫖儿心慈，便赐些财物与他吧，免得人议论，说咱家忘恩负义。"

如此，刘嫖便遣心腹，送了些衣物、钱财给邓通。邓通得了这接济，好歹在长安赁了屋，东奔西走，指望有朝一日，赚些钱来偿还官债。至于家眷落魄南安，已是顾不得了。

哪知廷尉府一班法吏，早盯牢了他。见邓通有钱财到手，便如狼似虎般闯入，声称索取官债，要收缴财物。

邓通连忙辩称："此为长公主所赐。"

法吏却不理会，呵斥道："赐物亦是所得。按律法，所得须先拿来偿债，不得私用。你若不服，可诣阙告状，天子自会处置。"便将所有财物，一掠而空，连一根金簪也未留下。

邓通哪里还敢告状，只得忍下。次日，又被房东驱赶，仓促间无处可去，只得寄身桥洞下过夜。

夜寒难眠，邓通睡了一刻，又掩衣坐起，远望城内万家灯火，不禁大哭："先帝，邓某愚忠，可曾有片刻负过你……"

长公主刘嫖闻知，亦是忍不住落泪，忙又遣人送去衣食，密嘱邓通，只说这财物是借贷而来，方不至为法吏夺走。

果然未过几日，法吏又闻讯而来，气势汹汹，邓通便照密嘱所言，搪塞了过去。如此勉强撑持，又苟活了多时。

此后，长公主为儿女事操心，已无暇顾及。邓通便日渐潦倒，竟至不名一文。只得在故旧家中寄食，饥一餐、饱一餐，困苦至极。久之，那旧友见他起复无望，便也厌烦，渐渐将他冷落了。

初冬日，邓通栖身的偏屋中，四处裂隙，不能遮风。邓通感染风寒，已有数日粒米未进，浑身无力。那旧友本不是良善之辈，施舍多日，已觉亏本，此时便故作不知，也不来问。

这日晨间，天降初雪，雪花飘进窗棂，一层层覆于身上。邓通睁眼醒来，饥肠辘辘，更觉周身寒彻，便想起往日，珍馐满盘，食不厌精；到如今，枵腹忍饥，欲求一钵黄粱而不得，又何其哀哉！

此时，耳边隐约响起人声，似是喃喃咒语："或将饿毙……"便想起当年，方士阴宾上曾有此言，当时只道是诳语，今日却应验了。只恨自己，年少时为何不守本分，偏要来长安。若留在蜀郡做个船夫，或还可以善终。

想到此，邓通不禁万念俱灰，只顾闭目呻吟，奄奄待毙。

至朝食时分，邻家有汤饼熟了，一股香气飘进。邓通眼前，忽就现出一只大陶碗，碗中是狗肉汤饼，上覆紫苏，香满陋室……

隔了数日，那旧友不见邓通动静，进来看时，才见邓通竟已活活饿毙！那人自认晦气，忙找来里正、啬夫验过。又邀众邻人帮忙，以破席裹住尸身，抬去城西，埋在了乱葬沟中。

消息传入宫中，有涓人与邓通相熟，说起此事，都唏嘘不已。景帝闻知，只微微摇了摇头："当今之世，怎会有饿死沟渠者？"

可叹一代嬖臣，聚财数十亿，富逾天子，万人垂涎。其终局，竟如此凄凉，实是出人意料。

邓通虽死，景帝对此人犹自痛恨不已，暗暗发了毒誓，终其一朝不用佞臣，只用大才。对晁错，就更是信任不疑。

再说那晁错，自升任御史大夫之后，权倾九卿，势不在丞相之下，不免就顾盼自雄。想汉家开辟以来，受天子宠信者，无过于此，或是天将降大任于己。于是每日罢朝，便将那《商君书》《韩非子》翻了又翻，誓欲有一番作为。

这日夕食后，又在书房翻阅《韩非子》，偶见"事在四方，要在中央；圣人执要，四方来效"一句，不禁击节赞道："大哉韩非子！书生坐屋中，竟能洞见古今千年。仅十六字，便说尽了治天下之道。"

放下书卷，抬眼望窗外，直觉有慷慨之气鼓荡于胸。狭室内不能安坐，便独自踱至后园，见雪落纷纷，冬景萧索，满园竹篁已成琼枝，更痛感时光易逝，不能再蹉跎了。

恰好这日休沐，景帝起意赴郊外赏雪，召来晁错、周文仁同往。三人皆着便装，纵马在前，带了一队郎卫随后。

出东南霸城门，但见原野起伏，皆覆薄雪，天地间清朗之至。景帝不禁挥鞭喜道："人在此间，便无杂虑，今日你我君臣，可学田忌、孙膑，驰逐决胜。"

周文仁喊了声好，打马便跑。景帝、晁错哈哈大笑，随即亦加鞭催马。雪天行人无多，一行人放胆驰骋，马蹄过处，腾起片片雪雾。雾中唯见白裘飘飞，似仙人御风而行。

快意之中，并不觉路远，不足半个时辰，堪堪已驰上白鹿原。三人便勒住马，放眼观看。此时远处梁峁，皆落满雪，起伏如素帛飘逸。有三五人家，点缀其间，望去似墨迹点点。

片刻之后，随行郎卫也赶到，景帝遂挥鞭向北一指，问道："尔等可见否？"

众人皆往北望，见霸陵高矗，隐于薄雾之后，宛若神山。

晁错见此景，不由大赞道："壮哉！"

景帝亦是心潮难平，回首道："先帝遗我，真是一片好河山。"

晁错低回片刻，忽然叹道："可惜这等河山，却是片片如褴褛，不得连缀。"

"唔？"景帝便觉惊异，直视晁错道，"晁公此是何意？"

晁错便跳下马来，以鞭柄在雪地上画个圈，指道："设若这就是天下，陛下以为，是否已尽在股掌中？"

景帝、周文仁也都跳下马来，驻足观看。景帝瞥过一眼，便道："不错，自长沙国改封，化内之境，皆已姓刘。晁公于此有何异见？"

晁错微微一笑，便以鞭柄作笔，边画边说道："昔年高帝初定天下，觉异姓王不可信，故而大封旁枝同宗。陛下请看：高帝庶长子齐悼惠王，封得齐地七十余城；庶弟楚元王，封得楚地四十余城；族侄刘濞，封得吴地五十余城……"

景帝定定望住雪地，只见那圈中，已被划走一半大小，不禁倒抽一口冷气。

晁错见景帝有所动容，便趁势道："仅这三支庶孽，便分去天下一半；父子相传，自成一统，遂与天子分庭抗礼。陛下如何便能说，天下已尽在股掌之中？"

周文仁望望雪地上图画，也是惊异万分，脱口道："以晁公所见，天下之半，竟是危殆了吗？"

景帝沉默有顷，忽拽住周文仁衣袖道："话说到此，也无心游赏了。来，且席地而坐，你我恭听晁公高见。"

三人遂解下白狐裘，铺于地上，面对雪上图画而坐。周文仁抬头，以目示意，众郎卫便都散开，拔剑警戒。

景帝耐不住，先开口问道："依晁公之见，天下事，已等不得了吗？"

晁错未答，只反问道："臣要问：数十年来，汉家君臣治天下，以何为本？"

"无为。"

"正是！ 秦末之乱，荼毒已甚，若不尊'无为'二字，则百姓不可活。 即是高后称制时，亦尚无为，百姓有口皆碑……"

周文仁便不解，发问道："下臣不明：高后临朝，正是多事之时，何以能称'无为'？"

晁错瞟他一眼，微笑反问道："郎中令以为，治天下，只是治王侯公卿吗？"

周文仁茫然不能作答，只得拱手道："愿闻指教。"

晁错望了望景帝，便从容道来："治天下者，其义有二，一为治百姓，一为治诸侯。 治百姓事，在上者若无为，百姓不受扰，便似草木发荣滋长，无须人力相助。 诸侯则不然，你若无为，他便想有为，放任既久，小兽亦成猛虎，反要来噬人了。"

景帝脸色微变，却故意问道："刘氏诸王，到底是骨肉，如何便能骨肉相残？"

晁错淡淡一笑："以臣愚意，骨肉相残本无可怪，恰是骨肉，最不相容。"

"何以见得呢？"

"百姓欲效陈胜王，揭竿而成大事，难似登天。 诸侯王则不然，恰是顶着个'刘'字，与天子之位仅一步之遥，何人能不动心？ 人心不知足，自古而然，若不加约束，有几人能安分守己？故而治诸侯事，勿忘有所为，否则必酿大祸。"

周文仁闻言，登时张口而不能合，景帝亦是汗流浃背。 一时三人相视，都默默无言。

少顷，景帝才叹息道："诚如是，晁公并非危言。 向时为太子，遵父命，常读贾谊上疏。 贾谊眼光老辣，指同姓诸王，名虽为臣,实则无不以天子自居。 每读至此,忧思难眠,方知父皇为难之处。"

周文仁却有疑惑,问晁错道:"各方诸侯王,锦衣玉食,代代享富贵;若谋反,则成败之数难料。 彼辈不愚,何以甘愿冒此风险?"

晁错冷笑道:"赌徒之心,你我可测乎?"

景帝不由微微颔首,瞄了一眼雪上图画,又问:"依晁公之见,天下危殆,以何处为最?"

晁错拿起马鞭,指向图画东南隅,斩钉截铁道:"即是此处。 诸王之心,唯吴王最险。 此前,吴王因已故吴太子之事,心生嫌隙,诈称病而不朝。 若按古法,当诛杀勿论,然文帝不忍,反倒安抚了事。 文帝厚德至此,吴王本应改过自新,他却不然,反倒日益骄恣,挖山铸钱,煮海为盐,诱使天下逃人归附。 此等虎狼,岂能无事? 今若削藩王之地,当从吴王始。"

景帝沉吟道:"若削藩令下,吴王举兵而反,将奈何?"

晁错弃鞭于地,叩首道:"陛下,今削之亦反,不削之亦反。 削之,其反急,祸小;不削,其反迟,祸大。"

景帝尚未发话,却见周文仁面露忧色,连连向晁错拱手:"下官不才,请晁公也听我一言。 吴王譬如火药,硝石硫黄虽在,然无火不发,我又何必举火?"

晁错挺身而起,高声道:"与其等他举火,不如我先举火! 昔日陈胜王举事,天下皆郡县,尚且顷刻崩解;而今之势,天下半属诸侯,一旦吴王反,你我君臣欲再来这原上闲聊,可得乎?"

周文仁正欲反驳,景帝连忙制止道:"晁公乃智囊,天下大势,你我皆听晁公之言。"

周文仁悻悻道："晁公之言，固然高明，只恐诸臣不肯听。"

景帝望望二人，便对晁错道："既如此，你明日上奏本，交公卿列侯及宗室共议。 朕并无定见，只从众议。"

三人议罢，遂起身举目四望，见冬日昼短，天已微有暗色。景帝便道："这便返回吧，今日听晁公高论，不虚此行。"

周文仁故意问："归程可还要驰逐？"

景帝望一眼晁错，摇头笑道："张弛有道，孔夫子之言，亦不可废。 归程且徐行就好。"

一行人便揽辔徐行，缓缓下了白鹿原。

薄暮中雪意渐浓，漫天皆白，乡路蜿蜒伸入苍茫中。 行至半途，忽见前面有一白衣老翁，手执长鞭，正赶着一群羊蹒跚而行。

景帝忙一摆手，众人皆勒住马，随在羊群之后。 乡路两旁，植有冬麦，一行人欲下田绕过羊群，又恐践踏青苗。 周文仁耐不住，嚷了一声："如此缓慢，要走到何时？"便要去唤老翁让路。

景帝喝止道："不得打扰！"

那老翁闻声，回头来看。 景帝、周文仁便都一惊：原来此人，即是年前在轵道遇见的王禹汤。

王禹汤也认出二人来，仰头一笑："天下路窄，故人又相见了。"

景帝担心道："雪天路滑，王生如何远出至此？"

王禹汤苦笑道："今夏蝗虫四起，将禾苗掠食一空，羊也无草可食，故而来原上放牧。"

景帝便笑："天意乎，如何又遇老丈？"

"差矣！ 是老夫如何又遇诸公？"

"哦，这又有何不同？"

"老夫出门，本为生计，不欲有人搅扰。昔我刘草，被诸公无端拿问；今我赶羊，又遇诸公来争路，不是吗？"

"不敢！我等只是乘兴出游，不意惊扰了老丈。"

"不知诸公是何处贵人，不事生计，却得终日优游。若是意在无为，便随老夫缓行；若是想有为，便请赶散羊群，只管前去。"

晁错在旁闻听，心中惊异，忍不住脱口道："你是何人，敢论无为有为？"

景帝忙对晁错道："这位老丈，即是高士王禹汤。"

晁错一怔，细打量王禹汤一番，才施礼道："原来是王生！久闻大名，恕在下冒犯。"

王禹汤略一还礼，横瞥一眼道："呵呵！阁下多礼了，我本布衣，谈何冒犯？然无为有为之道，各有所见，莫非唯有公卿方可谈论吗？"

晁错一笑："非也。朝堂之人，草野之民，所守之道各不同，岂是交臂之间说得清的？"

王禹汤便止住步，注目晁错道："如此说来，阁下当是朝堂之人了？无怪口气颇似晁大夫。"

三人闻听，皆惊愕不止，景帝忙问道："晁大夫又如何？"

王禹汤仰头笑道："晁大夫，当今之翘楚也，才比商鞅、韩非，只不要终局也相似便好。老夫以为，法家重刑名，虽多智，亦有一失，那便是：不知百姓安一日，君王也就安一日。若只顾朝夕更易，变动无穷，百姓不堪其扰，则君王天下又赖何以存？"

晁错听得刺耳，忍不住反驳道："先生谬矣！韩非子曰：'不变古者，袭乱之迹。'为政者，岂能惮于民心不安，便守古不变？"

"荒唐！韩非子亦有言：'法禁变易，号令数下者，可亡也。'想那秦之一统，固是法家之功；然转瞬即亡，不也是法家搅的吗？"

三人顿又面面相觑，景帝连忙一揖道："谢先生指教，惜不能朝夕俯身求教。前面有歧路，我等可择他路而行，先生请自为。"

王禹汤自顾赶羊，头也不回，只摆手道："不谢。老夫妄言，诸公只当未闻。我素不信孔子，只信他一句'血气方刚，戒之在斗'。你等尚在壮年，不知其玄奥，我是早已无此血气了。"

晁错又反讥道："老人家阅世既多，胆量便小。当今天下，诸强藩环伺，你不与人斗，人却无一日不与你斗。若是君王坐困关中，待四方祸起，怕要悔之不及！"

王禹汤只一笑："这世上人，管他是草民藩王，有一日可安稳，便图一日安稳；你若乐与人斗，他便不得不陪你斗，试问如此君王，可还坐得安稳吗？"

说话间，诸人已至前面路口。晁错还想反驳，王禹汤却不再理会，只回身扬臂，一声鞭鸣，将羊群赶向一旁，为景帝一行让开路。

景帝望望前面，对晁错道："天色已晚，不宜耽搁，且赶路要紧。"便匆匆向王禹汤揖过，打马前行。

一行人驰驱片刻，景帝心绪仍不宁，又勒住马回看，却惊见王禹汤连同羊群，竟是踪影全无！

景帝久久凝望，只觉恍惚。晁错在旁道："白衣人偕白羊远去，想是已隐于雪野中了。"

景帝微微摇头道："王生，异人也，或是专为我而来……"

自原上归来，当夜晁错便遵旨，挑灯写好奏本，于次日入阙呈上。景帝看过，交还晁错，便令公卿、列侯及宗室齐集前殿，共议此奏可否。

待诸人会齐，景帝也来至前殿，旁听集议。丞相陶青略述过大意，便请晁错宣读奏本。

晁错此奏，经一夜斟酌，所论愈加有据，即是史上著名的《削藩策》。由晁错本人读之，更是滔滔雄辩，声震殿宇。

读罢，晁错昂然四顾，向众人揖道："臣晁错，以此上奏，请告谕天下：责诸侯之罪过，削其地，以明尊卑。"

宣读毕，满堂公卿列侯皆屏息敛气，不敢作声。虽有人不以为然，却只道是天子授意，亦不敢发难。

陶青见此，便道："诸君既无异议，可上呈御批，颁行削藩之策。"

"慢！"座中忽有一人，举手朗声道，"御史大夫此议，乃鲁莽之见，万不可行。"

话音落地，满堂皆惊。景帝也向前倾身，要看清是何人敢争辩。

待众人看清，原来此人是詹事窦婴。窦婴，字王孙，乃清河郡观津人，为窦太后族侄。他所任詹事一职，为宫内官，专掌皇后、太子家事。逢皇后法驾出行，詹事须为前导，乘导引车开路。

此次集议，本是公卿列侯议事，轮不到詹事这类小吏。然窦婴却是外戚，身份显贵。早在文帝朝时，曾任吴相，不久因病免归。景帝即位后，得窦太后之力，又入宫执事。这日，便是以宗室身份参与集议。

陶青也颇感意外，望了一眼景帝，才道："窦詹事有何见教，不妨说来。”

窦婴便振衣而起，向众人一揖道："御史大夫之议，乃申不害、韩非子一流，言必称赏罚，事必求功成。急功近利，锱铢必较，恨不能一日便成。此道，可以取天下，而不能治天下。今日所奏，竟不惜逼诸侯急反。试问，诸侯急反，我可有急备？我若无备，而天下之半皆反，又何以当之？"继而又转向晁错，直面问道："晁公以文吏出身，娴于文牍，耽迷掌故，既不知财计，又未识兵革，有何胆量轻言削藩？"

此言一出，满堂哗然，诸臣皆面露惶恐，左右张望。

晁错遭此反驳，气得须髯戟张，当下叱道："詹事之务，仅是眼前琐细，无怪你目不及廊下，耳不闻窗外。当今急务，乃在天下枝强干弱。诸侯居其国，法令自立，官吏自任，铸钱以富其国，聚徒以强其众；名为诸侯，实为敌国，是为不反之反。今若不削藩，天子之威日弱，崤关之外，不尊诏令；天下之半，难称汉家。大势如此，詹事你可知吗？"说到此，晁错意气愈盛，向前几步，又戟指窦婴道："臣少时习从法家，诚惶诚恐，不意今日厨灶马厩间，竟有敢蔑视法家者！君不闻，韩非子素重'上尊''主强'，若是上不尊、主不强，则天下纷乱就在眼前。似窦詹事这般，浑噩如秦二世，坐待事发，则崤关如何能守，咸阳又如何能不焚？"

听晁错这番纵论，众人中便不乏叫好者，此处彼处，赞声四起。

窦婴却不为所动，双目炯炯，略一躬身道："晁公所言，不无道理，然天下事，非道理可以言尽。今之汉家，其务不在扫六国，而在安民，故法家之苛急，便是无端肇祸！孔子曰：'君使臣以礼，臣事君以忠。'诸侯虽不臣，然并非公然倡乱，若以礼而化之，则似引水浇火，可徐徐而熄之。 晁公所本，乃商鞅之术，恃力而为，恃强而动，视诸侯为敌，必将逼反四方。 天下得太平，迄今不过三十年，晁公便忍见刀兵四起、生灵涂炭乎？ 生于治世，却喜闻剑戟声，不是疯癫，便是文痴！ 似晁公这般，欲自取其乱，竟是何居心，还请指教。"

窦婴之言，说出多人心中隐忧，众臣便有大半高声赞同。

晁错不甘削藩之计为一小官所阻，当即叱责道："腐儒之论！你岂知人性本恶，若水之下流，仅凭善言怎可以教化？ 殷纣作恶，非流血不可以止；齐楚称霸，循周礼则不能劝。 今诸侯坐大，民间皆能预见其乱不远，若断然削之，便是利民。 商鞅曰：'苟可以利民，不循其礼。'若以礼教徐徐化之，则远地未服，都邑已破；丝竹未尽，鼙鼓惊梦；此处宫阙，恐早已不复为汉家了。 覆亡之患，忠臣当挺身而救之；似窦詹事这般阻挠，又是何居心？臣是万万不可忍！"

待晁错言毕，众人心中一凛，都不敢当场置喙可否。

景帝细听了许久，一时也难以决断。 又见两人论辩，语气愈加激愤，终不是事，便摆手劝止道："二位所言，都不无道理。 削藩事大，牵动国本，非一二日可筹划妥备。 且搁置不论，容后再议。"

闻景帝发话，众人才觉松一口气，都低声议论不休。

陶青领会景帝之意，连忙打圆场道："如此最好。 孔子曰：'朝闻道，夕死可矣。'今闻二公高论，可以放心死两回了。"

众人便一齐发笑，纷纷附和，赞成缓议削藩为好。

晁错见好事落空，满心恼恨，本想奋力再争，然碍于窦婴外戚身份，不便太过得罪，只得忍下。

待返归家中，晁错百事不欲再问，独立于廊下，痴望着满庭白雪，良久方叹道："无怪《商君书》云，'拘礼之人不足与言事'，先贤到底是聪明，早看得明白。"

三

削藩策急
不知危

自削藩之议搁置，朝中也就无大事。转眼已至冬十月，正值元旦，又逢景帝大赦天下，诸侯来朝贺，削藩之事就更不能提起，上下都只忙着过年。

诸王之中，以梁王刘武来朝时，阵仗最大。梁王乃景帝唯一同母弟，自幼得窦太后宠爱，所封四十余城，全为膏腴之地，物产甚丰，赋税亦多，加上历年父兄赏赐，更不可计数。府库中，所藏奇珍异宝，世所罕见，即是长安富豪绑作一处，亦不能敌。

梁王财富既多，便大兴土木，拓宽睢阳城垣，造起一座"梁园"来，方圆八十里。园囿幽深，宫观相连。其间奇果佳树，珍禽异兽，无不毕至，素有"七台八景"之称。又新建宫殿，中有复道凌空，横跨梁园，自宫中直通"七台"之首的平台（今河南省商丘市平台镇），曲折长三十余里，可饱览景色，望之如天街。

梁王素有大志，并非耽于享乐，时常留心招揽豪杰。重赏之下，自崤关以东，各国游士无不入其彀中。有齐人羊胜、公孙诡、邹阳，吴人枚乘、严忌，蜀人司马相如等，各擅异才奇技，名闻于中外，皆归于梁王门下。

那公孙诡，名如其人，胸中多诡邪之计，然文采也是了得，凡有辞赋，世人皆争诵。初次见梁王，即大受赏识，获赐千金，官至中尉，统领梁国兵马，人皆尊称"公孙将军"。此人擅制兵器，任中尉后，命工匠打造弓箭、戈矛数十万件，以备不时之需。

梁王平时出入，皆称警跸，树天子所赐旌旗，随从有千乘万骑，拟同天子，天下诸侯无人可及。

景帝即位后，梁王曾两次入朝，景帝都特予优待。入宫时，兄弟两人同乘步辇，出宫则同车游猎。梁王所率侍中、郎官、谒者等，姓名录于宫门籍册，发给凭引①，出入天子殿门，与汉家官吏一般无二。

这日车入司马门，梁王见景帝早在门内等候，忙跳下车来，施礼拜谒。景帝满面含笑，执了梁王之手，寒暄多时，方才同乘步辇，一道入宫。

景帝幼时，与梁王同在代地生长，手足之情尤深。此番见梁王来，不由慨叹："帝王家，如何比得上民家？百姓家的兄弟，比邻而居，朝夕得以见面；你我却不能，一年方可见两面。"

梁王亦有同感："少年时入朝，尚可留京数月；而今为阿兄守土，想多来几次，也是不敢。"

谒过景帝，梁王便要去拜谒窦太后。景帝欣然道："我也与你同往。今日已有安排，在长乐宫设宴，为你接风。你拜谒太后毕，我二人便与太后一同入席。"

窦太后见了幼子梁王，自是满心欢喜，嘘寒问暖不停。眼看将至夕食时分，景帝便吩咐开宴，请窦太后入上座，自己与梁王分坐左右。

---

① 凭引，证明身份的凭据，相当于身份证。

窦太后虽然看不大清，但眼前两子英武豪壮，心中终究是喜，遂对梁王道："武儿这几年，有了些历练，城府也深了，不比你阿兄差多少。"

梁王忙道："哪里，自幼阿兄就强于我，文韬武略，无不是由他指点。"

此时，詹事窦婴持了酒卮①上来，为三人逐个斟酒，执礼甚恭。

窦太后便指指窦婴，对景帝道："你这表兄，已到中年，尚无显赫事功，害得我牵挂。近来他在宫中如何？"

景帝望一眼窦婴，笑道："王孙兄敢直言，日前集议削藩事，连晁大夫也敢顶撞。"

窦太后便惊异："晁大夫学富五车，人说可比得韩非子，窦婴如何能敢得过？"

窦婴连忙俯首道："不敢。小臣只是主张，削藩之事不宜急。"

窦太后便道："那也是。启儿这大位，尚未坐暖，凡事总要'无为'在先。"

景帝笑道："太后放心，有武弟为我屏障，暂不削藩，料也无事。"

饮到微醺时，窦太后见眼前阖家团圆，忽就想起了文帝，心中一酸，竟落下泪来："你们阿翁最不易。当年自代国入都，不知长安虚实，恐老臣作乱，临行前嘱咐我：一旦生变，务要发兵守住北

———————————

① 卮(zhī)，古代盛酒的器皿，广口、筒状。

塞三关，保晋阳不失。有晋阳在，便有自家的根基。我一个妇道人家，哪里当得了这嘱托？只顾抱住你兄弟二人啼哭。"

说起往事，梁王也不禁动容："彼时幼小，不知父王遭了何事，只记得阿母啼哭，我也啼哭，唯兄长神色不变，牵住父王衣襟死死不放。"

窦太后抹干泪又笑："这大喜时日，倒要说这些伤心事！我母子还是饮酒，不提往事。"

窦婴闻此言，急忙又趋近斟酒。如此饮至酣畅时，三人都有醉意，梁王命窦婴再斟满，举起酒杯道："咱家得了这天下，是上天选中。这一杯，我独自饮了，祝阿兄不负天意，近用能臣，远服诸侯，定教这山河永固，代代相传。"说罢便仰头饮下。

一番话，说得景帝心暖，也举起杯来，慨然道："这一杯，我也独饮。这山河，既属了咱家，千秋万岁后，将传于梁王！"

梁王又惊又喜，连忙拱手道："我哪里敢！不敢不敢……多谢阿兄，弟知阿兄心意了。"虽也知景帝并非当真，心下却不免暗喜。

窦太后闻听景帝此言，竟然笑出声来："哦呀，这便好，这便好！为母生养你们兄弟，也不枉一番辛劳了。"便举杯向景帝，斟酌着似有话要说。

岂料此时，窦婴忽然持酒卮趋前，跪地向景帝进言道："天下者，高帝之天下。循例父子相传，方为大统，陛下如何能传位于梁王？"

座中三人闻言，都是一惊，直直望着窦婴，一时无语。

窦婴也不理会，双手奉酒卮递与景帝，高声道："陛下酒后失言，请罚一杯。"

景帝这才猛醒，便哈哈一笑，为自己斟满一杯饮下，舒口气道："今日这罚酒，也是好酒！"

梁王却忽地敛了笑意，惘然若失，只顾埋下头去，盯住手中空杯。

窦太后则怒视窦婴一眼，面有愠色，将酒杯重重置下，叱道："竖子！我母子说话，要你窦婴来插言吗？"

景帝忙对窦婴道："王孙兄，我母子谈家事，你且退下吧。"

窦婴面不改色，向三人逐一拜过，才从容退下。

望见窦婴出去，窦太后恨恨道："无眼力之人，真是可恨！无怪乎人到中年，尚一事无成。"

景帝便道："太后无须理他，还是饮酒。"

窦太后望望梁王，微微叹一口气，忽就道："算了，饮够了！再饮也是无味。"说着，便唤宫女进来，冷冷道："你兄弟在此吧，为母累了，要早去歇息。"

兄弟俩连忙起身，揖礼相送。

窦太后由宫女搀扶，蹒跚走到门口，又回头对景帝道："近有彗星当空，洎人都说，世将有乱臣出，我还不信呢。看你日渐骄矜，所用之人，也都恁地张狂，只恐祸将不远了！"

景帝、梁王呆望着窦太后走远，再坐下时，两人都觉无话。

少顷，景帝才含笑道："好酒不饮完，终究可惜。来，我为你斟上。"

梁王闷声不响，以衣袖遮住酒杯，望着景帝微微摇头。

景帝也觉无趣，便对梁王道："阿母的目疾日甚一日，偶有急躁，武弟也不必在意。"

梁王还是不响，恍惚不知望向何处。

景帝心中有数，暗责自己方才失言，便放下酒卮，上前将梁王扶起："今日就到此吧，你舟车劳顿，也早些回去歇息。"

次日朝食后，景帝正欲唤窦婴来，嘱他言语要小心，不料却有宦者进来，递上了窦婴的辞呈。

景帝惊道："这是哪里话？去唤窦詹事来。"

那宦者却回道，窦婴已于今晨，将诸事交卸完毕，自出宫去了。

景帝便双眉紧蹙："这又是何苦？"默思良久，终还是提起笔来批了，准窦婴免职。

消息传至长乐宫，窦太后余怒未消，恨恨道："跑掉就算了？人无良心，可至此乎！"说着，便命身边宦者去传谕宗正刘礼，除掉窦婴外戚门籍，削为平民，不再认这个族侄了。

饶是如此，梁王仍觉无趣，朝贺完毕，也无心在长安多留，带了一干随从，怏怏而归。

窦婴平白被免职，朝中众臣不知底里，只风闻他言语有失，都甚感惋惜。独有晁错闻知，却是心中暗喜。

前次削藩之策受阻，晁错尤恨窦婴，如今窦婴自败而去，想那削藩一事，便有望重提。晁错也知，若再交付公卿集议，或又将争执不下，不如先不声张，瞄住一二诸侯错处，便可下手。

可巧就有失心的诸侯，自己送上了门来。此次朝贺，各路诸侯中，有一位楚王刘戊，最为招摇。入住长安楚邸后，未等拜谒，先就遣人四处寻找女伶。逢入夜，楚邸中灯烛通明，欢歌狂舞，直闹得一派妖冶气。城中有百姓望见，艳羡不止，满城里传得沸沸扬扬。

晁错任御史大夫，专事监察百官，手下眼线遍布四方。楚王刘戊行为不检，才入都便闹得不成体统。 若在平常，也就罢了，诸王品行如何，由宗正府督察，御史大夫按例不问。 岂料此次，正撞到了晁错网中。 晁错瞄住诸侯王罪错，已不止一两日。 此前薄太后驾崩，丧报传至四方，诸侯王虽不必进京，也须守制服丧，禁歌吹宴乐。 刘戊荒唐惯了，只道是长安远隔千里，有何人能知守不守丧？ 于是照旧在王宫中淫逸，左拥右抱，颠鸾倒凤。

这刘戊，乃楚元王刘交之孙，亦即景帝的堂弟。 前文曾有交代，刘交乃刘邦四弟，最具文人气。 其子刘郢客，亦是文质彬彬之人。 这父子两人，先后为楚王，传到了其孙刘戊这里，却是文脉尽失。 刘戊袭了楚王，谨慎了不多时，便开始放浪，耽迷酒色，蔑视礼教，正应了"三代败家"的俗谚。

楚王刘戊不成器，曾有一逸事，流传甚广。 当年楚元王刘交，喜读诗书，召名士穆生、白生、申公三人为中大夫，待若上宾。 其中穆生不善饮酒，楚元王每逢召他对饮，都特备一壶醴酒（黄酒），清淡如水，也好令他不至醉倒。 后刘郢客袭位，仍照此规矩优待。 待刘戊袭了楚王，初时召穆生饮宴，尚备有醴酒，稍后便忘到了脑后去。

穆生见此情形，待宴罢出门，便仰天叹道："醴酒不设，王意已怠。 若不离去，楚人迟早将以铁钳拘我，示众于闹市。"于是称病不出，打算就此隐退。

白生、申公闻知，知是穆生闹意气，便上门去强劝："公乃知理之人，如何不念先王旧德？ 今楚王忘置醴酒，略失小礼，公又何至于此！"

穆生对二人道："昔读《周易》，内称'君子见机而作'，我不能有眼而不辨高低。 先王之所以礼遇你我，是为重道；今嗣王轻慢我，便是忘道。忘道之人，焉能与之久处？我岂是为区区之礼而怄气？"不久便称病，挂冠而去。

白生、申公两人，终究是念旧，未肯离去。岂料两人日后遭际，果然被穆生说中，此处且按下不提。

此事传于后世，便成了一句成语"醴酒不设"。意在警晓世人，若宠顾已衰，便要趁早离去。

再说年前，薄太后讣闻传至楚国，楚王不独心里无悲，连佯装文章也不做，照旧偎红倚翠，纵酒欢会。此事早为御史府察知，今番入都又不检点，真是忘乎所以了。

晁错检阅旧档，抄录下这一节，写成一道劾奏，称楚王在薄太后丧期内，纵酒暴淫，实属大不敬，按律当斩。

劾奏写成，晁错踌躇满志，掷笔大笑道："楚王你来得，却是走不得了！削藩乃我平生功业，何人可以阻挡？贾谊未竟事，自有晁某做得成，留得美名于后世，岂是李斯辈可比的！"

景帝接了这奏本，暗自吃惊。稍加思忖，方知晁错是一心寻隙，要将诸侯逐一剪除，于不露声色中，便施行削藩。景帝初起也有此意，不妨就此扣押楚王，交廷尉问罪。然提笔再三，仍是下不得手，末了只削去东海郡（今山东省临沂市南）、薛郡（今山东省滕州市）两处，夺其大半封土，令楚王归国了事。

此次楚王虽得脱罪，但削楚到底还是成了。晁错心中大喜，一鼓作气，又查出赵王刘遂两年前有过失，遂奏请削去常山郡。继而又上奏，指胶西王刘卬贪得无厌，私下卖爵，请削去六县。景帝接了两个奏本，心领神会，一并照准。

三王被削部分封地，自是将晁错恨之入骨，亦恨景帝昏聩不明，便欲谋反。然权衡再三，终因天下尚安稳，未便擅动，只得先忍下。

那晁错连连得手，只道是诸王不堪一击，便又接连上书，请更改法令。仅二三月间，竟更动法令三十章，处处削损诸侯，意在逼迫。天下诸侯闻此，一片哗然，都攘臂痛骂，只恨晁错不死，当着朝使之面也不避讳。

如此惹了众怒，晁错却毫不在意，见三王被削部分封地后，并无异动，只道是削藩大得人心。于是日夜筹划，只待稍有时机，便要着手削吴。

这日暮间，晁错忙毕公事，独坐书房，随手拿起陶埙来吹，聊作自娱。暮光斜照中，其声中和，悠扬满庭，又微微含哀意。

正自陶醉间，忽有一老者排闼而入，进门便戟指晁错，叱道："竖子，你欲寻死吗？"

晁错大惊，抬眼看去，方知是自家老父，自颍川故里入都。晁父一身尘土未拂，便寻来书房，不知何故勃然大怒。

晁错慌忙起身，扶老父入座，恭谨问道："阿翁何故赶来？"

老父甩脱晁错手臂，气仍未平，怒问道："今上即位，拔擢你主政用事，你却侵削诸侯，疏离人家骨肉。天下汹汹，众口都怨恨你，这又是为何？"

晁错知老父发怒原是为此，便含笑道："不错，我并非盲聋，亦知反对者众。然不如此，则天子不尊，宗庙不安。"

晁父便连拍膝盖，痛心疾首道："宗庙安否，你倒比那皇帝更急了。你可知，刘氏安则安矣，晁氏却将危矣！"

"阿翁糊涂了——刘氏既安，晁氏又如何能危？若刘氏不安，我才有不测。其中道理，如何能与你讲清？"

"混账话！我在局外，窥得清楚。昔年吕太后时，刘氏骨肉被诛，血流遍地，他宗庙可曾危乎？ 天命所在，外力如何能撼？你出身学子，即便为《尚书》作注，也可留名百世；如今卷入宗室纷争，问你有几颗头颅，能禁得起人家砍？"

晁错闻言，脸色微愠，起身道："阿翁无须再说！ 天子至尊，为我立身之本；为天子除弊，虽万死而不辞。 朝中有削藩令，不日即下，势必如雷霆，几个诸侯怎可挡得住？"

晁父闻言，顿时有老泪涌出，连连嗟叹道："吾儿呀，这官面上的话，拿来与我搪塞，究有何用？ 自古疏不间亲，乃常情也，怎的你便不知？ 你竖子得势，不过才几日，莫说御史大夫，便是那丞相，也不过天子家犬马。 你素来目中无人，稍有得势，便以为可得百年恩宠。 若遭了囹圄之祸，刀斧加颈，那公卿百官中，又有何人肯替你辩白？"

"若陷不测，后世自可还我清白。"

"身后清白，当得饭食吗？ 大臣蒙冤，累代不绝，你屈指算来：李斯如何，韩信如何，周勃又如何，几人能有个圆满了局？ 一日得势，换得千年悔恨，你莫非也想做那新垣平吗？"

晁错顿时色变，拂袖怒道："世间庸碌者，何其多也。 吾志已坚，阿翁请勿多言！"

晁父痛极失语，良久方颤颤起身，向晁错一揖道："晁公！ 为父适才所言，不值一钱，你不愿听也罢。 今彗星出西方，民间百口喧腾，皆言祸事将近。 吾年已老迈，不忍见祸及家门，还是离你远些的好。"说罢，水也不饮一口，转身即走。

晁错初时未应，稍后方猛醒，忙追出门去，大呼道："夜禁将至，何不等到天明？"

哪知晁父出了门，立即登车，吩咐家仆起程。 闻听晁错呼喊，头也不回，只抛下了一句："宁宿逆旅，也不沾你这大夫邸。悔不当初，未教你务农贩菜！"

晁错独立门外，痴望老父乘车驰远，心中顿起哀戚之意，不觉深深一躬，俨如诀别。

却说朝中削藩令下来以后，百姓并无议论，诸侯王却是心中震恐。各王都世袭罔替，做了两三代，锦衣玉食，尊享一方，只道是可享百世安稳，却不料飙风乍起，眼看就要削地失民，无异于被剜肉般痛彻肺腑。

那吴王刘濞，最不敢大意，命长安吴邸属官四处打探，三五日便有密信送回广陵（今江苏省扬州市）。月前，探得晁错得宠，逼走窦婴，便知大事不好。果然，旬日之内，即盛传有三王部分封地已被削。

待都中属官将民间私传的"京师书"送来，坐实此事，刘濞当即冷笑："晁错狂徒，再削必为吴矣！"便抛下政务，带领三五亲信，驰上城内独岗。

时值十二月，朔风凛冽，于岗上可望见江流入海，一片烟波。刘濞勒住马，良久不语，左右近臣亦不敢多言。

稍后刘濞下马，众人也随即跳下马来。刘濞望着中大夫应高，缓缓道："国中百官，唯应公见解不凡，请随我去石上一坐。"言毕，便带着应高，攀上山顶一巨石，抱膝而坐。

望了海面良久，刘濞方道："应公，可知这东海，已有万年之久吗？"

应高答道："开天辟地时，即有东海，几番沧海桑田，怕不止万年了。"

"万年前，此处曾是何地，此地曾有何人？"

"这……臣实不知。"

刘濞便感叹："寡人弱冠时，即获封王，自沛县至此，竟四十年矣。然终究人生苦短，万年之后，此地可还有人知我？"

应高斟酌片刻，方才答道："吴国之民，富逾天下，皆念大王恩德。即是千万年后，亦必有口碑流传。"

刘濞笑笑："人间事，怕是连百年也等不得了。应公，我愿与你赌：不出旬日，定有削藩令下，夺我吴土，分我吴民。人生在世，四十年安稳都难保，何况万年乎？"

"大王不必多虑，此次削藩，三王各有其咎。大王则无错，即便欲削吴，亦不能无故加之。"

"呵呵！君不闻'楚人无罪，怀璧其罪'乎？若此地为长沙，则吾土可安泰万年。正因吴地富庶，便成了寡人之罪。"

"臣以为，那晁错虽得势，然削藩之事，群臣仍多有反对，故所削三王，皆为旁枝弱国。吴则为东南要地，国强民富，大王甚得民心，晁错断不敢逆势而行。"

"不然！先易后难，晁错也无非是此等路数，先削三王，实是意在削吴。今之大势，寡人不能坐以待毙。"

"大王之意，是要……"

"起兵自保！你为我心腹，说了也无妨。"

"大王待我恩重，臣愿随大王执戈。然区区一晁错，值得大王犯险吗？"

"还记得我故太子枉死之事吗？既有当初，必有今日。主上不容我，恐不单是晁错蛊惑之故。"

应高顿时领悟，心中一凛："臣明白了。"

刘濞便道："寡人这里，要托付你一事。"

应高忙俯首一拜："大王请吩咐，臣万死不辞。"

"诸侯恨晁错已久，然三王被削，天下却静如止水，可见诸王胆量不足。如此孱弱，终将被赶尽杀绝。我看诸王中，唯胶西王刘卬一人勇武，好气斗狠，喜兵事，世人皆忌惮。请足下潜入胶西，约其起事，兴兵以诛晁错。吾人若不自救，则世间再无人救我了。"

"此为大计，仅胶西王一人，臣尚觉势单。"

"应公放心。天下之势，已如薪柴遍布，若胶西王肯起事，则其余诸王必将影从。"

应高应声起身，拱手道："大王明见。臣明日便微服出城，前往高密，说动胶西王。"

刘濞便也起身，执应高之手道："当今群僚，慕赵高者多，慕荆轲者少。公今此去，是为举大义，吴地万民得益，将不忘公之名。"

应高当即拔剑而誓，慷慨应道："此处大江，以臣看来即是易水；臣此去若无功，誓不生还。"

两人凝望江流，豪气顿生。刘濞迎风长啸一声，仰首道："既为王侯，岂能不如陈胜、吴广乎！"

旬日之后，应高单人独骑，驰入高密，赴胶西王官求见。

此时的胶西国，被削去营陵、平寿等六县，归朝廷所有，另置北海郡。

那胶西王刘卬，为齐悼惠王刘肥之子，自文帝裂齐为六国，迄今封王已十一年。正在无忧之时，忽被削去封土大半，仅留一隅，自是郁郁寡欢，觉颜面尽丧。

这日，忽闻谒者通报，有吴王密使来见，刘卬心中便一动，忙命人宣进。

应高上殿礼毕，环顾四周道："吴王遣应某来，有肺腑之言相告，请大王屏退左右。"

刘卬稍露诧异，挥袖命近侍皆退下，语带讥嘲道："久闻吴王老到，看足下这般做派，果然不假，请拿吴王书信来。"

应高道："事密，吴王不便着笔墨，臣下口传于大王。"

刘卬原本愁容满面，此时望望应高，不禁一笑："越发鬼祟了！那么，足下请说。"

"我王无能，恐招致旦夕之忧。偶有所思，当说与大王听，故遣小臣前来，如实转告。"

"哦？吴王有何见教？"

"大王请看。"应高说着，便将一物从身后拿出，置于地上，上覆有帛巾。

刘卬眉毛一动，望了那物什片刻，便起身来看。应高伸手揭去帛巾，原是一个铁笼，内有白雉一只。

刘卬不解道："野鸡嘛，有何稀罕？"

应高抬手指道："请大王看那爪子。"

刘卬俯身看去，只见那白雉，两爪皆被斩去，蜷缩笼内不能站立，便不禁"啊"了一声。

应高趁势便道："此禽鸟羽毛华丽，振翼可飞，然爪子被人斩，欲自立于世而不能。小臣敢问，大王可愿做此禽鸟否？"

刘卬登时瞠目，连忙拉住应高道："本王已知你意，请随我往密室谈。"

二人来至殿后密室，分宾主坐下。刘卬便向应高一拜："吴王德高，天下人无不敬，公请尽言无妨。"

应高便正襟道："臣在吴地，久闻大王英武，然禽鸟爪子若失，又何以高飞？今主上昏庸，为奸臣所蔽，好小善，听谗言，擅变律令，侵夺诸侯之地，真是日甚一日，大王竟无所见乎？俚语有言'舐糠及米'，大王又不曾闻乎？吴与胶西，皆为知名诸侯，若主上意在逼迫，恐不得安生矣！"

"唔……吴王年高，德声在外，如何竟为主上所忌？"

"吴王身有内疾，不能入朝已二十余年，常忧惧见疑，无以自白。数十年来，唯袖手谨言，仍惧天子不释疑。"

"吴据东南，财富倾天下，有何人能撼动，莫不是吴王多疑了？"

应高直视刘印，双目炯炯道："臣闻大王因授爵事被责，削地大半。其余两王亦如是，罪不至此，何以被削地？此等蹊跷事，恐不止削地便罢。"

此话说到了痛处，刘印不由轻叹道："正是如此，公有何好计？"

应高便朗声道："臣仅有一语：'同恶相助，同好相留，同情相成，同欲相趋，同利相死。'今吴王自认与大王有同忧，愿趁此时机，从天理，举大义，捐躯为天下除害，不知大王可允否？"

刘印闻此言，不禁大骇："寡人怎敢如此？今上催迫虽急，唯死而已，安得做乱臣贼子？"

应高正色道："乱臣今就在朝中！御史大夫晁错蛊惑天子，侵夺诸侯，蔽忠塞贤，朝臣亦多怨之，诸侯皆有背叛之心。人事之危，达于极致。今有彗星出，蝗虫数起，此乃万世难逢之时，愁劳之众在前，圣贤随于后，正可相率起事。"

刘卬听应高提及晁错，顿生切齿之恨，神情便一振："晁错固当斩，然吴王有何良策？"

"吴王欲以讨伐晁错之名，随大王车后，起兵扫平天下。义师既出，所向者必降，所指者必下，天下无人敢不服。若大王许之，则吴王必率楚王，取函谷，扼荥阳，拥敖仓之粮，以拒汉兵东来。吾人将洒扫馆舍，以待大王；若大王有幸来会，天下便可易手，任由两主分割，不亦可乎？"

刘卬听得血涌，霍然而起，以掌击案道："吾素习武，最喜爽直。使臣无须多言了，这便可回报吴王，寡人愿起兵！"

应高大喜过望，遂俯首拜道："大王勇武，小臣已见识了；吴王今虽老，英武仍不减当年。两王兵锋所指，将攻无不克。"言毕，即辞别而去，连夜归吴复命。

再说那吴王刘濞，在广陵城翘首以盼，终等到应高归来。知刘卬已被说服，不禁拊掌大笑："胶西王入我彀，天下事定矣。应公有大功于国！"

夜来，刘濞于灯下思之，又恐刘卬反悔。于是不待天明，便扮作使臣，率郎卫一队，北上高密，要亲见刘卬。

这日刘卬在宫中，闻吴使又至，不由得失笑："吴王心急，竟等不得二三日乎？"

因刘卬从未见过刘濞，待刘濞上殿，自然不识，只脱口道："吴王老便老矣，如何使者亦这般老？"

刘濞微微一笑，上前几步，摊开手掌，只见掌心写有"我乃吴王"四个字。

刘卬大惊，正要开口，刘濞连忙摆手道："大王，请往密室去谈。"

两人进了密室，这才相视大笑。刘印施礼道："久闻伯父大名，今日才见雄姿，恕晚辈失礼了。"

刘濞道："哪里！吾闻世人皆畏贤侄，今日见之，果然英武！吾今来，欲与贤侄面商结盟事。"

两人遂相对而坐，将诸般事宜细细说来。一连数日，言无不尽，说到高兴处，竟是废寝忘餐。

如此，刘濞在高密勾留数日，如愿而归；联络齐地诸王之事，便交由刘印去做。

此次刘濞来，事虽机密，然胶西王刘印身边，仍有人听到了风声。

此时，刘印生母仍健在，居高密城内，为王太后。经吕氏之乱，王太后一向谨慎怕事，风闻刘印要反，不免又惊又怕。

刘印身边有一二老臣，素敬王太后，便颇感不安，向刘印谏道："我胶西小国，上承汉家一帝，为至乐之事。今大王却弃安宁，涉险地，欲随吴王起兵。若事成，则两主又将分争天下，兵连祸结，永无宁日。况诸侯据地狭小，虽号为天下之半，究其实，尚不足汉郡十分之二。以此羸弱之势而为叛逆，累及王太后亦觉忧惧，臣以为绝非长策也。"

刘印却不听，拂袖叱道："腐儒之见！王太后乃隔世人也，何须理会？岂不闻《周易》之言'二人同心，其利断金'，况乎诸侯联袂，又岂止十家？以十攻一，扫清天下又有何难？"

老臣心有不甘，仍苦劝道："凡事有顺逆之道，不可以逆击顺。若朝廷发兵，终是堂堂正正之师；诸侯之盟，到底为乌合之众，有多少胜算可言？"

刘印便不耐烦："卿等为文臣，如何知兵事？今我发兵，便是讨逆。诸王皆为高帝血脉，他又如何为正，我又如何为不正？今汉军还有何名将，可阻我兴师？诸公老矣，都无须多言了。"

挥退老臣，刘卬精神抖擞，遂遣使分赴齐、菑川、胶东、济南、济北五国，与五王通气，相约起事。此五王，皆为齐悼惠王刘肥之子，乃刘卬同胞兄弟，即是齐王刘将闾、菑川王刘贤、胶东王刘雄渠、济南王刘辟光、济北王刘志。

当年文帝甚猜忌这一枝，将齐国一分为六，封与刘肥诸子，以削其势。那五兄弟，素与刘卬同气相求，都为兄长刘章、刘兴居之死抱不平，多年亦不忘。待胶西使者说明来意，五王皆有许诺，愿举兵相从。

刘卬接诸兄弟回函，不禁大喜道："兄弟同心，事焉有不成之理？"

再说刘濞自胶西返回，立遣使赴赵、楚两国，游说两王起事。两王为晁错所劾，最先被削地，正怨恨满腹，岂有不许之理，便都一口应下。

楚王刘戊身边，有申公、白生两人，此前不听穆生劝谏，仍为中大夫，闻此事都大惊，急入楚王宫劝阻。

刘戊在后园与近侍蹴鞠为戏，正在兴头上。见二人仓皇而入，忍不住笑道："二公何事，竟如奔丧一般？"

申公便揖道："大王好兴致，不知祸事将起。事若发，我辈将奔丧不及！"

"哦！何事出此危言？"

"臣闻吴王遣使来，相约起事，以诛晁错。不知大王许他否？"

"此乃吾家事，二公不必与闻。"

白生便顿足道:"两代先王崇文知礼,令名满天下,大王应顾惜家门,岂可有不臣之心?"

刘戊当即变色,怒道:"二公是说,寡人不配为王?"

申公不为所动,昂然道:"先王待我,恩重如山。事急,臣不得不谏:无论姓刘与否,君臣之道,也万不可颠倒。"

白生亦慨然道:"高祖定天下,五十年间,内乱无一得逞者,大王可无惧乎?先王托付,言犹在耳,臣子之义不可抛,吾不忍就此目睹国灭。"

刘戊立时被激怒,厉声喝道:"胆大儒生!寡人赏你两钵饭吃,便可来此指画吗?我之封土,得自父祖,不是凭识字而得。先王所留,有堂堂彭城、薛、东海三郡。那晁错,只知闭门弄墨,竟削去东海与薛两郡,令我独守彭城,其辱可忍乎?儒生辅政,不过案头玩偶,好看罢了。今寡人欲夺回失土,与你辈又有何干?"

言毕,便令左右甲士,将二人冠服褫去,换上刑徒赭衣,以铁钳加颈,押赴彭城西市,罚以舂米。

二人就刑,万分狼狈,于天寒地冻中瑟瑟舂米。有城内闲杂人等,来围观取乐,皆戟指笑骂"国贼"。

申公望望白生,不禁含泪道:"我为王忧,王却视我如寇仇;我为民忧,民却待我不如乞儿。悔不该未信穆生言,'忠信'二字,岂可滥施于人!"

时有楚丞相张尚、太傅赵夷吾两人,闻听主上欲谋反,亦不能自安,上殿力谏不可。

两人在楚地声名显赫,张尚统领百官,赵夷吾辅佐王政,一语可左右国事。刘戊见二人有异心,不由震怒:"你二人食君禄,却不为君谋，是何居心？那两个儒生倒也罢了，读书蒙了心窍，你二人却是罪无可逭！尔等既然不忠，便也休怪寡人不义。"竟喝令郎卫将二人拖下殿去，当场斩首。

待首级呈上殿来，刘戊冷笑道："你二人之首，悬于国门便好，看我如何得胜，携得晁错首级而归，三个绑作一处！"

言毕，即下令调兵遣将，以响应吴王。又严令各主官把住口风，有泄密者，必满门抄斩。知情者经此一吓，都不敢多言，只得任由楚王摆布。

却说赵王刘遂，此时远在北地，也跃跃欲试。刘遂之父，即是被吕后幽禁而死的赵幽王。文帝即位，怜悯这一枝，便封了幽王之子刘遂为赵王。按说朝廷本不负刘遂，然此前晁错劝景帝，将赵国原有邯郸、巨鹿、常山三郡削去常山一郡，刘遂便怀恨在心。得了吴王消息，立时许诺，愿起兵相从。

时有赵丞相建德、内史王悍，亦不欲反，再三对刘遂苦谏。直说得刘遂心头火起，竟下令将两人活活烧死。

此时，连吴王在内，已有九国诸侯欲起兵。各王摩拳擦掌，暗中谋划，都觉当年诛吕之事将重演，自是兴奋异常。

诸侯王也知事不可泄，只在帷幄中密议，暗地联络，将朝廷耳目死死瞒住。

朝廷那边，则全不知此情，只道削地之策已奏效，各诸侯势单力弱，只能听命。至十二月梢，经晁错力促，景帝又有诏下，令削去吴国会稽、豫章两郡。

如此一削，吴富庶之地，尽为朝廷所取。吴地三郡，唯这两郡最富，会稽可煮盐，豫章富有铜山，吴民多年不交赋税，国仍富庶，全赖这两处物产。闻知朝廷将削吴，不独广陵郡沸腾，即是会稽、豫章两郡百姓，知今后朝廷必征赋税，也都心怀愤恨。

数日间，吴地五十三城官民，无不惊惶奔走、攘臂疾呼，如天塌了一般。

吴王刘濞谋划多时，料定晁错有此一举。闻听消息传来，一则以怒，一则以喜。怒的是，晁错竟狂妄至此，太岁头上也敢动土；喜的是，此次削藩令下，吴民必怨恨朝廷，则举事恰逢良机。

正月甲子日，削吴诏令传到广陵，未等过夜，刘濞即号令举事，命人在城中竖起大纛，上书斗大的"清君侧"三字。并遣人传令全国，曰："寡人今承天意，兴兵清君侧，诛贼臣晁错。寡人年六十二，自为将军。少子年十四，亦为士卒先。吾国男丁，上至寡人年纪者，下与少子同龄者，皆发为卒，当各自奋起，争功待赏。"

吴国各郡县闻令，立即发动，一时间官长披甲，百姓执兵，处处旗帜耀目。三五日内，即征发兵丁二十余万。

刘濞又遣使向南，至闽越、东越两国相约起事。那闽越、东越两王，皆系勾践后裔，其祖驺无诸，为东南闽越族首领。两王在高帝时即受封，名为诸侯，实则为外藩，诸事自理。待吴使至，闽越王尚存犹豫，东越王却受了蛊惑，当下发兵万人来会。

吴王一反，天下骚然。齐、胶西、胶东、菑川、济南、济北六国，为兄弟一脉，皆于同日起兵。沿海一带，处处可见人流涌动，旌旗摇曳。

赵、楚两王蓄积日久，闻听吴王反了，也各自发令，起兵反汉，剑指长安。赵王刘遂自觉力单，又遣使赴匈奴，相约连兵，以作后援。

如此，时入正月才数日，崤函以东，半壁天下便已如鼎沸。

正值齐地六国整甲待发，忽有两国出了变故。先有齐王刘将闾，临发兵之际，忽觉此事不妥，随即变卦，按兵不动，只通令各城自守。

后又有济北王刘志，本许诺起兵，事到临头，才发觉都城博阳（今山东省泰安市）墙垣破损，尚未修好；一旦起事，恐不能自守。正犹豫间，属下郎中令不欲谋反，率诸臣将刘志挟持，软禁起来，故济北国亦未发兵。

胶西王刘印得报，气愤已极，遂与其余三兄弟商议好，自任渠帅，统带四国兵马，合攻齐都临淄（今属山东省淄博市），以免出兵以后腹背受敌。

那兄弟几个只顾围临淄，无暇西顾。吴王刘濞这一边，却等不及了，便挥师渡淮水北上，号称起兵五十万，至彭城与楚军会合。

两军并作一处，声势更大。淮泗之间，处处可见吴楚连营，绵延足有百里。彭城这一带，原为故楚地，遗民传了两代，仍有人不忘项羽，闻说起兵反汉，都欣喜若狂。富户纷纷输粮相助，失意者则踊跃投军，白日鼙鼓震天，夜来篝火遍地，无一处不在蠢动。

这日，刘濞、刘戊登彭城壁垒眺望，胸有豪气，只觉胜券在握。

刘濞见士气可用，便召集两军诸将，放出大言，鼓动道："今胶西、胶东、济南、赵、淮南、庐江等诸王，及故长沙王吴右之子，皆来书信告知：'汉有贼臣，无功于天下，却侵夺诸侯地，一意侮辱，不以君主之礼待我刘氏骨肉。此贼当朝，弃绝先帝功臣，任用奸人，祸乱天下，危及社稷。陛下多病失智，不能察觉，我等欲举兵诛之。'寡人接诸王来信，颇受教，不得不从大义，愿随诸王之后，西取长安，诛贼臣以正社稷。不知诸君之意，可愿随寡人讨贼否？"

这一番豪言，虚实不分，诸将哪里能辨，皆踊跃道："汉家无道，唯有用兵。愿从大王之命！"

刘濞开颜笑道："军心若此，我何惧哉？敝国虽狭，地仍有三千里；吾人虽少，精兵亦有五十万。寡人与南越国交好三十年，南越王赵佗愿分兵与寡人，又可得兵三十余万。东连齐诸王之兵，合计不下百万之众。以此百万雄兵，破崤关，取长安，岂非易如反掌？"

诸将登时欢呼不止，纷纷问道："我军来日拔营，所向何处？"

刘濞则大言道："我吴楚两军，将与南越、淮南联兵，一路向西，直取洛阳。"

忽有人又问："何人可取长安？"

刘濞便笑："寡人不是楚怀王，诸君当听命。天下之势，需诸王齐进，各定一方；汉家既瓦解，取长安则指日可待。"

诸将意犹未尽，又有人问："昔随高帝举义者，非王即侯；今吾等从命，有何赏赐？"

刘濞便答："有功者得重赏，乃人之常情。如何赏赐，稍后即发檄书，从我者，人人可得封爵。"

众人闻之，皆欢欣不止，各个挥剑狂舞。壁垒上，只闻一片喧腾之声。

刘濞转向刘戊，笑问道："贤侄，你看今番起事，胜负将何如？"

刘戊拱手道："伯父威名，声震四方，小辈只看伯父剑锋，愿为前驱。"

刘濞便道:"好,你我这便回大帐,将各路攻略,谋划妥备。"

经一夜商议,天方明,刘濞便亲笔草成一道檄书,遣使传给各诸侯。

这一道檄书,实是取天下的攻略。书曰:"吴王刘濞敬问各王:寡人虽不肖,愿从诸王清君侧,诛贼臣晁错。今冒昧恭请诸王,分路并进:南越之兵,紧邻长沙,可发兵北上,与故长沙王之子所部,合力定长沙以北,而后西走蜀郡、汉中,拊长安之背;南越、楚及淮南三王,与寡人合兵,西向而行;齐地诸王与赵王合兵,定河间、河内,或入临晋关(在今陕西省大荔县),进抵长安,或与寡人会师洛阳,同攻函谷关;燕王、赵王已与匈奴王有约,燕王可北定代郡、云中,接应胡兵入萧关(在今宁夏固原市),席卷关中,直下长安,匡正天子,以安社稷。今诸王若能存亡继绝,救弱伐暴,以安刘氏,则为社稷之大幸。事之成败,在此一举,愿各王勉之。"

此番谋划,不可谓不精当,各路包抄、直取、呼应,环环相扣。各路人马若遵此策,则天下或立陷大乱,秦末之事将重演。

然刘濞志向虽大,时局却全不同于秦末。此番部署中,燕王、南越王以及淮南三王等,皆未许诺出兵,文中多有虚张声势之笔。

且所拟各路攻略之地,不独有汉军把守,山川之险也是殊难通过。檄文虽说得轻巧,一旦出师,情形实是难料。

那诸侯举兵,所虑第一要事,便是钱粮。为解各王之忧,刘濞在檄书中又慨然允诺:"敝国虽贫,寡人甘心节衣缩食,积金钱,修兵革,聚谷粟,夜以继日,已三十余年矣。昨日累积,只为今日诸王所用。"

为广招徒众，提振士气，刘濞又开出赏格以激之："能斩捕大将者，赐五千金，封万户侯；斩列将，赐三千金，封五千户；斩裨将，赐二千金，封二千户；斩二千石，封赐千金千户，斩千石者则半。以上皆为列侯。凡领军献城而降者，兵卒万人、邑民万户，封赐如斩大将，以此类推。即是小吏，亦按等封赐。原已有爵邑者，此外另赏。愿诸王明令昭告，吾不敢欺天下人。寡人之钱，遍于天下，诸侯日夜用之不能尽。有当受赏赐者，请告寡人，寡人必携金亲送至门下。"

将檄书发出，刘濞笑对刘戊道："晁错欲夺吾利，我便以此利招引天下人。待诸王回函，你我便西出梁国，破城略地，掳得梁王小儿在手。天子纵有铁胆，亦要被惊破了，昔年他夺吾儿性命，今日便是他偿债之时。"

刘戊冷笑道："诸侯为义，愚民为利，今日绑作一处，便势不可摧，看晁错还敢侵夺哪个？"

吴楚军在淮上，弯弓待发。刘濞见诸事已备，便命麾下田禄伯为大将军，统领全军。

那田禄伯，是个有韬略的人，当即建言道："我军屯聚淮上，欲西向，则无奇道可出。西去有睢阳、荥阳、洛阳、崤关，一路阻隔，难以成功。臣愿分兵五万南行，沿江淮而上，攻其不备。取淮南、长沙，入武关，与大王会合，此亦为一奇兵也。"

刘濞听了，颇觉心动。不料吴王太子刘驹闻之，极谏不可："父王以反为名，此兵便不可借人；借予他人，他人若以此兵反父王，又将奈何？且大将军领兵别走，成败利害，未可知也。万一失利，岂不是徒然损兵折将？"

闻刘驹此言，刘濞立时警觉，想到当年高帝抢先入关事，便断然回绝了田禄伯之议。

稍后，又有少将军桓青，入大帐建言："今我军西向，所过城邑降了便罢；若不肯降，愿大王切勿强攻，宜弃之而去。只管疾行向西，夺洛阳武库，占敖仓得粮，据荥阳一带山河之险，以令诸侯。如此，虽未入关，则天下已定矣。若大王徐行缓进，遇城便攻，则汉军车骑东来，驰入梁楚之间，我事将败矣。"

刘濞于此，也在犹豫间，便问计于诸老将。

老将本就不以桓青为然，此时皆嗤笑道："此等少年，冲锋陷阵可矣，安知大局？"

刘濞于是一笑，遂不用桓青之计，私下里对桓青道："我军气盛于当世，且得道多助，无人可敌。明日西向，逢山开路便罢，小将军无须多虑。"

桓青大失所望，只得叹气退下，独自郁闷良久。

不料刘濞在淮上等了数日，淮南三王那里却出了变数，全不能响应。所谓淮南三王，即淮南王刘安、衡山王刘勃、庐江王刘赐，此三人皆为淮南厉王刘长之子，与文帝素有杀父之仇。

那淮南王刘安，前文已表过，为厉王长子，迄今尚记父仇，在淮南韬晦多年，招宾客数千，只为有朝一日图大事。此次接了吴王檄书，觉时机已到，便要发兵，不承想却中了淮南国相的圈套。

闻刘安欲反，淮南国相大感震惊，遂佯作请命道："大王之意已决，臣唯有万死不辞，愿为统军之将，冒死出战，以成大业。"

刘安虽是足智多谋，到底还有文人气，不谙用兵之道，见丞相慷慨请命，便也不疑，即令丞相持节，赴军营统兵。

淮南国相持了刘安节杖，奔入军营，这才露出真意来，召集诸军，自称不受刘安节制，严令各部守境，抗拒吴军。 刘安得报，竟是无计可施，只在宫中顿足叹息。 因此淮南这一路，反倒成了朝廷屏障。

再有衡山王刘勃，父仇本就淡漠，听了近臣劝告，更不欲谋反，遂将吴使拒之门外。

庐江王刘赐，父死时尚在襁褓，几无仇怨可言。 加之贪恋荣华，不愿涉险，回书便语意含混，未置可否。

刘濞在大帐中接报，怒气上涌，拍案骂道："其父废材，子又何能？ 杀父之仇竟能忘，岂非禽兽乎？"

刘戊在旁劝道："彼辈声色犬马惯了，焉能有骨气？ 伯父无须理会，我吴楚两军，气势正盛，不如克期攻入梁国，先斩去昏君一条臂膀再说。"

刘濞想想，便摊开舆图，与刘戊细数诸侯已出兵者。 时天下诸侯，共有二十二国，接到传檄，仅有胶西、胶东、菑川、济南、楚、赵、吴等七国发兵；外藩中，也仅有东越国相从。 其余十五王，皆裹足不前。

起事之前，刘濞原想各王必能仗义相从。 如今看来，应者还是不多；齐地诸王，又只顾围困临淄。 可发兵西向者，仅吴、楚、赵三家，终究是势单。

想到此，刘濞以指敲案，叹了口气："唉，竟是骑虎难下了……"

刘戊却道："哪里是骑虎？ 我吴楚两军，便是猛虎，有何城不可克！ 伯父莫要学淮南王文气，请提兵入梁，拿下睢阳，大事即可成矣。"

刘濞沉吟有顷，忽就横下心来，命左右去取来甲胄。

不过片刻，左右将一副玄甲①呈上，刘戊瞥了一眼，不禁诧异："如何恁地敝旧？"

刘濞拿起玄甲，摩挲有顷，方笑道："此甲，乃寡人弱冠时所披。"

"四十年过去，如何还能用？"

"你有所不知，伯父已不复当年之勇，然上阵杀敌，仍需披此甲。当年有幸，曾随高帝讨贼，今日着旧甲，乃为昭告世人：大丈夫既有当年，便誓不为小儿所欺。"说罢，便将甲胄递给左右，"将甲叶擦亮，绳索结牢。寡人虽老，明日亦将披甲上阵！"

刘戊听得热血偾张，挽袖问道："伯父，你便说，我军何日拔营？"

刘濞昂然道："通告各营，明晨即发！"

次日晨，吴楚大军果然拔营，浩浩荡荡，杀入梁境。此时，叛军裹挟甚多，堪堪已有三十余万众，各怀异志，士气正旺。那梁国本就狭小，城邑亦不坚，经多年富庶升平，何曾见过这等阵势。

吴楚军入梁不久，梁地各边邑非降即破，兵卒溃散，百姓纷纷逃难，如虫蚁般拥塞于途。

梁王刘武在睢阳得报，暗暗吃惊，勉强沉住气，冷笑道："乌合之众，焉能成大事？且看寡人如何应对。"便令中大夫韩安国，偕同来降的楚将张羽，集结东境军民，于棘壁（今河南省永城市西北）固守，务要阻住叛军。

———————————

① 玄甲，即铁制鱼鳞铠甲，因铁甲呈黑色，故名"玄甲"，西汉时期始盛行。

吴楚军接连得手，士气愈盛。军至棘壁，即有东越兵万人为先锋，各个断发文身，黑齿花面，手执短戟攀城，勇猛异常。

壁垒内梁军见了，只疑是南海罗刹来攻，都不免惊恐。韩安国老成持重，身不披铠甲，手不执戟戈，只徒手四处巡查，见有疏漏处，立责校尉，不容置辩。

却说这位韩安国，乃是梁国成安（今属河北省邯郸市）人氏，后徙居睢阳，本是一温雅书生。早年曾赴邹县（今山东省邹城市）拜师，学了些《韩非子》及各类杂说，在睢阳略有名气。刘武徙封梁王之后，闻其名，便召他为中大夫，聊备顾问，然并无重用之意。

不想韩安国老成持重，临危受命，率军民守棘壁，自此名声大噪，竟一变而为勇悍武将。

那裨将张羽，来历亦不凡，其父正是已故楚相张尚。楚王刘戊欲反，张尚不从，竟遭斩首。张羽闻老父遭不测，趁夜逃走，奔入梁国投效。梁王看他忠勇，又怜他丧父，便命他随韩安国带兵。

张羽颇敬韩安国，凡韩安国所指不妥处，无不加意督责。如此，棘壁军民起先虽有畏怯，后却愈战愈勇，白日御敌，夜来则放箭袭扰吴楚营。

吴王刘濞见棘壁数日不可下，大怒道："吾志在天下，岂可为棘壁所绊脚？"遂出重赏，发死士八百人，昼夜仰攻，死伤填满沟壑，竟高与壁垒齐。

吴楚军到底众多，为气势所激，争相攀爬。壁垒上下，血流如注，竟成一片赤土。

如此激战两昼夜，壁内箭矢渐少，人力亦不支。韩安国、张羽见终不能守，相对叹息半晌，命残卒打开东栅门，任由百姓出降。

壁垒外吴楚军见了，欢声雷动，都拥上前来看。冷不防间，韩安国、张羽率残卒两千余人，打开西门跃马冲出，趁吴楚军不备，杀出一条血路，逃逸去了。

棘壁陷落，刘武这才稍感震恐，立遣中尉公孙诡等六将，急征丁壮十余万，自睢阳东出迎敌。

临行之际，刘武吩咐公孙诡道："公孙将军，丁壮多未经训练，不足依恃。你肚中有多少诡计，尽都拿来讨贼。"

公孙诡昂然道："'饵而投之，必得鱼焉。'梁兵虽少，将却不弱，臣下自有鬼谷子阵法拒敌。"

梁军出了睢阳城，疾行百余里，至建平（今河南省夏邑县）地面，正与吴楚军迎头撞上。

那建平地方为河边平壤，可一望千里，无所遮蔽。吴楚两军挟得胜之威，正要去夺睢阳，远远望见一股孤军，旗帜凌乱，甲胄不整，却敢来迎战，不禁全军大哗。

刘戊在戎辂车上望见，也是失笑："那梁王只知优游，竟是这等人马前来，莫非要送死吗？"

刘濞强忍住笑，轻蔑道："来将为公孙诡，闻说诡诈百出，看伯父如何摆布他！"即命中军布阵，又分出左右两军来，潜至两边埋伏下。

刘濞麾下中军，为十万精锐，多年操练不断，虽未经大战，亦可称精良之卒。中军布好战车之后，弓弩手隐于车上，步卒执戟立于阵中。

那公孙诡虽蒙荣宠，做了中尉，却是从未上过战阵，望见对面烟尘滚滚，不知吴楚军来了多少，心中便觉忐忑。待吴楚军布好阵，见拢共也不过十万人马，心中稍安。于是挥动令旗，布下鬼谷子兵法之"天覆阵"，将马、步、弓弩兵前后排开。

待两阵对圆，刘濞使个眼色，刘戊便上前叫阵道："对面听着，统军为何人？出来说话。"

那公孙诡全身披挂，驱车往阵前，载指对面道："某为梁中尉公孙诡也，在此等候多时。单要问，是何人敢犯我境？"

刘戊仰头笑道："我当是何等人物，原是无名鼠辈。今吴楚联兵讨贼，借道梁国，知趣者从速让路，阿爷必不责怪你！"

"大胆反贼，敢称讨逆！你等不守封国，擅发兵马，真有包天之胆。吾等衔天子之命，前来平乱，依鬼谷子之谋，布下天覆阵；你辈若不想受死，便束手就擒。否则，定教你吴楚二王死无葬所。"

刘濞听到此，按捺不住，驱车上前叱道："呸！汉家无人了吗？竟用了你这等诡诈小人。你那天子，真是个昏天子；你那梁王，更是酒囊饭袋。倒是你这公孙将军，我吴地闾巷无赖，也都知你名号。多说也无益，我便教你知道：二王岂是那般好擒的？"当下吩咐刘戊道："无须啰唣，擂鼓！"

刘戊稍有迟疑，提醒道："伯父，鬼谷谋略小觑不得，须小心他那天覆阵。"

刘濞登时横眉叱道："甚么天覆阵，猪狗之众！无能小人，焉知鬼谷子？他这等布阵本领，连农夫也不如。弓弩手便无须放箭了，不论马军步军，只管掩杀过去。"

刘戊一凛，连忙擂动鼓桴。吴楚军初闻鼓声，先是一怔，继而全军大呼，不分阵列，只顾漫山遍野地杀了过去。

那边梁军，虽也阵法整齐，却从未经历战阵，到底是胆虚。见对面有无数花脸越兵，状似天魔，口出怪声，不要命地杀来，前阵便起了动摇之心。

眨眼之间，越兵便杀近，队中猛地摇起数百面朱雀旗，望之倍觉诡异。梁军中有老卒见多识广，都惊呼道："不好，'飞头蛮'来了！"

公孙诡也看得呆了，正要擂鼓发令，听闻对面鼓声又起，远远草木丛中，蓦地跃出无数吴楚伏兵，漫山遍野，从左右两面喊杀而来。

旁侧便有副将急问道："中尉，如何不擂鼓？"

公孙诡喃喃道："吴楚军势大，我军如何挡得住？我意……先回军为上。"

那副将惶急道："我军执大义，如何能退？"

公孙诡主意已定，反倒有了胆气，怒叱了一声："大义能当得刀剑吗？回军！梁王面前，我自有交代。"

众梁军知恶战不可免，正欲拼上一死，却不料闻听鸣金退兵。又见中军大纛摇摇晃晃退却，知主帅已然回撤，惊慌之下，前军哗然，立时阵脚大乱。

刘濞在对面见了，不由哈哈大笑："如此鬼谷子徒儿，当得何用？"便命刘戊擂鼓催军，尾随追杀。

梁前军为避来敌，争相践踏，不成队列。吴楚军转眼便杀入阵中，手起刀落，如砍瓜切菜一般。梁卒有奔逃不及的，非死即伤，一时惨呼震天，血流遍地。

梁军诸将都心胆俱裂，死命护住公孙诡。有那上过战阵的，不禁疾呼道："公孙将军，不可急退，若全军溃散，你我皆无可逃！"

公孙诡这才回过神来，抄起鼓枹急擂，督众军死命抵住。梁军闻听鼓声，这才收住脚步，反身挺戟，在平野上与敌厮杀成一团。

无奈吴楚叛军人多势众，一队队如潮而来，矛戈狂舞，杀声震天。梁军阵中六将，知生死悬于一线，各个督军死战，身上中箭如猬，血染袍服。

吴楚众军为争功，大呼抢上，将六将团团围住。不多时，即有两将战殁，一被斩首，一被肢解。

公孙诡在戎辂车上望见，面色渐白，踌躇片时，终哀叹一声："大事去矣！"便急命御者回车，狂奔而去。

众梁军见主帅奔逃，哪个还敢恋战，发一声喊，也掉头便跑，全军立成溃散之势。

其余四将见阻敌无望，也只得拼死杀出，护在公孙诡车后，一路狂逃，奔回了睢阳。

这一战，吴楚军大胜，斩杀梁军三万余人。其余梁军侥幸逃脱，旗鼓、盔甲散落一地。田畴上，但见尸横遍野，犹如谷垛处处。

刘濞、刘戊驱车疾进，登上高丘。时正值日落，夕阳残照，如血浸平野，千里皆是赤色。

刘戊远眺烟尘，回首问刘濞道："如何，这便去围睢阳？"

刘濞志得意满，摇头笑道："杀了半日，我军也是疲累，且安营歇息，来日再战。那梁王小儿，已无处可逃！"便下令鸣金收兵。

四

七国举兵
鼙鼓擂

长安未央宫中，自正月初起，数日间便有羽书雪片般飞来，称吴王刘濞倡乱，七国齐反，叛兵已逼近睢阳。刘濞所写檄书，随即也由斥候送到。

景帝闻报，大出意料，心中不免慌乱，立召群臣会议，商议对策。

待众臣集齐，景帝蹙眉问道："如何七王俱反，事前竟无察觉？高后临朝以来，似今日情势绝无仅有，这又该如何是好？"

众臣一时亦无良策，都在心里斟酌。景帝便心急，望着晁错道："晁公，今日之势，你可曾料到吗？削藩固是好计，然四面皆反，竟是为何？"

晁错于昨夜已闻七国举兵，亦是暗自吃惊，一夜未睡，早已想好对策。此时便道："吴王倡乱，乃迟早之事，陛下不必担忧。臣之意，七王联兵谋反，来势汹汹，天下百姓必翘首观望之，故朝廷不可示弱。陛下当亲征，以示天威。"

景帝便一怔："亲征？朕出长安，关中由何人来守？"

晁错跨前一步道："臣可留守京都，征兵调粮，以免后顾之忧。陛下只需率军东出，扼住荥阳（今河南省郑州市古荥镇），天下便不至动摇。淮泗一带，尽可弃之，令叛军志骄意得。陛下则在荥阳稳坐，待其师疲。吴楚叛兵至，则可于城下决战，一鼓而破之。"

景帝便沉吟不语，未置可否。

晁错又道："吴楚军虽众，不过是些乌合之众，为利所诱，不知大义。陛下亲率精兵良将，以正讨逆，恰如以鹰搏雀，能有何闪失？"

景帝便略显急躁道："晁大夫，你往日论兵，切中肯綮；然今日却是用兵，万不可轻心。朕若亲征至荥阳，只不过与吴楚两军相拒。诸叛王中，尚有赵王在北，齐诸王在东。若荥阳一战未破敌，便有翻作楚汉相争之势，难有宁日。待齐、赵两军左右来援，荥阳岂不成了朕之垓下？故而亲征之议，实为不妥。"

晁错还想再争，看看景帝脸色不好，便只得忍住。

景帝环视诸臣，又问道："贼势猖獗，不容迟缓，诸君可还有好计？"

丞相陶青及九卿等人，皆暗恨晁错惹祸，又不敢当面指斥，便都不语。

景帝越发焦急，忽一眼望见条侯周亚夫在列，心中一亮，想起父皇所嘱，便唤周亚夫到御座前来。

周亚夫此时已为车骑将军，闻景帝招呼，便跨前一步，拱手道："臣听令。"

景帝温言道："先帝在时，称你'真将军也'，嘱我可托大事于你。今七国作乱，正是用人之际。朕之意，拟命你督军讨逆，不知条侯意下如何？"

周亚夫凛然道："朝廷有难，大臣岂敢退缩？臣愿为前驱，领兵讨逆。"

"此去，可有几成胜算？"

"将军出征，不计利害，唯一死而报君王。"

景帝便拊掌道："好！ 将军有此志，我心甚慰。 今日便加你为太尉，统领天下兵马，克期出兵，敉平贼乱。"

正议到此，忽有谒者慌忙奔入，递上梁王刘武告急文书，称吴楚两军倾巢而来，已将睢阳团团围住。 城内劲卒无多，恐危城难支，恳求朝廷发兵往援。

景帝看罢，额头便有汗出，叹道："贼军已围住睢阳了！"

周亚夫连忙劝道："陛下勿虑。 睢阳城坚，箭矢亦多，贼军一时不可下。 待臣下领兵去救，可保无事。"

景帝便颔首道："唯愿如此。 朝中尚有猛将三十余员，皆可重用。 诸将此去，必不负朕意，且去议好应对之策，明日再呈上。"

殿上诸将领命，齐声应诺，先退下自去商议了。

景帝留下陶青、晁错等文臣，又议了一番征调粮草事，方才罢朝。

夕食毕，景帝独坐灯下，翻看各处急报，忽又有齐王急报呈上，称毗邻四国联兵，攻临淄甚急，请朝廷从速救援。

景帝看了，愈发不安。 又见众涓人也愁眉不展，便知叛乱消息已传开，人心动摇，不由就深深失悔：当初削藩，未免太过操切。

将前后事细思一遍，猛地就想起窦婴来，觉窦婴在集议时所言，句句中肯。 当日若听了他劝谏，何至有此难堪？ 再想到窦婴所言"天下事，非道理可以尽言"，便更觉锥心，不由连声叹道："书读痴了，到底是迂腐。"

此时案上膏油灯，有灯花噼啪爆响，火苗渐暗。 身边宦者忙拔出头簪来，剔亮了灯芯。

灯火一亮，景帝心头便也豁然一亮，忽就拍案道："便是如此了！"即唤涓人，传召郎中令周文仁火速前来。

不过片时，周文仁神色不安，疾步抢入，景帝便问："朕欲召窦婴问话，时已入夜，可否寻觅得到？"

周文仁面露诧异，当即回道："窦婴去职，未曾闻已离长安，臣今夜定能访到。"

景帝便吩咐道："去备一乘安车，迎他入宫来。"

周文仁会意，料定窦婴或可复职，心下就一喜，正要转身退下，景帝忽又叮嘱道："若访到，无论何时，立召他来见我。"

周文仁走后，景帝呆坐一会儿，又觉烦躁。看了一眼刻漏，觉时辰尚不晚，便起身唤涓人，要往长乐宫去。白日里商议出兵，未及向母后请安，此刻前去，也可顺便讨教。

稍后，景帝从复道至长乐宫，入长信殿中，拜过窦太后与长公主刘嫖，便坐下来闲聊。

窦太后早闻说诸王倡乱，甚为梁王担心，一夜未眠。此时觉景帝神色如常，不由纳罕，便急问道："七国齐反，武儿那边势已急，启儿与大臣有何商量？"

景帝也知母后必有此问，便答道："削藩稍急，牵动了四方，然诸王迟早也是要反。"

"可怜武儿，今日竟困于孤城。当日廷议，就未曾有人料到吗？"

"有。窦婴曾力谏，削藩之举不可过急。"

窦太后便叹息一声："窦婴自家人也，终究还靠得住些。"

景帝便趁势道："今已加周亚夫为太尉，领军讨贼，母后不必挂虑。 父皇所选将才，治军有方，那吴王不是他对手。 儿臣只觉统军之才，还是不足用。"

窦太后默思片刻，忽问道："晁大夫有何好计？"

景帝摆摆手，不肯答话。

刘嫖忽插言道："连涓人都在议论，说晁大夫惹了大祸。"

景帝便敛容道："也不是此话。 削藩到底还是要削，不然，终不得安宁。"

刘嫖忽就一笑，戏言道："削藩既是晁错之计，何不教他去带兵？"

景帝苦笑了一下，扭头不应。

窦太后便拍了刘嫖一掌，嗔道："你又说怪话，他哪里行？"

正说到此，忽有谒者来报：周文仁引窦婴前来，求见天子。景帝神情便是一振，急命宣进。

窦太后甚觉诧异，景帝连忙道："儿臣召窦婴来，拟委以重任，教他领兵去讨贼。"

刘嫖掩口笑道："晁错不行，怎么窦婴又可以？"

景帝便正色道："阿姊莫笑！ 窦婴善谋，早料到诸侯必反；用他领兵，自会有谋断。"

窦太后瞥一眼景帝，面露愧悔之色，轻叹道："为母早前是心急了些，不该削他籍。"

景帝笑道："那有何打紧？ 明日上朝，复他宗室籍便是。"

正说话间，谒者将周文仁、窦婴引进。 景帝满面含笑，对周文仁道："郎中令辛苦了，可暂回西宫待命。"随即唤窦婴坐下。

待周文仁退下，窦婴向景帝施礼毕，却迟迟不欲入座。

景帝便招呼道："来来，坐下说话，都是自家人。 朕与太后，也不过随意闲话。"

窦婴这才坐于下首，向窦太后、刘嫖恭敬一拜。

窦太后摆摆手道："你们尽管说话，哀家也是无事。"

窦婴原本猜想，召见恐是为起复之事，不料景帝劈头便道："今急召你来，是为讨逆事。朕之意，拟命你领军一支，东出讨贼。"

窦婴便大惊："陛下，这如何使得？臣素不习兵，如何领得了兵？"

"将军之事，不在舞刀弄剑，而在谋略。如下六博①棋，每出一招，须猜得对手筹码如何。此前公卿集议，你在廷上所言，以今日之势看，无不说中，这即是胸有用兵之谋，便不要推辞了。"

"臣近来多病，实不堪大任，还请陛下另择贤才。"

景帝知窦婴负气，对削籍之事仍耿耿于怀，便笑道："王孙兄岂是无才，日前实不该挂冠而去；今诸王叛乱，更不该负气不出。诸侯事，危及汉家根本，你位列国戚，岂能袖手旁观？"

窦婴不语，只瞥了窦太后一眼。景帝心中便暗笑，伸手拉了拉窦太后衣襟。

窦太后一怔，忽然醒悟，忙对窦婴道："皇帝之言，并非玩笑，你便从了吧。山东之事已成乱局，宗室不出头，还有哪个肯卖命？"

窦婴闻言，知窦太后已弃了前嫌，这才释颜，向太后一拜，应

---

① 六博，又作陆博，古代之兵种棋戏，据推论象棋或即由六博演变而来。

诺道："侄儿遵命。 权且随军，做个护军①便好。"

"岂止是护军？ 朕之意，拜你为将军，独当一面。"

"陛下使不得！ 臣寸功未立，无由为将军。 老将郦寄、栾布两人，皆可独当一面。"

"好，既是王孙兄举荐，二人都可拜将，同归王孙兄节制。"

窦婴便又一惊，连忙揖让道："臣下有何德何能，可节制老将？"

景帝按住窦婴手臂，敛容道："天下危，王孙兄不可退缩。"

刘嫖在旁看不过，催促道："表兄，怎的有恁多扭捏？ 谢恩便好了，莫不成要推让到半夜？"

窦婴犹疑片刻，只得叩首道："臣愿从命，将奋力平乱。"

景帝大喜，忙将窦婴扶起："这便是了！ 事急，也顾不得登坛拜将了，明日即宣诏。 周亚夫今已加太尉，统领天下兵马，率精锐往援梁王。 其余诸路，皆由你节制，分路进剿齐赵。 诸将当如何分派，明日再议。"

窦太后、刘嫖都面露喜色，只望着窦婴。 刘嫖脱口道："塌天的祸，都是晁错惹的，却要咱家人来收拾。"

景帝忙摆手制止道："休得玩笑，晁错之意便是朕意。 诸侯具反心已久，所谓'清君侧'，巧言而已。 不然，有十个晁错出来，也依旧太平。"

刘嫖瞥见窦太后面露倦意，便起身道："好，阿姊不多嘴了。 时辰已晚，男人之事也留待朝堂去说。"

---

① 护军，高级武官名，掌武官选拔事，并监督诸将。

景帝、窦婴相视一笑，便也起身，向窦太后揖过，告辞出来。

过未央宫时，景帝不乘步辇，与窦婴信步走过复道，随口问道："王孙兄，依你之见，平七国之乱，妙计何在？"

窦婴叹了一声："贼势浩大，能有何妙计？无非太尉击破吴楚军，七国便俱散。"

景帝颔首道："正是。幸亏先帝识人，朕便将北军精锐尽付与他。偏师两路往齐、赵，则由你全力督责。"

此时冬夜浩茫，周天寒彻。未央宫广厦万间，尽没入夜雾中，仅可见灯火稀疏。两人远眺夜景，都觉心事重重。

景帝自责道："旬日间，贼众便成席卷之势。朝廷孱弱至此，也是朕太无能！"

窦婴却不以为然："诸侯之罪，在于以下犯上，而不在倚强凌弱。此次祸起，缘于礼制不周。削藩固然好，然也须循周礼，不与诸王斗智，也就不至于生事。"

景帝便怔住："循周礼？申屠嘉在时，也有此意。"

窦婴顿了片刻，慨叹道："故丞相老成谋国，只是可惜了！"

景帝便不语。窦婴又道："申屠嘉生前所推重，仅袁盎一人可堪大用。"

"哦？"景帝不由驻足，微微颔首道，"此人确乎多才，朕倒是冷落他了，留待日后重用吧。"

次日上朝，景帝便当廷宣诏：复窦婴宗室籍，拜为大将军，并赐千金；拜郦寄、栾布为将军，分别赴赵、齐。

众臣方才见窦婴入朝，本就惊奇；此刻又闻诏令，更觉大奇，顿时满堂哗然。晁错也颇感意外，只道是主上急昏了，便暗自好笑，只佯作欣喜，也随众人向窦婴称贺。

众臣贺罢，当廷又商讨半日，遂议定：由周亚夫率三十六将，领大军迎击吴楚；郦寄领别军一支击赵；栾布领别军一支救齐；窦婴领军一支殿后，驻屯荥阳，为郦、栾两军后援。

景帝自是照准，遂高声对众臣道："高帝手创基业，横绝夷夏，不可失之于我。今发兵讨逆，有赖诸君，万事不可轻慢。所幸贼势虽炽，却未成一体，正合分头击破。诸王多不知兵法，唯吴王老练、楚王彪悍，故大计在于灭吴楚。分道诸将，要好生与太尉呼应。"

阖朝文武听闻此言，知景帝于大势已了然于胸，便都感振奋。当下由陶青、周亚夫、晁错分率诸臣，筹措兵马、征丁、筹粮草，各自忙碌去了。

周亚夫领命调兵，在太尉府召集众将，颁下军令：太尉周亚夫统领全局，自率北军一部及近畿兵东进；郦寄率河东、上党郡兵北上；栾布率颍川、河南、南阳郡兵，借道济北援齐；窦婴自设大将军行辕，率汉中、北地、陇西郡兵，为齐、赵两路后援。各路只待募齐兵马，即择日出兵。

如此分派毕，周亚夫拱手对诸将道："孔子曾言：'临事而惧，好谋而成。'在下蒙先帝遗爱，受命统军，实则寝食难安。眼下诸王作乱，已越旬日，军情刻不容缓。分道两军，虽属偏师，亦当昼夜筹措，片刻也延挨不得。我汉家兵民，数十载未经鏖战，骄惰日甚，粮草械甲皆不齐，请务必多加用心。"

窦婴应声道："下臣素无才，贸然受命讨逆，心中有愧。然未敢忘圣人之训：'力不足者，中道而废。'太尉所言，臣当竭力为之。"

"好！"周亚夫便振衣而起，对诸人道，"在下早年曾在云台山，从师研习兵法。 吾师擅弄秦筝，其声激越，如云台千尺之瀑。 我也稍有习得，今奉上一曲，为诸公壮行。"

言毕，便命左右抬上一架秦筝，敛息坐下，挥手弹奏，果然声如飞瀑直下，激浪玲珑。

众将为之鼓舞，皆血脉偾张。 窦婴更是拔剑而起，舞之蹈之，口中叱咤有声。 满座人皆击节喊好，顿起一派豪壮之气。

次日，北军大营内，便竖起赤红大纛一面，上书"汉大将军"四字。 窦婴端坐于行辕大帐内，调兵遣将，分委军务。 特将天子所赐千金，陈列于帐外，各军吏所需费用，皆令自取。 上至将军都尉，下至军侯屯长，见此情景无不动容。

数日后，帐前千金散尽，无一文落入私囊。 军伍上下，众口宣扬，皆为窦婴大义所激，甘愿效死。

半月内，长安城内，各路兵马杂沓而来，辎重不绝于道。 闾巷百姓闻风尽出，夹道观望，各自都心怀惊疑。

王师一时不能发，睢阳那一边，却是日日望眼欲穿。 当日公孙诡败回，奔入城内见梁王，头不敢抬，浑身战栗道："禀大王，贼势甚众，数倍于我，遍野无可计数，部众死战而不能支，属下六将，有二人战殁。 臣戴罪而归，甘愿受斧钺之刑。"

刘武见公孙诡战袍撕裂，面有箭伤，也不忍严责，叹了口气道："罢了，已闻斥候报称，贼众有三十余万，你孤军如何能支？ 吴楚倡乱以来，所向披靡，你好歹也是挡了一阵。"

公孙诡又道："吴王自幼习兵，诡诈过人。 兼有东越兵相助，其状如魔，我人马受惊，不能成阵，而非我军不能战。"

刘武也看穿公孙诡本领，忍不住讥嘲道："国人皆仰公孙将军，只道是孙武、白起再世，却不意竟有今日！ 那鬼谷子之术，也不灵了吗？"

公孙诡脸色一白，连连叩首道："臣无能。臣实是只懂术数，不谙战法。"

刘武便哂笑："早年，吴王曾追杀英布，你腹中那几册鬼谷子，岂是他对手？明日他挥兵至，睢阳便是孤城，你速为我占一卦，此城可保否？"

事涉本行，公孙诡便精神大振，取出龟甲烧之，细看纹路，得一卦。卦辞云：

来兑之凶，位不当也。①

刘武不禁纳罕："此是何意？"

公孙诡道："回大王，此卦意谓：有喜悦事自上而来，却是凶象，只缘方位不当之故。"

刘武侧首想想，不得其解，只得吩咐道："公孙将军，出战既不能胜，城总要给我守住。吴楚军不日即至城下，鬼谷子若再不灵，我辈死矣。请力督城内兵民，环城筑壁垒，死守待援。"

公孙诡领教了锋镝之险，胆早已吓破，慌忙推辞道："臣实不堪领兵之任，大王请另委羊胜、邹阳为好。"

刘武便挥袖叱责道："那两人，尚不如你诡诈，又焉能迎敌？着你两日之内，筑成壁垒，若不成，则与战败一并问罪！"

公孙诡诺诺而退，连忙召集校尉、啬夫等，将筑垒之事分派

---

① 见《易经·下》六十三，兑卦。

好。 众官见他疾言厉色，都不敢怠慢，连夜发动兵民，筑疆起土。 数万人忙碌两昼夜，未等完备，就见吴楚军浩浩荡荡，已铺天盖地般杀来。

刘武接京师传信，知天子已下诏调兵讨贼。 故而闻吴楚军来，亦不惊惶，抛去平日的骄奢气，也全身披挂，登上壁垒去看。

但见吴楚军旗甲鲜明，首尾相连，望之不知有几多。 刘武这才心生畏惧，知公孙诡如何一战即溃了，忙召集各属官，训诫道："叛众挟得胜之威而来，凶顽必甚于昨日，我辈已无退路。 各官无论文武，均不得退缩，要与兵民同守。 天子今已下诏，太尉率援军，不日即至。 今若壁垒破，则睢阳难保，睢阳不保，则长安即是当年之咸阳。 社稷安危，就在这几日，吾辈不能坐等残灭。"

时韩安国、张羽已从东境撤回，这日也在列。 韩安国便进谏道："外围壁垒，仓促而成，疏漏之处甚多，不可过于依恃。"

张羽也附和道："壁垒望之俨然，实则无大用，稍作抵挡，便可弃之，免得卒伍折损过多。"

刘武便心头火起，怒斥道："你二人不必多言！"

韩安国仍争道："此前我据棘壁，沟深垒高，将士拼死仍不能守，况乎此等草草之垒。 生死已临头，无益之事，大王缘何为之？"

刘武大怒，戟指韩安国道："此前败退，不究你便罢了。 若再多说一句，投你到狱中去。 临战之际，动摇人心者，必斩！"

韩安国悲愤几欲泪下，只得悻悻住口。

果不出韩安国所料，此次吴楚军来攻，早已有备，于阵前推出冲车数十辆，有弓弩手登车，箭矢齐发。 壁上梁军哪里能抵挡，皆藏于盾后，无人敢抬头。 待一阵箭雨落下，又有无数云梯竖起，搭在壁上。 素擅攀爬之东越兵，如蚁而上，毫无畏怯之色。

守垒梁军，原就知壁垒难守，见吴楚军来势凶猛，更无心死守。 勉强战了半日，便有三五处被攻破。 围城吴楚大军见了，欢声雷动，纷纷跃上壁垒砍杀。

城上门吏知大事不好，连忙拉起吊桥。 壁垒内守卒，欲反身奔入城中，却为城壕所阻，无处可逃，只得拼死格斗，一时血肉横飞，哀声动地。 城头梁军欲放箭，又恐伤了自家人。 可怜壁垒中这千余守卒，寡不敌众，无多时即死伤殆尽。

主帅公孙诡在城头望见，冷汗淋漓，两腿站立不住。 身边亲兵见了，连忙从左右扶住。

梁王刘武此时在南门楼观战，也是胆寒，连忙命人撤去伞盖、黄钺，又在箭堞后窥看良久，心内愧悔难当。

回首一望，恰见韩安国、张羽正在城上巡查，便也顾不得许多了，抢步至二人面前，咚一声跪地，凄声哀恳道："睢阳或将不守，二公请恕我！ 寡人有误，自有天谴，事急矣，已无暇多说。 今拜二公为大将军，统领城防。 汉家命祚，今日悬于一线，望二公受命，万不可推辞！"

韩安国、张羽一时怔住，不禁面面相觑。

刘武见二人不应，心头更急，顿时涕泗横流。 正要再叩首，韩安国连忙也跪下，扶住刘武道："国难当头，为臣岂能不救？ 韩某久居睢阳，脚下皆是我故土，誓不容贼军再进一步。"

张羽闻言，连忙也跪地拜道："臣岂能忘杀父之仇，宁愿死于战阵，亦不敢偷生。"

领命之后，两人在各处看过，觉睢阳城不甚高，且有残缺处，便督责民夫，昼夜抢修。 又遍告城内三老、啬夫，将年满十六至六十岁男丁，尽数征发上城。

梁国武库本就充足，韩安国命人将弓弩箭矢、滚木礌石等，尽数搬至城头，所存铠甲也分与丁壮。 待诸事妥备，便与张羽巡行四门，晓以大义，并悬出重赏。 兵民闻之无不感奋，皆流泪愿以死报国。 如此，城上梁军情势，转眼便由弱变强。

刘武见韩安国处事有方，心中欢喜，知是用对了人，便登城询问道："韩公，以此之备，可守得半月吗？"

韩安国心中有数，慨然答道："贼军来围，人马数倍于我，志在夺城。 若我兵民只想守十天半月，又当得了何事？ 臣领兵之道，不独以义喻之，且以利驱之，若不守半年以上，大王只管问罪。"

刘武大喜道："大将军意气，着实了得！ 待敌退，寡人当上奏请封。 昨日已有细作数人，潜出城去，赴京师催问援军，请韩公放心。"

韩安国便道："我若仅守三日，而大军三日之后至，则城已破，又将奈何？ 故我屹立半年，便无虑援军来得迟早。"

"不知韩公将何以持久？"

"无他，如韩非子所言，'信赏必罚，其足以战'。 若滥赏不罚，将士又怎肯用命？"

刘武闻之，脸红了一红，忙向韩安国揖道："闻公之言，所悟甚多。 公孙诡兵败，虽不至问罪，然亦不足以统军，这便免去他中尉职，由张羽接任。"

再说那城下，吴楚军已将城垣四面围住，举目只见画角连营，旌旗遍野。 自入梁以来，吴楚兵卒所战无不克，便格外气壮，遥望城头，皆指点笑骂，大有灭此朝食气概。

刘濞偕同刘戊，乘车缓缓绕城一周，将城头看了个清楚。 刘濞拈须笑道："如此墙垣，可阻我雄兵乎？ 梁王小儿，只待授首就好！"便传令全军，明日天亮即朝食，食毕攻城，务求一鼓而下。

次日破晓，城上守军尚在瞌睡，忽闻城下鼓角大作，惊起一片晨鸦聒噪。 正惶惑间，只见城下残垒中，冒出无数吴楚兵卒，搭起云梯，蜂拥攀爬。

又见吴楚大营栅门打开，数十辆冲车鱼贯而出，车上有弓弩手居高临下，放箭如雨。

韩安国守在东门楼，一夜未眠，正倚在箭堞后瞌睡，闻鼓声骤响，心知是吴楚军来攻，立时跃起，命城门吏击鼓报警。 另外三门军吏，听闻东门鼓响，也一齐擂起鼓来。

霎时城楼上人声鼎沸，脚步杂沓，守城兵丁各就其位。 城上击鼓，连击三百三十三槌，声声催人血涌。

那吴楚兵众亦不畏惧，争相登城。 正攀到半截，忽闻一声呼哨，城上便有滚木礌石砸来；继之是滚油沸水，兜头浇下。

云梯上兵卒站立不住，惨呼跌下，后队立即拥上，屡仆屡起。守军只顾推倒云梯，杀退先登敌兵，却躲不及箭矢，连连被射翻。饶是如此，后队也是立即补上。

城上城下，两边所见厮杀之惨，都是生平所未遇。 震天喊杀声中，士卒坠落如瓦，血浸城头。 如是一轮刚过，又是一轮，丧命于城下者不知凡几。

韩安国伫立城楼前，岿然不动。 亲兵上前要执盾护住，韩安国呵斥道："大将军当死于战，焉用挡箭！"后见叛兵放箭渐少，便下令弓弩手就位，万箭齐发。

那边吴楚军有刘濞督战，各个舍命，城上放箭虽急，却也无人退缩。 盾牌不足用，众军便顶了案板、锅盖冒矢登攀。

有几处云梯，先登者身手矫捷，跃上城头，砍杀如狂，几乎要得手。 张羽见不是事，急忙提剑奔至，厉声喝令守兵抵住。

韩安国正在注视，忽有亲兵喊道："大将军，当心抛石。"

只见吴楚营门又开，推出数辆抛石炮车，一字排开。 须臾间，便有巨石朝城上接二连三飞来。

亲兵眼快，猛推了韩安国一把，一颗飞石便呼啸掠过，轰然一声，将身后窗棂砸个粉碎。 左右亲兵见此，都咂舌道："好险！"

韩安国掸去身上灰尘，轻蔑一笑："吴王，韩某虽无名，敢与你大战三十日。"

如是激战整日，吴楚军终不能得手。 城头所插梁军旗帜，尽为箭矢洞穿，却无一倒伏。

吴王刘濞在城下，看得焦急，然也无计可施。 至天色将暮，只得下令鸣金收兵。

待各自偃旗息鼓，刘濞便带了刘戊，驱车前出，朝城上大呼道："城上莫要放箭！ 守城之将为谁？ 请出来说话。"

韩安国便探出身来，高声应道："末将便是，来者何人？"

刘濞一拱手道："我即是吴王，请问足下大名？"

"原来是吴王驾到，在下韩安国，梁大将军是也。"

"唔，将军好身手，寡人佩服得很。 今诸侯举大义，清君侧，以百万之众西来。 将军虽忠勇，然大势已去，何不听寡人一言，及早识时务，献城立功？"

韩安国仰头大笑："乌合之众，犯上作乱，何以百万之众吓我？ 莫说君侧，即是这小小的睢阳，吴王也难越半步。"

刘濞脸色一暗，顿了顿，仍执意劝道："将军苦战，众儿郎命悬一线，所抵死护卫者，不过一酒囊饭袋。梁王当年靡费万亿，造起梁园，何曾想过你辈辛苦？我敬将军至诚，然为人亦不可愚忠。今若能献城，梁王宫内如山财宝，可归将军一半，何如？"

韩安国冷笑一声，指城下壕沟问道："吴王看这些死伤者，哪个不是百姓儿郎？你在豫章铸钱，流布天下，所获何止万亿；既享尽奢华，又何忍见农家子枉死沟壑？你之心肠，究是何物所铸？你生于今世，究有何德服人？酒池肉林，尚不知足，还要夺人之地、索人之命；自古大盗害民，可有过于此的吗？"

刘濞登时暴怒："竖子，你当我是桀纣？"

韩安国便也怒回道："褪去衣冠，你不正是桀纣！"

刘濞气得险些仰倒，戟指城上骂道："豺狗！我吴地本来清平，万民富庶，那晁错看得眼红，却要来夺地掠财，可知人间还有一个'耻'字吗？贼臣当道，方有你这丧心之徒，只知护主，不知大义。城破之日，我必将你千刀万剐！"

韩安国大笑道："大丈夫死有何惜？不似你吴王，死亦难舍不义之财。能见你顿兵于城下，束手就缚，以成我大名，便是韩某平生所愿。"

刘戊执盾在侧，见不能劝降，忙拦住刘濞道："伯父，愚氓无识，多说何益？待明日拿下，将他祭旗便是！"言毕，便命御者掉头返回大营去了。

城上兵卒，听了这番舌战，都大呼痛快，七嘴八舌也朝城下乱骂。

韩安国回首喝止道："你等皆住口！如此恶战，还不知要熬多少时日，各去休整，松懈不得。睢阳被围，乃是天选我辈，或死义，或偷生，都将名传于万世，须得好生思量！"

城上众人听了，顿时一片哑默。日暮寒风中，唯见残旗飞扬，飒飒作响。

睢阳被困，急报连连；京城里讨逆诸将，心头都倍感惶急。窦婴所部卒伍，需远自陇西等处调来，途中费时，就更觉焦灼不宁。

好容易检点齐备，正待择日上路。这日薄暮时，天降细雪，忽有守卒报称：前吴相袁盎自城中来，在辕门外求见。

窦婴与袁盎有旧交，故日前曾向景帝举荐，此时闻袁盎至，自是欢喜，忙将袁盎延入大帐，对坐而谈。

袁盎掸去身上雪屑，一面凑近炭盆烤手，一面玩笑道："呵呵！雪夜造访将军，或不至贻误军机。"

窦婴也笑道："甚么将军，故人何须在意？弟命途不顺，至不惑之年，仍为人牵马引车。倒是晁大夫削藩，不意间，令我得了些转机。"

袁盎便敛起笑容，沉吟道："我也知兄有大志，非为蓬间雀。然讨逆一事，终究是难说。"

窦婴略显惊异，脱口道："兄曾为吴相，莫非知吴王可成大事？"

"吴王为人，在下看到他骨头里。他弱冠为将，智勇名震天下，如何少年时不反，中年亦不反，将近耄耋之年，却要来谋反？"

"哦？袁兄是说……"

"此正为晁错所激！弟在吴国为相，曾以礼制之道劝吴王，吴王无不纳。如何晁错方理朝政，吴地立时汹汹？那吴王虽爱敛财，却也能轻徭薄赋，与民休息，并非残苛之辈，如何便成了晁错眼中钉？"

"袁兄说得好！弟在朝上，也曾与晁错激辩，以为削藩不如礼教。藩王坐大，非止一日，此事须从容处置。晁错不听，果然激起四方皆反。"

"削藩倒也罢了，若杀一儆百即止，或可无事。唯晁错太过不智，恃力逞强，自认是商鞅再世，一削再削，便削到吴王头上。树有皮，人亦有仪，你教吴王如何能忍得下？"

窦婴拨弄炭火良久，方抚膝叹道："世事崩坏若此，自吕太后以来所未有。今日讨逆，兵分三路，还不知后事将如何。"

袁盎亦忧心道："自夏侯婴数年前薨殁，当日入关老将，凋零尽净。今周亚夫虽擅治军，也仅是将门之子，从未临战。须知那吴王好武，少年时便是英布对手，韬略不可小觑。近日方起兵，转眼便席卷淮泗。此次讨逆，胜负便是神仙也难料呢！"

窦婴脸色微变，急忙问道："兄可有好计？"

袁盎便伏地一拜，正色道："弟不才，然于此事已有奇计。若圣上肯听，平乱只在弹指之间。"

窦婴一喜，忙将袁盎扶起："如此甚好。时已宵禁，兄便歇宿在行辕，不必回去，明日容弟代为入奏。"

两人谈得入港，又于灯下闲话多时，方才各自睡下。

次日窦婴入朝，果然代袁盎奏报。景帝闻听袁盎有好计，自是高兴，焉有不见之理，当下就宣召入见。

袁盎缓步登上殿，心内百感交集。景帝登位之后，此为袁盎初次入朝，暌别多年，旧景虽可辨，人事已全不是当年了。

那景帝也识得袁盎，当年为太子时，袁盎曾任中郎将，常在御前，甚是得宠。 只不过因敢言，方遭人谗诋，竟由外放而免官。今日见之，觉袁盎神形如昨，锋芒仍未减，不觉便笑："袁中郎，久未见你，却是越发放逸了。"

袁盎连忙稽首道："旧臣袁盎，在此见过陛下。 往日诸事，臣也时常念之，今见陛下，只觉是在梦中。"

待施礼毕，袁盎抬头，方见晁错亦在御座之侧，不由便僵住。

景帝见袁盎神情有异，微微一笑："袁公但坐无妨。 今讨逆在即，适才正与晁公商议调兵之事。 召你来，亦是为此。"

袁盎目光略一闪，才徐徐坐下。

景帝便倾身问道："袁公曾为吴相，可知吴军此来，那统军之将田禄伯，为人如何？ 今吴楚倡乱，以公之见，何以当之？"

袁盎道："陛下请宽怀，东南之乱，无足忧也；其败亡之日，当不远。"

景帝略微一笑，而后敛容道："袁公豪气依旧，然吴王就山铸钱，煮海为盐，尽获东南之利，诱天下豪杰入彀，其势已成。 且以白发之年举事，必有深谋；若无万全之计，又怎敢发难？ 公何以言他不能成事？"

"陛下，吴有盐铜之利，固然不错，然天下豪杰，岂能为利所诱？ 若真能得豪杰之士，必辅吴王成大义，绝无反心。 而今吴王所诱者，皆无赖子弟、亡命之徒、铸钱奸商者流，此等渣滓，怎知义为何物？ 故而吴王一呼，便相率造反，实是不足为奇。"

袁盎侃侃而谈，纵论大势，景帝直听得入神。

晁错也颔首道："袁盎所言，诚如是。"

景帝心中稍觉释然，便又问道："吴楚既不足虑，欲灭之，计将安出？"

袁盎忽就坐直，抬头四望道："陛下，臣有秘计，请屏退左右。"

景帝挥一挥手，身后所立谒者、涓人等随即退下，独晁错仍留在座前。

袁盎此来，乃是有所图，若晁错在场，则事不可为。见晁错不起身，不由就暗自发急，顿了顿，将心一横，双目炯炯道："臣所言，唯陛下可知，臣子不得与闻。"

景帝眉头略一动，回首对晁错道："晁公，临大事者当慎之。既如此，请公也暂退吧。"

晁错这才察觉有异，知袁盎未忘前嫌，不免就满心愤恨。正欲抗言，见景帝神色俨然，便知不宜再争，只得怏怏退下，趋步往东厢回避。

景帝见晁错走远，方对袁盎道："你尽管说来。"

袁盎遂神色凛然道："臣闻吴楚谋逆，互有书信曰：'高帝子弟诸王，各有封地，乃天经地义。自贼臣晁错出，擅罪诸侯，削夺吾地。'故而诸侯反，实是西来谋诛晁错，复其故地罢了。此数王，也是高帝血脉，而非外姓；汉家既在，彼辈荣华也就在，又何须冒死来夺大位？故而致天下乱者，臣以为绝非吴王。各地诸王，数十年来无事，虽偶有犯禁，却并无反迹；如何晁错得势，便致海内沸腾，聚徒百万，大有破关而来之势？先皇文帝仁厚，主上亦恩慈，绝无秦帝之暴虐。今之臣民，无论尊卑，本应感恩不尽，何以仅数年间，便有鱼烂河溃之局？谁为祸首，何为肇始？臣恳请陛下三思。"

景帝便悚然一惊："袁公，你是指晁错为祸首？"

"然也。再无第二人！臣今有一计，是为险计。然当此时，非行险而不能求安。"

"且讲!"

"陛下可独斩晁错,遣使赴四方,赦吴楚等七国之罪,复其被削故地。则兵不血刃,可令七国罢兵,天下重归太平矣!"

景帝闻言大惊,霍然起身,负手呆望屋顶梁栋,默然良久。

此前晁错力主削藩,却未有良策在先,以防诸侯作乱,景帝于此,已心生怒意;后晁错又力主亲征,更令景帝疑虑丛生。袁盎这一番陈词,恰说到了景帝痛处——只因听信一面之词,贸然削藩,竟致太平之世无端起了遍地干戈,不独于当朝有失颜面,也着实难向天下后世交代。

想到此,景帝心内不禁就迁怒于晁错。踌躇片刻,忽狠了狠心,长叹一声道:"只看此计如何了。吾不能独爱一人,情愿改过以谢天下!"

袁盎见势,连忙叩首道:"臣愚钝,所能献良计,无出于此,望陛下熟虑。"

景帝似听非听,只摆手道:"你平身,且静候片刻。"便唤人去召丞相陶青入见。

稍后,陶青匆匆应召上殿,景帝便嘱道:"丞相,听朕诏令:今拜袁盎为太常,另拜吴王之侄刘通为宗正。两人为朝廷特使,拟往吴王处商洽。新职应授玺绶①、交接等事宜,稍后再办,不得泄露消息。"

却说这太常一职,乃九卿之首。袁盎方才上殿之时,尚是一

---

① 玺绶,印玺上的彩色织物,亦泛指印玺。

介闲人，不过才半个时辰，便位登九卿。闻听景帝这番口授诏令，袁盎恍惚失神，几疑是在梦中，忙伏地谢恩。

景帝便又嘱咐袁盎道："你且回邸，整理行装，所有出使所需符节、车驾、兵卫等，皆由丞相操持。你与刘通二人，只在家中待命。"

袁盎谢过，起身欲随陶青退下，景帝又唤住二人道："事关大局，仅你我君臣四人知，天神鬼怪也需瞒住！"

陶青、袁盎顿觉凛然，连声称诺而退。

待二人走后，景帝复召晁错上殿，接着商议军务。晁错偷瞄了一眼，见景帝神色如常，才略略放心，料想袁盎尚不至借机进谗。议罢军务，晁错本想打探袁盎所言，终觉不便，只得怅然而退。

此后旬日，朝中并不见袁盎出入，也不闻有袁盎起复的风声。晁错思忖再三，猜想是袁盎所奏，并未被主上采纳，于是将此事搁下，不再留意了。

至正月中，周亚夫大军集结毕，计有北军及近畿兵二十余万众，粮草亦齐备，终可成行。

临行前，亚夫入朝，向景帝奏道："朝廷诸路军，仅有北军可堪一战。今楚军彪悍，进退轻捷，臣下实不敢小视。与其轻率对阵，还不如任由他攻梁，我避其锋芒，寻机断其粮道，乃可置彼于绝地。"

景帝见周亚夫如此说，也知用兵不能逞意气，便允准道："太尉知兵，料你已有灭敌之策。如此也好，可保万无一失。只是睢阳已成孤城，日久，或将有失。"

"陛下勿虑。睢阳城坚，且有韩安国掌兵，恰如韩信背水之阵，人人求生，敌虽强而不可破。 如此，一座睢阳城，便当得雄兵五十万，拖住吴楚叛众。 臣下则率大军，疾行东西，击其软腹，一战可扼其喉。"

景帝闻言，大喜道："有太尉在，汉家便无人可撼。 爱卿此去，尽可便宜行事。"

次日晨，全军拔营而起。 周亚夫全身披挂，威风凛凛，立于戎辂车上，率大军浩浩荡荡出城。 长安百姓闻之，欢呼雀跃，倾城而出相送。

方出霸城门不远，忽见前面有一人，挡道拦车。 周亚夫心中大奇，命御者停车察看。 只见那人上前，施礼道："将军往荥阳讨贼，事成，则宗庙社稷得安；事若不成，则天下立危。 仆有一言，不知将军愿闻否？"

周亚夫见那人面白长髯，器宇轩昂，知是民间高人，连忙下车，拱手道："愿闻其详。"

那人便道："吴王铸钱暴富，畜养死士无数。 今闻将军出征，他必遣死士来，谋刺将军。"

周亚夫一惊，忙问道："先生何以知？"

那长髯公便一笑："以将军之智，不问亦可知。 将军此行出崤关，何地最险？"

"莫过于渑池。"

"这便是了。 吴王欲与将军对阵，若无三十万兵马，不能分输赢；而在渑池设伏，只需数十甲士，便可伺机置将军于死地，他又何乐而不为？"

周亚夫恍然大悟："哦？ 此一节，本帅倒是未曾料到。"

那长髯公正色道："将军一身，社稷安危所系，岂可有未料到之事？ 若军情紧急，将军可乘驿车，绕道南下蓝田，出武关，先抵洛阳，再转赴荥阳。 那作乱诸侯，势必不能料到，将军竟于数日之内即现身洛阳，如从天降。 我军民闻知，士气必大振；乱贼闻知，将为之胆慑。 兵法曰'不战而屈人之兵'，即是此谓也。"

周亚夫满心折服，连忙揖礼道："此计甚好，本帅即从先生之言。 敢问先生大名，在何处高就？"

"不敢。 在下老朽，不过长安一布衣也，名赵涉。"

"今社稷有危，贼势猖獗，公卿匹夫皆不能坐视。 赵公乃非常之士，当不至袖手。 可否屈尊，随本帅出征，也好随时求教？"

那赵涉未料有此一请，一时竟怔住："老朽岂能参知军事。"

周亚夫哈哈大笑，拉住赵涉衣袖道："古来即有姜太公、百里奚事，长者参军，便不足为奇。"言毕，便命人扶赵涉上车，载之同行。

当日，周亚夫即按赵涉之计，令诸将率大军走崤关，自己仅率数人，乘六骏驿车出武关。 日夜兼程，取道洛阳，先期驰抵荥阳。

车入荥阳这日，百姓风闻，倾城来迎。 见太尉戎辂车上，大纛飞扬，明如火焰，上书斗大的一个"周"字，满城立时沸腾。

半月以来，近畿百姓久盼官军不至，原本皆感焦灼。 每日西望崤函，只见古道寂寂，并无半个兵卒。 却不料，忽一日见太尉驾到，焉能不奔走欢呼。"三河"（河东、河内、河南三郡）地方，一日内城乡皆知，人心遂大定。

倒回去前两日，周亚夫车过洛阳，城内有侠士剧孟，曾率徒众千余人夹道相迎。

那日，周亚夫下车，问明来人是剧孟，不禁大喜过望："足下大名，遍闻三河，今日终可得见！ 我今来此，一不承想：七国来势汹汹，洛阳城竟安如泰山；二不承想：你剧孟居然未动。 原以为，诸侯作乱，兵临睢阳城下，必是已收纳足下，为其奔走。 那吴楚二王，志在举大事，却不求剧孟，我知其无能为矣！"言毕，即执剧孟之手，连连摇动，仰天大笑。

原来，这剧孟乃洛阳一带巨侠，性豪侠，不爱财，乐于扶贫济弱。 平日襄助四方豪士，不求分文报酬。 闲来无事，最喜博棋游戏，真情颇类少年。 那洛阳，本为商贾云集之地，民皆好趋利。剧孟为人，直与俗世大相径庭，然众人皆礼敬剧孟。 剧孟之母死，自远方来送丧之客，车驾络绎，竟有千乘之多。

剧孟听得周亚夫如此盛赞，也连声大笑："河南之民盼太尉来，如大旱之望云霓。 某虽匹夫，亦知大义，岂能附敌以求荣？今吾邑兵民，同仇敌忾，市井中即是莽夫无赖，亦愿为太尉前驱。某之徒众，各乡邑不计其数，皆唯我马首是瞻。 大军既至，便如归乡一般，打尖食宿，必无难处，请太尉放心。"

周亚夫别过剧孟，登车回望，见不过片刻工夫，车后竟聚起万人相送，不禁又大笑："吾得一剧孟，如得一国。 今我前往荥阳，领三军拒敌，荥阳以东，可无忧矣！ 三月之内，贼众定能平之。"

原来这荥阳，乃天下地势之中，左有敖仓，积粟为天下之半；右有洛阳武库，军械亦为天下之半。 无论何人，据荥阳，便是执了天下之钥。 昔日刘项相争，两家都欲夺荥阳，便是缘此。 今周亚夫进驻荥阳，抢了先机，心知未战而握胜券，自是开怀大笑。

入荥阳后，亚夫立遣军士往崤函、渑池一带，于隘谷中仔细搜寻。 果然搜得吴楚奸细数十人，擒住一半，逐散一半。 由此，亚夫更是敬佩赵涉，遂向景帝奏请，举赵涉为护军。

其后数日间，诸将率大军从崤关出，陆续开到。又过了数日，窦婴所率殿后之军亦至。两路人马，会兵荥阳，城外一时旗甲耀目，车马辚辚，汉家声势为之大振。

饶是如此，周亚夫仍不欲与叛军对阵。他知麾下这二十万众，为汉家镇国之宝，若贸然与吴楚军决战，一旦有失，则朝廷再无精兵可用，崤关以东，贼势将无可拦阻。长安危殆，天下倾覆，都是眼前事。

既作如是想，周亚夫便也不急，任凭睢阳求救信雪片般飞来，只当作不见。

大军驻扎在荥阳之际，周亚夫好整以暇，带了一队轻骑，飞驰至淮阳国，往睢阳之南去寻叛军破绽。

此时的淮阳王，名唤刘余，系景帝后宫程姬之子，为人素不喜文，只喜造宫室苑囿，饲养犬马。

周亚夫拜过刘余，便问及军事。那刘余说不出所以然，寒暄数语，便想草草作罢。堂上诸文武中，恰好有一都尉①，名唤邓子训，原是周勃门客，此时频以眼色示意周亚夫。

周亚夫会意，便向堂上众臣一揖，问道："在下此来，跋涉逾千里。至荥阳，方知三河一带，多智勇双全之士。敢问淮阳诸公，谁可教我退敌之计？"

众文武为刘余属下，风气所及，也都文恬武嬉，哪里有甚主意。沉默片刻，周亚夫忽指邓子训道："君既是武职，当有见地。"

---

① 都尉，即郡尉，秦及汉初武官名，掌一郡兵事，景帝时改称都尉。

邓子训便顺水推舟道："下官身为都尉，曾亲往柘县（今河南省柘城县），近窥睢阳，探得吴楚军虚实。欲破之，不难有良策。"

"哦？"周亚夫面露喜色，连忙揖礼道，"策将安出？请讲。"

"下官在梁地所见，吴兵甚锐，汉兵难与争锋。楚兵则轻躁，似不能持久。今我为将军计，莫如且不理会睢阳，大军急趋东北，拊吴楚军之背，于昌邑（今山东省巨野县西南）筑垒坚守。"

"昌邑？如此布局，又是何意呢？"

"吴王见将军避走，任梁军独当西进兵锋，必以精锐猛攻睢阳，以期早取荥阳。将军佯作援齐，实则在昌邑屯驻，深沟高垒，养兵操练，只派出轻兵一支，断吴之粮道。如此只需月余，梁、吴两军皆疲，而吴军粮草已尽。届时将军之兵，当为天下第一。以此强盛之兵，攻他饥疲之兵，破吴又有何难？"

周亚夫听懂了奥妙，不由拍掌赞道："善哉！汉家臣子，连都尉也有张良之谋。"

谢过邓子训，周亚夫便辞别淮阳王，率了随从，马不停蹄，奔回了荥阳大营。

三日后，周亚夫所部二十万军，于一夜间拔营，偃旗息鼓，间道疾行，避开了吴楚军，绕过睢阳之北。众军只道是前去救齐，不料才过睢阳不远，便在昌邑之南止步。

周亚夫如此迂回，围睢阳的吴楚两军倒是慌了，连连派出斥候来探。

却见周亚夫大军驻下，一连数日，未有动静。只在当地筑起壁垒，坚守不出，不知其为何意。

吴楚二王摊开舆图，与身边诸臣商议了半日，也议不出头绪。二人只觉当前之势甚是棘手。若撤围睢阳，掉头去攻周亚夫，则取荥阳之事，便要延搁。荥阳若不尽早夺下，取天下便是一句空话。且转攻周亚夫，又无十足取胜把握，倒是定有一场恶仗。

议来议去，都以为莫如继续攻睢阳。周亚夫不动，则吴楚军也无须慌张。汉军既然避战，留待拿下睢阳后，再回头收拾也不迟。

如此，周亚夫壁垒虽在睢阳不远处，却与吴楚军相安无事。吴楚二王正在庆幸之际，未料汉军壁垒中，有轻骑一支，趁夜打开了栅门，人人执旗，衔枚疾进。长驱七百里，绕过彭城，直扑淮泗口（今江苏省淮安市淮阴区）。

淮泗这个渡口，恰在彭城与广陵之间，每日来自吴地的运粮舟车，就从此经过。

一夜之间，当地百姓醒来，都目瞪口呆：只见遍地插满赤旗，竟换了天日。汉军骑兵往来奔走，杀散渡口守卒，竟将吴楚军的粮道活活截断了！

这一支从天而降的汉军轻骑，领军的骑将，乃是弓高侯韩颓当。

这位韩颓当，大有来历，其父便是汉初有名的诸侯韩王信。高帝时，韩王信率部守边城马邑，为匈奴军所困，几经犹疑，降了匈奴，后被汉将柴武领兵击杀。韩王信当年投匈奴不久，新添了一幼子，便是韩颓当。

至文帝时，韩王信之妻仍在匈奴，因思乡心切，趁匈奴不备，携了幼子韩颓当、长孙韩婴，潜逃归汉。文帝念及韩王信旧功，既往不咎，封了韩颓当、韩婴为侯。

韩氏这一门，此后在汉家跻身显贵，世系相传。唐朝鼎鼎大名的文豪韩愈，便是韩颓当的后代。

刘濞闻韩颓当率部断了自家粮道，不由大惊，急唤刘戊来大帐商议。

刘戊赶来，闻讯顿足道："周亚夫不与我战，原是存了这个心思！"稍后略加思忖，便献上一计："今我军粮道已断，三十万人张口待食，撑不过半月。不如撤围，去攻周亚夫壁垒，待攻下壁垒，生擒周亚夫，汉军便再无一将可战。此后取天下，便是举手之劳了。"

刘濞一笑："侄儿想得容易了。今若撤围，我军西来便是无功，白白长了他人志气。若连睢阳都攻不下，又怎指望攻下周亚夫壁垒？我军若转向昌邑，与周亚夫久战，梁军必袭扰在后，陷我于腹背受敌。"

刘戊便挠头皮道："此前，倒是小觑周亚夫了。未料一夜间，我军便进退两难！"

"贤侄莫急。邀你来，是与你商议：我军粮秣，若是足用半月，则可急攻睢阳。待睢阳破，还愁城内无粮吗？"

"若攻破睢阳又如何，反身与周亚夫再战？"

"非也。周亚夫绕道昌邑，便是不敢撄我兵锋。我也不去睬他，以破睢阳之威，再下荥阳，据敖仓之利，还怕谷粟不足吗？到时兵精粮足，直驱关中，便可重演高帝入咸阳事。"

刘戊喜极，拍案而起道："伯父到底是老将，韬略过人！如此，汉家所谓周亚夫精兵，便成了无用摆设。我趁周亚夫胆怯，撇他在昌邑不理，教那昏君哭丧去吧。"

两人商议毕，便向各营传下号令：悬重赏，募死士攻城，旬日内务必拿下睢阳。

　　自此日起，睢阳城外，鼓角便一刻也未停息。吴楚兵卒争先恐后，于四面攀爬，各个欲抢登城之功。

　　城上城下，一时箭矢如蝗，烟火四起，喊杀声如惊涛震耳，至半夜亦不消歇。

五

万骑竞逐
敌魂飞

却说晁错在长安城内，见周亚夫大军既发，心内便稍感放松，料定有周亚夫在，叛军必不能过荥阳。 这日，晁错正在御史府中，召集诸曹商议公事，忽闻门外有中尉陈嘉，奉了诏令前来。

陈嘉原本是个书生，多年任文官，如今却做了京师禁军首领。晁错为内史时，与他分掌京师兵民两事，曾多有交往；然陈嘉亲赴府衙来见，却是前所未有。 晁错不由心生诧异，连忙整衣迎出。

但见府衙门外，陈嘉正恭立等候，儒雅之风依旧。 见面致礼毕，陈嘉将手上符节一举，只急催晁错道："奉主上亲授诏，召晁大夫立即入朝。"

晁错更是惊异，忙问道："中尉，可知主上有何事相召？"

"臣不知。 只令下官亲来府中，以车载晁大夫入宫。"

"莫不是睢阳有变？"晁错便觉心神不定，请陈嘉稍候，自去换了朝服冠带，方出来与陈嘉一同登车。

临登车，晁错才看见，陈嘉所乘，并非宣召专用的轺（yáo）车，而是征召乡贤所用的安车，外有帷幕遮挡，心里便疑惑，但也未及多想。

二人方坐定，御者便一挥长鞭。 那辕马极是健壮，吃了一记鞭子，猛然就快跑起来。

陈嘉在车中，只顾与晁错闲聊，说了些往日逸事，颇为悠闲。晁错有心无心应着，叹口气道："自吴楚倡乱，我已多日未曾闲暇。"

陈嘉便笑道："世上事，终归是忙碌不完。 晁大夫身上所负，乃海内安危，就更是烦劳。"

"近几日调兵，中尉亦甚辛苦。 或再有半年，方可将吴楚之乱平息。"

"也罢！ 这半年，下官便无好觉可睡了……"

如此走了许久，尚未驶至北阙，晁错颇觉疑惑，便掀起窗帘朝外看。 不看则罢，一看之下，不禁大惊："中尉，这是到了何处，怎像是闹市之中？"

陈嘉也探头看了看，却冷下脸来道："晁大夫，下官奉诏前来，谅也不至走错路。"

晁错望住陈嘉，不由起了怒意："中尉，如此官腔，本官也不欲听。 你究竟是何意？ 且停车再说！"

陈嘉便一拱手道："晁大夫息怒。 奉诏载阁下所赴的，正是此处！"说罢，便喝令御者停车，抢先一步跳下了车。

晁错跟着也下了车，举目一看，竟大惊失色："如何将我载来东市！"

陈嘉也不言语，只打了一声呼哨，四周便跳出几名甲士，一拥而上，将晁错死死擒住。

晁错挣脱不得，大怒道："陈嘉，你也反了不成？"

陈嘉拱手道："晁大夫，恕下官王命在身。"便回首喝令众甲士道："褫去晁大夫冠带，押到前头去！"

众甲士摘去晁错头上"进贤冠①"，拿出绳索来，三下两下，便将晁错五花大绑。

晁错怒骂不止，踢蹬跳跃，挣扎不已。众甲士使出蛮力，才将他头按下，直押至东市十字街口。

此处早有甲士一队，各个红幅巾缠头，手持环首刀，阻住过往百姓，圈出了一片法场来。

晁错这才明白，不由厉声呼道："中尉欲杀我乎！"

陈嘉从怀中摸出一幅黄绢，高声唤道："晁错听旨！"

众甲士便将晁错按住跪倒。晁错怒不可遏，抬头望着陈嘉，恨恨道："你先唤丞相来此！"

陈嘉冷笑道："晁公请少安毋躁，丞相他怎会来此？"便将诏旨展开，高声诵道："今有丞相陶青、中尉陈嘉、廷尉张瓯劾奏晁错，称：吴王反逆无道，欲危宗庙，天下当共诛。今御史大夫晁错建言：'兵卒数百万，交予群臣统带，不可信；不如主上自领兵，令臣留守。淮泗一带，吴军所未占者，可以予吴。'此言有违陛下厚德，致群臣疏离，又欲以城邑予吴，无臣子礼，大逆不道，当处腰斩。晁氏父母妻子及兄弟，无论少长，皆应弃市。臣等请按法论罪，诏曰可。钦此！"

"啊！"晁错惊呼一声，头一歪，竟闭过气去。

陈嘉挥手示意，便有两名赤膊刽子手，头缠红巾，抬了鬼头铡上来。

陈嘉又吩咐道："请晁公饮下壮行酒。"

---

① 进贤冠，汉代文官所戴纱帽，前檐高 7 寸，后檐高 3 寸；帽梁长 8 寸，与前后帽檐相连。后沿用至唐宋。

话音方落，便另有一名刽子手，端了一碗烈酒上来，要给晁错灌下。

晁错猛地惊醒，扭头不饮，只仰天呼道："朝服被斩，自古以来所未闻，商鞅、李斯尚不致如此。汉家之亡，必将亡于强藩也，晁某死不瞑目！"

陈嘉便上前拱手道："晁公，诸事都顾不及了，可有话留下？"

晁错转头怒视陈嘉道："有，只一个字……"

"请讲。"

"悲——"

晁错凄厉之声，撕肝裂胆，直上青空，竟久久回旋不散。法场之外百姓，闻之无不胆寒，都不忍直视。场内一排红巾甲士，也难掩脸色微变。

陈嘉此时神色木然，闭目片刻，猛地喝了一声："开铡！"

说时迟那时快，三名刽子手腾跳如兔，一把便将晁错按倒，拖至铡刀下。刀落处，飙风骤起！汉家一代名臣晁错，就此不明不白地命丧黄泉。

行刑后，刽子手俯身去看，那双眼，果然未闭合。随后，便有甲士抬了一口薄棺上来，草草将尸身装殓，装上牛车，运往城外去了。

陈嘉目送牛车驶远，面色无悲无喜，木然良久，才登上车，返回宫中复命。

此时景帝正与陶青、张鸥两人于殿上静候，见陈嘉来报斩讫，便都大大松了口气。

景帝遂向陶青道："速将晁错之罪，昭告中外。天下官民，久已不耐烦此人。"随后又嘱张鸥道："差人至晁邸及故里，捕晁氏亲眷，一体坐罪。"

次日，晁错被诛的消息传开，却未如景帝所料，并不见闾巷有人奔走相庆。

京师大小各官，闻晁错是朝服腰斩，都骇然失色。想那秦开一统以来，当朝三公被腰斩，也仅有李斯一人。料想后世再过千年，亦断无此等事。众臣思及此，都不禁中夜惊悸，久不能成眠。

市井百姓闻此剧变，亦觉世事莫测，而全无喜庆之心。仅有城邑商贾之辈，暗中饮酒同贺，附耳言笑。只缘文帝朝时，晁错曾上疏，力主重农抑商；文帝便降了田租，却未对商贾降税。故此，商人就不免暗恨晁错。

三日后，廷尉府公差飞骑至颍川，拟捕拿晁父。却不料，晁父因畏惧晁错惹祸及门，早已于半月前，在家中服毒自尽。

张殴得报，遂将晁错母、妻、子女等亲眷，悉数拿获，收入诏狱。

景帝腰斩了晁错，尚不解恨，全不顾往日情面，又有诏令：除已死者不问之外，晁氏一族眷属，皆斩首弃市。

可怜晁氏一门老小，双手被缚，身插斩标，于一路号啼中，跟跄来至东市。至午时三刻，一齐丧命于刀下，弃尸街头，百姓观之无不唏嘘。

肇祸者既除，景帝稍觉松了口气，然环顾海内，却又万难安坐。崤关外情势，已十分迫人，若再迟疑，另有诸侯响应，则贼势便万难遏制。于是有诏下，命袁盎奉朝廷之意、刘通奉宗室之意，前往梁地与吴王议和。

却说袁盎初闻晁错死，心中尚窃喜，以为终得报了一箭之仇。

然接了出使诏令，再细想此行，不啻是深入虎穴，便觉心慌。原想为景帝献计，诛了晁错，须有周亚夫领兵击之，方能迫得吴王退兵。岂料景帝只顾省事，欲效郦食其说齐，遣一使者便可了结，岂不荒唐！

数年前，袁盎曾为吴相，深知吴王脾性，若他处下风，议和便非难事。如今此人有六王追随，挟众数十万人，能否为口舌所动，实未可知。若一语不合，触怒吴王，岂不要做了那郦食其第二？

想到此，袁盎心怀忐忑，却也无路可退，只得硬起头皮与刘通上路。

来至睢阳城下，见吴楚军声势浩大，漫山遍野，袁盎更是冷汗直冒，只觉此次使命，实是以身饲虎。

待通报过后，袁盎持节入大帐，见过吴王刘濞。刘濞倒还颇重旧谊，打趣道："袁相公，数年不见，如何弄成了闲居？持节来此，又是何意，莫非要降我？"

袁盎恭谨施礼道："下臣袁盎，多年不忘吴王护佑之恩，自离吴地，无日不念之。此来，是为身负上命，与吴王通好，两家罢兵。今晁错已伏诛，肇祸之首既亡，诸王冤抑便得平，若再用兵，便是两家之大不幸了。"说罢，便将景帝手书诏令呈上。

刘濞看过诏令，轻轻放下，抬头道："居然你也成了九卿，那晁错果真已死？"

袁盎急道："朝服腰斩，千真万确，满长安皆为之惊，足见圣上诚意。晁错既死，清君侧便已奏效，大王可趁势收兵，必获天下人盛赞。"

"袁公，你这儒门之徒，倒是精通算筹之术。寡人也来为你算笔账，我发檄书之时，朝廷何不斩晁错？ 我即将夺下睢阳，兵临荥阳，这筹码，便不是晁错一命可抵的了。 昔年你在吴，曾教我礼法之道，说荀子曾有一言：'多事而寡功，不可以为治纲纪。'寡人鲁钝，只记得这一句。 我看你那圣上，便是个多事之君。 诸王历来守法，不过略多些财赋，圣上便要多事，削藩，削藩，终削出了大事来！ 至今日，只斩掉一个大臣，便欲平诸侯不服之心，那是万难！"

"回大王，袁盎在此，也斗胆与大王一争。 削藩之策，乃晁错一人力主，朝中诸臣多有异议。 晁错妖言惑主，酿成大祸，主上悔之不及，这才有晁错朝服被斩之变。 今朝廷已不惜颜面，大王便不肯稍作退让吗？ 两家议和，还四海以安宁，还刘氏以亲睦，岂非皆大欢喜？"

"刘氏亲睦？ 你那圣上，与何人能亲睦！ 寡人高帝时封王，又经惠帝、吕后、文帝，前后四朝，均安然无事。 独独今上一登位，便容不得骨肉，激出这四海沸腾来，真真是个'寡功之君'。 可惜文帝大好基业，便要败在这竖子手中。 你袁盎，在这昏君手底下任事，可心服乎？ 可无忧乎？ 可保不蹈晁错前辙乎？ 寡人深为你忧，你倒为寡人担忧起来，真个是荒唐亦甚！"

袁盎知吴王意在夺取天下，万难说服，只得强打起精神，慨然道："食君之禄，忠君之事，臣昔在吴亦是如此。 今上削藩，固是操之过急，然礼教尊卑，自是不可无。 臣今日来，奉宗庙社稷之尊，劝大王回归其位，以保汉家久长；诸王福荫，亦可随之万世不竭。 臣之赤心，望大王明鉴。"

刘濞闻此言，忽就勃然大怒："昏话！ 刘氏家运，焉用你来多嘴？ 高帝封我疆土，岂是小儿辈想夺便可夺的！ 你既说尊卑，寡人就来与你论尊卑。你可知：本王随高帝举义，那时天下英杰，共尊的是何人？乃是张楚陈胜王。陈胜王曾有豪言：'壮士不死则已，死即举大名耳，王侯将相宁有种乎！'高帝披甲而战，方为天子；寡人提剑相随，方为诸侯。这即是尊，这即是有种，这即是举大名！不似你等文臣，巧言令色，谄谀倾陷，邀宠而得高位。袁公，袁奉常！莫以为你学了些皮毛，便来教训寡人。寡人铠甲上的箭洞，也比你那心窍多。今寡人占地，已有半壁天下；人众随我，恐有百万不止。俨然已成'东帝'，还须再跪拜何人吗？"

袁盎见刘濞发怒，知事不可为，只得叹息道："臣下奉诏而来，并无冒犯之意，大王可不必计较。今晁错死，万事皆消。臣来议和，确是为大王计，绝无半分恶意。"

刘濞拍案而起，厉声道："你今来此，便是冒犯！甚么奉常，甚么九卿？若不是寡人连战皆捷，你袁盎，还不知在何处草野中。朝中多少大事，便是你这等文臣败坏，今日一谋，明日一计，倒要将那主子弄成昏君了。你既有胆来此，便休想轻易走掉。来人！将此孽臣押下，严加看管，待攻入长安之日，再与那昏君一齐发落！"

旁侧即有郎卫疾奔上来，挟住了袁盎。

袁盎挣扎道："我为来使，既敢来，便无惧生死。臣尊儒，到底不能忘'仁义'二字，昔年与吴王交，感念吴王照拂；今来议和，便是不忍见玉石俱焚。天下英豪，累世不知出了多少，成败只在一念间。袁某之进退存灭，无足轻重；今日事不能谐，我只为大王惜！"

刘濞听也不听，只一挥手，便令人将袁盎推出大帐，押往后营去了。

待袁盎被押下，刘濞见侄儿刘通脸色惨白，不由一笑："你怕的甚？便留我军中，为我效力。寡人到底是你伯父，必不亏待你，岂不远胜于伺候那昏君？"

刘通无奈，只得俯首应诺，任由刘濞摆布。

次日，刘濞神思稍定，忽想起袁盎，觉得倒还是个人才，便遣了少将军桓青，前去劝降。

时袁盎正在帐中呆坐，闻听有人进来，便瞥了一眼，见是一少年将佐，全身披挂，甚是英武。

桓青进帐施礼毕，自报家门，说明了吴王劝降之意。

听罢桓青来意，袁盎动也未动，只怜惜道："看桓将军年纪，尚未弱冠，何以竟身陷泥淖？小小年纪，有勇力，可为朝廷效力。名可以上青史，后代可得福荫，又何必舍身犯险？"

桓青少年气盛，闻此言血涌上顶，撩开帐门，指向外间道："袁公请看，我吴楚连营，百里有余，可望得到尽头吗？攻睢阳之声，在此处也可耳闻。汉家天下，已天倾东南，不日即可见地陷西北。独木危楼，还撑得了几日？何人身处险境，何人又足陷泥潭，袁公，你难道就不自知吗？"

袁盎抬眼望了望，遂解下腰间玺绶，两手捧起，昂然问道："小将军，你可知这是何物？"

桓青轻蔑道："公是读书人，一颗印玺，便可换得你良心吗？"

"非也，这岂止是寻常玺绶！人生在世，立身须有正名，所行应趋大道。山林草野，终是失意者渊薮；燕雀之辈，唯知在低处恋栈。出将入相，担天下兴亡，方为大丈夫堂堂正正之途。为人臣者，所谋为天下，所思为万世，终不似你家主人所言，但凭谄媚而上位。故而这玺绶，即是正名，即是大道。大丈夫死即死耳，欲令我毁而弃之，离而叛之，卖主以求荣，那是断乎不能！"

见袁盎正气凛然，桓青一时惊异，不由得退了两步，稍定神方道："袁公迂腐过甚！昔之高帝举义，沛县旧部，哪个不是起自草野？天无道，民必反之。芒砀山上，一呼百应，可谓民无道乎？莫忘了，汉家代秦而立，终成正途，方有你君臣荣华。既享了荣华，便不能失公道；今日吴王起东南，便是要讨还公道。"

袁盎冷笑一声："孺子所见，到底是浅。妄攀高帝，岂非白日说夜话？今之世道，早已变了！清平之时乱起，百姓所思，岂是有心随你谋乱？彼辈所愿，只是欲保乡邑，不为乱兵所害。你可知，今吴王裹挟三十万众，却为何顿兵于此，进退不得？这便是世易时移。你个少年，莫要尚在梦中！"

桓青低头想想，知袁盎意已决，仅凭口舌之利来劝降，全无用处，只得拱手道："久闻袁公大名，今日方知，此绝非虚名。你我各为其主，望公珍重。我也是甚为袁公惜，不忍见玉石俱焚！"言毕，便头也不回，退出了帐去。

桓青返回大帐复命，刘濞闻听袁盎死不肯降，骂了一句："犬羊辈，岂可救乎？我这便成全他！"于是，命桓青带五百兵卒，将后营袁盎居处围住，勿使脱逃。明晨即押来阵前，斩首祭旗。

那桓青闻命，脸色便一白，不得已领了命，即去点了五百兵卒，将袁盎所在军帐团团围住。

时已入春二月，夜来春雨连绵，寒气入骨。那五百兵卒在雨中看守，无不埋怨，只得各自寻了些谷草、树枝，搭起窝棚过夜。

袁盎到帐外小解，见四周坐满带甲兵卒，不禁大吃一惊，知事情不妙。再看帐外有光亮处，桓青正按剑肃立，任由雨淋，显是此处带兵之将。

袁盎心中一动，便招呼道："桓将军，冷雨不饶人，可来帐中歇息。虽王命在身，冷暖还需自知。"

那桓青回首望望，只一抬手，指指天，却并不答话。

袁盎便一惊，忙退回帐中坐下，抱膝沉思。桓青到底是少年，城府不深，看那神情，大限之期或就在明晨。那吴王性易怒，反复无常。方才拒降惹恼了他，明日开刀问斩，要拿自己这汉使祭旗，也未可知。

袁盎再看帐中物什，并无趁手之物，当不得兵器。就算手中有兵器，帐外有五百军卒围困，即是项羽再生，也势难冲杀出去。莫不成，自家性命将交付于此？想自己半生蹭蹬，方任九卿，便要命赴黄泉，真乃奇哉冤也。

如此呆坐至深夜，仍无睡意，心中只想道：悔不该日前献计，斩了晁错，连累自家也要送命，这又何苦！

胡思乱想间，袁盎忍不住伏案打盹儿。恍惚中，忽见晁错浑身血污，横眉立目，伸手前来索命……

袁盎浑身一激灵，惊醒过来，方知是个噩梦。正懊悔间，忽闻帐后窸窣有声，回首看去，见有一黑衣军吏，正自帐底下钻入。

袁盎正要喝问，只听那人低声道："袁公收声，下官来救你！"

来人身手敏捷，钻入帐内，纳头便拜："今袁公不肯降，惹吴王发怒，议定于明日问斩。公若此时不走，命将不保矣！"

袁盎借烛光看去，来人似曾相识，却想不起是何人，于是便问："你是何人，缘何要救我？"

"下官名唤栾巴。袁公昔在吴为相，我为从史，一时情迷，与公之侍妾李氏有染。公察之，非但未治罪，反倒为我隐恶，待我如初。下官未及报恩，袁公便罢相而去，焉能不抱憾！今闻袁公受困，特来救之。”

袁盎这才想起此人，忙将栾巴扶起，苦笑道：“不期在此遇故人！往事恩怨，不提也罢。今袁某被厄，甲士围困数重，便是插翅也难逃，栾君如何能救我？”

那栾巴容色凛然道：“我非侠士，然却知尚义，袁公请勿疑我。我今为军司马①，为吴将田禄伯帐下属官。白日受差遣，前来围守袁公，我便使了心思，典尽家中值钱衣物，换得钱五贯，沽了好酒百坛，分与众军。兵卒酣饮罢，今已各个醉倒，不省人事，连那少将军也烂醉如泥。天予良机，袁公请速随我走。”

袁盎一喜，却立时又转忧：“不妥！我知你上有尊亲，后又娶了李氏。万一事泄，这一门家小，如何受得起牵连？”

“公请放心。小臣既有此心，于诸事也早已料到，当有处置。即便事泄，我自会脱逃，这叛官不做也罢。”

袁盎感激于衷，猛然跪下一拜：“栾君救命之恩，此生誓不忘。”

栾巴忙将袁盎拽起：“此是何时？容不得袁公斯文了！”便指一指帐后道：“帐前有守卒，恐易惊动，请公自帐后出。”

袁盎便犹豫：“自这泥水中爬出吗？”

栾巴也不答话，掣出短刀来，将帐幕割开一条缝，闪身便钻出，招呼道：“袁公快走！”

---

① 军司马，汉代军官名，大将军麾下属官。大将军营分五部，每部设一校尉、一军司马。

袁盎回望一眼，急摘下杖头的节牦①，揣入怀中，这才蹑足钻出军帐，见兵卒果然都在棚中酣睡。

往时袁盎在陇西，曾受命治军，颇知兵事，此刻见吴楚大营治军谨严，尤以吴营为甚，心中就叹："吴楚军中，到底是卧虎藏龙，无怪出兵方半月余，就搅翻了半个天下！"

营中灯火，此时多被浇灭，暗夜里望去，军帐竟似一座座坟丘。营地内泥泞，湿滑难行，袁盎跌倒又爬起，暗自苦笑道："不料此生，竟做了回盗墓贼！"

那栾巴却是熟悉道路，虽无灯笼，也能拣得畅通处走。两人三拐两拐，避开他人眼目，竟潜出了五百人的重围，来至军营边缘处。

其时雨势愈急，栾巴将袁盎带至一路口，悄声问道："袁公可辨出脚下这路吗？"

袁盎低头看看，答道："可辨。"

栾巴便一指前方："那即是北，直行数十里，可至睢阳城下。今夜雨大，吴楚营并无巡哨，公请速行。"

袁盎正要拜别，栾巴又伸手去怀中摸出一双木屐来："路滑难行，公之鞋履怕早已甩丢，将这个穿上便好。"

袁盎再三谢过，方穿上木屐，冒雨踉跄前行。又不知走了多少时辰，终挨到睢阳南门下。待过了城壕，浑身泥污，已浑不似人形，只顾急呼开门。

喊了一会儿，城上有人发问道："来者何人？"

_____

① 节牦，节杖上所缀的牦牛尾饰物。

袁盎答:"汉九卿奉常袁盎,奉诏出使,快放我进去!"

城上遂挑起一串更灯,犹豫多时,才回道:"如何知你是朝使?"

"我有天子所赐节牦、玺绶。"

过了片刻,城上放下一个筐篮来。袁盎会意,拿出节牦、玺绶来,放在筐内。城上兵卒便将筐篮拽起。

又候了一时,只闻城上有人呼道:"吾乃梁大将军韩安国,袁公辛苦!然城门不便大开,请公乘筐篮上来。"

说着,方才的筐篮又抛了下来。袁盎迟疑道:"绳索可牢乎?"

韩安国便笑道:"我军细作,夜夜乘此筐篮上下,公可勿疑。"

袁盎这才迈入筐篮中,任由城上军卒缓缓拽起。

上得城头,军卒将袁盎扶出。韩安国抢前一步,执袁盎之手,不禁热泪夺眶:"终可见朝中汉官了!"

袁盎看城头众将士,如逢亲人,也难抑双泪直流:"袁某此行,遭遇九死,今终得一生。"

韩安国便道:"下官已通报梁王。请袁公下城,沐浴更衣,这便去见梁王。"

袁盎唏嘘不已,连连谢过,随韩安国下了城楼不提。

此番使命未遂,反倒受了惊吓,袁盎甚觉沮丧。又在睢阳盘桓多日,才随细作潜出城去,回朝销差。

当此关外纷乱之际,景帝在未央官内,却似坐观棋局,每日久坐舆图之前,动也不动。

日前他遣了袁盎入梁,与吴楚求和,只想那七国所恨者,无非一个晁错，料定吴王刘濞能应允息兵。如今晁错已斩，又折节遣使求和，吴王的面子已然给足，若不息兵，他又所图何为？

于是，前面袁盎一走，景帝便立遣朝使，急赴周亚夫军前，传令缓进，静候袁盎消息。

那周亚夫虽早已离京，却是常有斥候往来长安，朝中变故，亦略知大概。闻听晁错被斩，心中就大不以为然："圣上行事，如何便是一个急！"

见了朝中使者，知主上传诏缓进，倒也正合心意。于是在洛阳逡巡数日，又转进至昌邑，扎营不动了。一面便遣使返长安，上禀军情。

长安这边厢，景帝翘首候了多日，未闻袁盎有消息来，只等到了周亚夫所遣使者邓公。

这位邓公，是个文武兼备之才，原在官内任谒者仆射，掌管诸谒者事，为内朝官中的显要之职。

日前闻讨贼诏下，邓公不由心痒，便自请赴军前立功，得了景帝允准，便去了周亚夫帐下为校尉，亲率劲旅一部。

在洛阳大营，邓公闻听晁错被斩，也是脱口惊道："大军方行，如何先折自家威风？"遂与周亚夫议起此事，叹息了良久。

这日景帝闻邓公返归，急忙宣进，劈面就笑道："往日见你，只是个夫子，不信你还习兵事。今日见你披甲，才知埋没了你多年。"

邓公连忙称谢，将周亚夫在昌邑筑垒事，详述一遍。

景帝不明筑垒的奥妙何在，并未留意，只知周亚夫未动，便放下心来，又问道："邓公自军前来，可知吴王动静？今晁错已死，吴楚可有退兵之意？"

邓公坦然答道："吴王存谋反之心，已有数十载。借削地而起，以诛晁错为名，其意不在晁错也。今晁错竟然被诛，臣只恐天下之士，从此将缄口不敢言了。"

"为何呢？"

"晁错言削藩，实是唯恐诸侯尾大不掉，故请削之，以尊朝廷，此为万世之利也。今计划始行，未等见效，献计者反受大戮，令亲痛仇快。竟是何人出此策？陛下又为何听之？此举，实是内绝忠臣之口，外为诸侯报仇，微臣万万不能苟同。"

几日来，景帝久候袁盎消息不至，已料想吴王退兵恐为不易，此刻闻邓公之言，不禁喟然叹道："公说得对，我亦甚悔之。"

邓公便伏地，久久不抬起头。

景帝忙问道："公还有何事？"

只见邓公抬起头来，已是泪流如雨，哀戚道："只可惜了晁错！"

景帝也觉难过，忙扶起邓公，面色黯然道："朕已知错，……晁错诸侄辈中，有未获刑者，我将善待之。朕已知邓公见识，非比寻常，请速返军前，告知太尉：吴王狡诈，不可望其罢兵；即可伺机进兵，毋庸迟疑。日前城阳（今属山东省青岛市）中尉领兵不力，为吴军所破。邓公既愿掌兵，便委你为城阳中尉，事平后，赴琅琊郡便是。"

闻景帝如此说，邓公方才谢恩退下。

说到这位邓公，乃是成固县（今属陕西省）人，秉性稳健，多奇计。赴城阳十数年后免官，归家闲居，后武帝时招贤良，满朝公卿皆推此人，竟自家中一跃而成九卿。

送走邓公，景帝不免郁闷，觉文士若辩才太过，亦不可信。

正巧此时，袁盎自梁地奔回，告以吴王不肯罢兵。又将吴王逼降始末，细述了一遍。

景帝颓然倚于几案，摆摆手道："公曾言之凿凿，但诛晁错，一切便可烟消，今日又何如？"

袁盎无以辩白，只得连连叩首道："臣鲁钝。臣之识见，止此而已。"

景帝正要发作，忽想起袁盎当日确乎说过此计须"熟虑"；且诛晁错事，终是自己决断，怨不得他人。又念及袁盎抵死不降，究属忠勇，便不忍加罪，只淡淡道："袁公此去，怕是受了些惊吓。且去歇几日，便往奉常府就任吧。"

袁盎此人，素不好学，然为人慷慨，又知见机行事。前朝时，适逢文帝初立，亟须人才，故而颇得志。至景帝即位，时势已易，袁盎仍欲以辩才求上进，便不逢时了，终究是昙花一现。

当此际，周亚夫驻在昌邑壁垒，观望不进。吴楚军见良机难得，便围攻睢阳甚急。未央宫中，梁王告急文书竟是无一日不至，言辞恳切，又痛诋周亚夫见死不救。

景帝看得头皮发紧，唯恐睢阳有失，当即传诏军前，令周亚夫立发大军救梁王。

如是，昌邑壁垒中，隔日便有诏令至。周亚夫览毕，也略感不安，便问计于赵涉。

赵涉道："将军若击吴楚，则吴楚军尚有余粮，可堪一战，胜负便难料。待挨过旬日，吴楚军粮不足，其饥疲之师，便不足为将军之敌，又何必急在这几日？"

"诏旨迭至催发，为将在外，终究于心不安。奈何？"

"将军勿疑。《孙子兵法》有言，'不知军之不可以进，而谓之进'，乃是君主之误，不必理会就是。"

周亚夫闻此言，正合心意，便将诏令置于一旁，拒不奉诏。每日只顾巡视，坚壁不出。

这便苦了睢阳守军，连日激战，城头死伤枕藉。惨烈之状，为人间所罕见。

梁王刘武如坐火炉，亲拟求告信，遣人赴荥阳大营。而后，便日日盼援军早来。闻听周亚夫军竟绕城而去，驻在昌邑不动，不禁大怒，立召韩安国来问："韩公，不知那周亚夫究是何意，如何能见死不救？"

韩安国沉吟片刻，方道："以臣下猜测，太尉不欲与吴楚决战，乃是胜负难料。"

刘武便怒道："他手握重兵，尚不敢战；我这里老弱残卒，如何就能守？"

"太尉岂能不欲救我？睢阳深陷重围，太尉在昌邑，我兵民尚有倚赖。若太尉一战而不能胜，则人心离散，城亦必破……"

"焉有此理！他不来救，我这里倒要先破了。以我孱弱之师，与吴楚强军激战，待两军皆疲，他再来收拾，这买卖倒是做得巧。"

韩安国连忙劝道："大王息怒。而今睢阳之势，危在旦夕，不如遣细作出城，直赴太后处告急。"

刘武叹息一声："也只能如此了。想那公孙诡前日占卜，言有喜事来，却是凶信，只缘位置不当。今日看来，这天下之大，唯有睢阳一城，独当贼势，确乎是霉运。"

这日，景帝正高坐前殿，与陶青、张殴、周文仁议事，忽闻谒者来报："太后驾到——"

抬头看去，只见窦太后已乘软辇，来至阶下。景帝慌忙离座，趋至殿口，边扶窦太后下辇，边问道："太后行走不便，如何要来此？有事可唤儿臣过去。"

窦太后并不答话，缓缓行至龙床边，摸一摸，便咚一声坐下。抬眼望望，问道："这三四人，是何人？"

陶青等人连忙报上姓名。

窦太后便冷笑："原来皆是国之重臣！尔等好清闲，端坐殿中，便可退敌吗？"又转头望住周文仁道，"你个少年郎，管好宫禁兵卫便好。整日赖在这里，可有退敌良策吗？"

闻太后言语不善，景帝连忙朝三人使眼色。陶青等三人会意，便都起身告退。

窦太后这才缓缓道："启儿，你坐下。我这老妪，老得有些昏了，有一笔账目算不清楚，你与我算一算。"

景帝硬着头皮答道："儿臣听着。"

"那太尉周亚夫、大将军窦婴，带了四路人马出去，拢共有多少人？"

"计有四十万兵马。"

"你给我算，那睢阳有民户多少？"

"不足十万人口。"

"着呀！四十万堂堂之兵，如何救不了十万百姓？四个挟一个，拖也拖出来了。那周亚夫，如何却遁去了昌邑，可是你下的谕令？"

"太尉在外，儿臣允他便宜行事。"

窦太后怔了一怔，忽就大哭起来："你这等君臣，如何还能救睢阳！甚么便宜行事，莫不是……你乐见睢阳城破，教那吴王捉了武儿去砍头？"

景帝脸一白，连忙伏地叩头道："儿臣怎敢？"

窦太后便拭泪道："既如此，这便换帅！ 你教陶青亲赴昌邑，召周亚夫回朝，令窦婴接任太尉，立救睢阳。"

景帝闻言大急，挺直身道："严督周亚夫，可矣；临阵换帅，则万万不能！ 父皇临终有嘱：即有缓急，周亚夫可将兵。 今吴楚猖獗，军中事轻率不得。 儿臣这便拟严旨一道，令周亚夫立解睢阳之围。"

窦太后便又哭道："启儿用人，真是没长眼睛！ 看你这一文一武，是如何闭目选的？ 先有晁错，逼反了诸侯；后又有周亚夫，坐视不救梁王。 此二人位极人臣，究竟还要做何想？ 为母今日来，便不欲再走。 哀家要在此看你，何时也斩了那周亚夫！"

景帝无奈，只得温言相劝多时，才将窦太后哄得回了长乐宫。当下，又亲拟诏令一道，令周亚夫不得避战，提兵立救睢阳。

此令，遣使以六百里流星快马，飞递昌邑。 那朝使奉诏，风尘仆仆进了壁垒，宣读罢，即交与周亚夫道："天子有令，太尉接旨后，须有回话。"

周亚夫接过，置于案头，便注目使者良久，忽就缓缓答道："将在外，君命有所不受。"

朝使不由目瞪口呆："下臣可如此复命吗？"

周亚夫只微微一笑："可矣。"

朝使便似僵住，呆了呆方回过神来，匆匆别过，回朝复命去了。

那边睢阳城内，兵民日夜望王师至，却是杳无音信。 梁王刘武便恨恨道："周亚夫居然敢抗命，天子、太后全不在他眼中！ 今不来救，便是要我死！"

韩安国连忙劝道："大王，事已至此，怨也无用。今兵民士气正旺，吴楚粮道又绝，事或有转机。"

张羽也道："城上兵民虽疲，同仇敌忾却如故。今臣已遍告三老，发妇孺上城助守。民不畏死，天神亦不能奈何。况乎吴王势已尽，吾不信太尉仍拥兵不发。"

刘武瞥了张羽一眼，仍恨道："发或不发，我与此竖，此后将不共戴天！"

韩安国、张羽随即上城，四处激励，遍告兵民：吴王粮道已绝，退兵在即。

睢阳城兵民闻之，士气倍增，遂将家中石磨、水缸搬上城头，充作滚木礌石。吴楚军屡登城头，屡被杀退，直杀得血流成河，尸积如山。

如此，吴楚军攻了两日，已渐渐乏粮。兼之兵卒见死伤甚多，士气亦渐消，多露畏战之色。

刘濞见此，不禁颓然，在帐中与刘戊商议，叹息道："如今粮绝，又顿兵于睢阳城下，竟成了涸辙之鲋。悔不当初，未纳田禄伯、桓青之计轻兵疾进，否则，今日恐早已入武关了。"

刘戊道："伯父莫忧。周亚夫到底未敢接战，足见汉军孱弱。今粮道断绝，祸根在昌邑壁垒。我军不如转进昌邑，袭破壁垒，则汉军精锐全失，我粮道亦可打通。"

"原料想，睢阳三日可下，却不知自何处，冒出个韩安国来，实乃大不幸。"

"伯父，河水不可倒流，今日阵前，亦绝非感伤之地。且下令便是，弃睢阳，往昌邑去攻周亚夫。"

刘濞想想，也无他法，只得横下心来："也罢，便教那周亚夫，也尝尝寡人手段！寡人这就率吴军往昌邑，你且留下，困住睢阳，勿使梁王脱逃。"

次日，楚军八万人留在城下，只在营中擂鼓，虚张声势。吴军则拔营而起，急奔东北，一昼夜间，便进至下邑（今安徽省砀山县）安营。

吴军二十余万，饥肠辘辘，连半日也等不得了，轮番前往汉军壁垒下，叫骂搦战。但见那壁垒上旗帜严整，却是人影全无。

刘濞见汉军坚守不出，知周亚夫有心延挨，专等吴楚军粮尽，心头便恨极。于是乘戎车驰出阵前，向壁垒上大呼道："汉太尉周亚夫，莫非要遁地而逃？大丈夫领兵，自应阵前见高低，却为何闭门不出？既是王师，胆量又何在？当年讨英布，寡人曾与令尊同行。却未料，你这将门之子，实是辱没了祖宗。"

叫骂半晌，壁上却似无人一般，少将军桓青便驱车上来，向刘濞道："大王，他只是不出，叫骂有何用？不如攻之。"

刘濞便摇头道："不可。此壁乃是精心筑成，守军又为近畿精锐，非睢阳之兵可比。我军饥疲多日，如何能强攻得下？"

正在此时，忽闻壁上有锣声响起，一兵卒立起身来，挥臂高呼道："吴王听着，可识得此二字否？"

刘濞、桓青忙循声看去，只见壁上冒出两队兵卒来，各执长戟，分左右缓缓行走，一字排开。待兵卒立定，中间便竖起一木牌，上书斗大的两个字——"免战"。

刘濞一见，气得七窍生烟，手指壁上道："周亚夫小儿，你老父为图私利，扶旁枝为帝，可曾有好结局？你今日又为昏君卖命，若落得个全尸，也算是上天眷顾。三日之内，寡人必破此壁。"

如此又叫骂了两日，壁垒只是岿然不动。逢到朝夕两餐，汉军又故意在壁上开饭，阵阵香气直诱得吴军垂涎三尺。

当夜，汉军为防叛军来袭，都枕戈待旦。不想，半夜里有人梦呓，大呼"吴军来了"，竟引发了炸营。

夜间无灯，各营疑是来敌，自相格斗，兵戈声四处可闻，有互攻者竟奔至周亚夫帐下。周亚夫惊醒，急问左右卫卒何事，卫卒答道："疑是贼军已攻入。"

周亚夫侧耳听听，笑道："断无此事！营啸而已。且传令，勿自相惊扰，违者立斩。"终是卧床未起。

少顷，便有卫卒来报："各营已安，果然就是营啸。"

周亚夫笑笑，摆手道："小儿辈，何曾见过世面？"遂翻身卧好，接着又睡。

众军见周亚夫安如泰山，都暗自咂舌，军心随之大定。

数日后，又是夜深时，忽有壁上巡哨来报：吴军大股人马，奔来壁垒东南角下，似有异动。

周亚夫连忙披甲，唤了护军赵涉，提了灯笼，一同登上壁垒。果然听见下面人马杂沓，左右驰突。周亚夫又凝神听了片刻，忽而就一笑："欲攻东南壁乎，何以如此声张？"

赵涉会意，也一笑，伸手指了指西北。

周亚夫颔首道："料定他是如此！"便传下令去，令壁垒西北角严加防守，张弓以待。

果不其然，无多时，便有大股吴军精锐，杀奔壁垒西北角，搭起云梯，攀登如蚁。

西北角壁上，守垒汉军早有防备。见吴军蜂拥攀上，一阵鼓响，便有无数灯盏，骤然点亮，随后即万箭齐发。那近畿兵的弓弩手，所用皆是强弓劲弩，弓弦响处，箭无虚发。

吴军登梯到半途，恰被灯盏照亮，只白白做了汉军的箭靶，转眼便失足坠落，一片惨叫声。

直厮杀到半夜，吴军仍寸步难进，死伤徒填沟壑。看看破壁无望，只得收兵，退回了下邑营寨。

周亚夫在壁上看得清楚，立召来三十六将，向南一指道："贼军已退，明日可再来否？"

诸将七嘴八舌，所见不一，皆不能断定。

周亚夫断然道："自今夜起，神鬼也不敢来攻！方才闻贼军夜袭，杀声不振，显是饥疲已甚，其绝粮之日，当不久矣。他三十万兵无粮无草，进退失据，再有一月余，势必引军而还。"

诸将中便有人问："莫非我军一箭不放，便罢战了？"

"岂有这等便宜事？兵法所谓'击其惰归'，何谓惰归？尚不是此时。我军蓄锐半月，所望者何？亦不是此时。各营且去歇息，不得擅动。欲擒吴王，诸君急不得！"

诸将固守多日，实不耐烦，只疑心周亚夫无谋，皆盼能早日杀出去。闻周亚夫出此言，都半信半疑。

周亚夫见诸将疑惑，忍不住笑道："诸君疑甚么？以今夜之事看，我与吴王，即可见出高下！"

冬末淮泗间，寒风扫过，遍野一片荒芜。除残枝败叶外，难见一片绿意。吴军偷袭汉营不成，败归下邑，蜷缩两日，全军饥饿难耐。值此季节，欲食野菜充饥而不能，只得徒唤奈何。

这夜，吴军大营正沉寂间，忽喧声大起。满营兵卒衣袍未披，狼狈奔走，皆呼道："有汉军劫营！"

吴王刘濞被惊起，不由怒道："三十万军在此，周亚夫敢来乎？"便严令各营不得慌张，全力将汉军逐出。

众军惊魂甫定，纷纷拿起矛戟，向黑影奔窜处围拢。却见那劫营汉军甚少，仅十余骑往来奔突。众卒这才定下心来，蜂拥上前，拼死砍杀一阵，将小股汉军杀散。

这一彪骑兵，敢违周亚夫禁令，却是来自何方？原来，其为首者名唤灌夫，亦为汉初一奇人。

灌夫乃颍阴人氏，与名将灌婴为同乡。其父原名张孟，早年为灌婴舍人，得灌婴宠信，官至二千石。张孟念灌婴之恩，便改姓灌，从此名曰灌孟。吴楚乱起，灌孟为周亚夫军前校尉，率其子灌夫及家奴、部曲千人，随军出战。

时灌孟已年迈，却勇猛过人，凡有吴军来攻处，无不奋身而上，似是唯求一死。未过几日，果然战殁于壁垒上。

按汉法，父子俱在军中，若死一人，另一人便可归丧。然灌夫见父死，却不肯归丧，愤然道："愿取吴王或将军头，以报父仇！"

当夜，便披甲执戟，率了家奴，又募部曲壮士数十人，拟夜袭吴营。不料才出壁垒门，众壮士便胆怯，不敢前行，仅有两人与家奴十余人愿相从。

灌夫回首看看，蔑然叱道："匹夫临战，岂可效蝼蚁惜命？"便率所余十数人，趁夜驰驱，突入吴营中。

暗夜中一番厮杀，吴军猝不及防，死伤数十人。后灌夫见吴军惊起，越聚越多，势不能进，只得大喝一声："猛士灌夫，明夜将再来！"方才奋力杀出，退回壁垒。

再看身边随从，仅余一壮士归来，其余皆战死。此战，灌夫身上被创十余处，幸得随身带有万金良药，涂抹伤处，方得不死。

诸将见灌夫勇猛，无不赞之，誉其为天下猛士，唯恐他有闪失，连忙禀报了周亚夫。周亚夫闻知，亦甚惜之，当即召见灌夫，不准他再去偷营。

经此一战，灌夫勇悍之名，立时传遍天下。

吴营那一边，遭灌夫十余人偷袭，便险些溃散。刘濞事后闻报，不由沮丧，心中大起惧意。

又隔了两日，田禄伯、桓青两将，接连奔入刘濞大帐告急，称军中几近粮绝，若再挨上数日，士卒难免要哗变。

刘濞正独坐帐中，埋头饮酒，见两将来，便苦笑道："二公请坐，且与我同饮。"

田禄伯、桓青忧心忡忡，哪有心思饮酒，都直直望着刘濞。

刘濞面色黯然，叹息道："寡人聪明一世，悔不当初，未纳二公高明之计，以轻兵西进为上。此次举兵，先不能拔睢阳，后又未料粮道被断，致使师出而无功。如今局面，赵王只顿兵不进；齐诸王那里，为韩颓当军所隔，音信全无。我若舍睢阳而西进，则周亚夫必将断我后路。不想天下之大，竟是进退不得了！"

田禄伯道："大王，我军兴兵，天下震动，汉军迄今畏战不出，不可谓无功。"

桓青也附和道："大将军所言不谬。那晁错，终究是死于'清君侧'，大仇已得报。"

刘濞却仍是沮丧："日前，若允了袁盎和议，诸侯可保半壁河山。今日草草收兵，则后事未可料也。"

田禄伯连忙劝道："不然。吴楚两国，分毫未损，赵与诸齐，也正与汉军僵持。我若退兵，与诸侯联兵自保，汉军也未必敢犯境。"

刘濞望望二人，几欲泪下："若此，寡人一世英名，将为天下笑了。"

桓青耐不住，霍地起身，神色凄然道："大王，我军已饿极，士卒无力持戟。若再不退兵，三十万吴下子弟，必将死无葬所！"

刘濞手持酒杯，待了片刻，仰头一饮而尽，方才道："少将军说得好。退兵，今日便退兵！南渡睢水，直奔我广陵。田将军，你去发令吧，全军即刻拔营，趁夜南奔。"

田禄伯一怔："楚王那边，又何如？"

"顾不得他了！遣人飞报楚王，他当自知退兵。回了封国，身家性命都可保。"

两将领命，便退出大帐去传令，不消片刻工夫，消息传遍。士卒们闻声而起，拔旗收帐，顿时乱作一团。

至入夜时分，一阵鼓响，营门立时四开，数十万吴军卷旗曳戟，草草撤退，一派狼狈向南奔去。路上士卒饿极，见有田舍人家，不由分说，便将粮谷、禽畜抢掠一空，好歹饱餐一回。

如此奔行两日，渡过睢水，大队来至四川郡（今安徽省宿州市）地面。此地虽是汉家郡县，却离吴地已不远，前面渡过淮水，便是吴国东海郡。

刘濞立于戎车上，回头望望，见大队兵卒面有饥色、盔甲不整，心中倍觉苍凉。看看日已偏西，便欲觅地安营，想早些歇息，明日也好打起精神来渡淮水。

正朝四面张望时，忽见后军起了骚动，远处尘头大起，一片喧声。

刘濞一惊:"莫非汉郡兵截击?"

田禄伯便道:"有桓青殿军于后,谅无大事。臣这便去察看,大王请先行,稍后再安营不迟。"说罢便驱车掉头,往后军驰去。

戎车逆人群而行数里,田禄伯方察觉不对,但见远处烟尘中,有一彪红旗红衣马军,正呼啸奔驰而来。

后军士卒登时大乱,纷纷惊呼:"汉军来了!"

原是周亚夫闻吴军遁走,立遣骁骑都尉李广等五将,率车骑五万余人,蹑踪追击。五将率众追了两日,终在淮水之北,望见前面有吴军,便下令追杀。

若在平常,吴军尚属训练有素,以盾牌护身、长戟向外,全不惧马军轮番冲阵,然此刻却是惰归之时,人马皆疲累不堪,冷不防有汉马军杀来,哪里还有斗志。

田禄伯手搭凉棚远望,斜阳下,但见汉军为首五骑将,策马冲在前头,如船首破浪。为首一员骑将,虎背熊腰,虬髯满腮,手中红旗猎猎作响,如同天神飞降。

众汉军各个玄甲红衣,马蹄翻飞,好似铁流自洪炉中涌出。汉军此时,已盛行头盔上簪缨。远望之,千万簇红缨随风飘拂,如烈焰腾起,漫山遍野,一派炽烈。

吴军后队猝不及防,发一声喊,立时四散崩解,将那旗甲弃了一地。眨眼间,乱军便将田禄伯裹挟而去。

唯有少将军桓青,此时立于戎车上,挥戟喝止;然人喊马嘶,哪里还能禁制得住。回望身边,尚有千余甲士未逃,便命众卒围拢,挺戟朝外,要与汉马军殊死一战。

那李广一骑当先,飞驰而至,抛下旗帜,掣出一张强弓来,弯弓搭箭,向桓青喝道:"少年得志,奈何投贼乎?若降了,便饶你性命。"

桓青横戟挺立，不为所动，昂然答道："我堂堂吴将，不知世上还有个降字！"

李广张弓欲射，然心中毕竟不忍，于是又劝："少年死国可矣，奈何要殉那逆贼？"

桓青戟指李广道："忠君之事，我自是不悔；不似你汉家君臣，做事鬼祟。 前日搦战，你主人畏战不出，此刻却来击我惰归。 如此鬼祟，还与我谈甚么家国？ 自高后以来，你家君臣，何曾做过一件磊落事？"

李广便仰头大笑："你主公于密室谋叛，纠合徒众，攻我之不备，又是哪家的磊落？ 太尉堂堂正正领兵讨伐，欲擒吴王，等的便是此时！ 你等狂徒，行不义，谋不精，还怪得了谁人吗？"

正说话间，后面汉军骑士蜂拥而来，如赤潮漫野，将桓青人马团团围住，各个拉满弓弦。

桓青见不可逃，朝天揖了一揖，挺戟昂然道："汉家贼臣，今日你我之间，便做个了结吧！"

李广见桓青不降，怒喝一声："竖子！ 清平之世，只你等冥顽之徒，嗜好杀戮。 你既欲了结，我便遂了你心愿。"说着弓弦一响，一支羽箭呼啸飞出，直穿透桓青前心后背！

那桓青中箭，却兀自挺立不倒，横戟怒视李广。 周围吴兵见此，都不禁大放悲声，挺戟向四面冲出。 众汉军当即一阵齐射，吴兵便纷纷翻倒。 桓青身上转眼间中箭如猬，终于一头栽倒。

李广看也不去看，只攘臂呼道："儿郎们，天色将暮，勿使吴军逃脱。"

汉军大队车骑，此时源源不绝奔至。 闻令即分出左右两队来，三路并进，驰骋追击。暮色中，凡见徒步奔跑者，便是一番刀矛齐下，赶羊般追杀了十数里，直杀得哀声动地、血沃阡陌。

淮上平野，正值暮气萧瑟，四处可见溃军狼奔，人马践踏，死伤不可计数。可怜那大将军田禄伯，为溃军所裹挟，忽就身中流矢，一个趔趄跌下车去，竟被乱兵活活踩死。

刘濞此时前行已远，见势头不好，仓皇点起身边三千壮士，乱鞭催马，弃军而逃。

主帅既逃，众吴军更无主张，顿时哭声盈野。李广亲率一队骑士，突入吴溃军之中，见"清君侧"大纛尚在飘摇，便上前杀散残卒，砍倒旗杆，向四面大呼："吴王已逃，降者免死！"

待到漫天星斗时，吴军尽已伏地求降。仅有数千残卒，趁夜四散，各求生路去了。

李广率部左右驰驱，唯不见吴王踪迹，于是勒马南望，冷笑道："今日且清点降兵，明日再追。吴王他逃得了下邑，却逃不脱广陵。"

当夜，淮上一带寒意入骨，田野间篝火点点。李广与诸将围坐烤火，毫无睡意。

李广抬头望望，见夜空寥廓，便笑对诸将道："从军以来，痛快无如今夜。"

诸将中有人问道："李广兄胆量了得！匹马当先，便不怕陷于敌阵吗？"

李广吩咐左右，递上酒囊来，笑道："有酒，便有我命在，何惧敌多？"

此时又有人问道："李广兄今日功高，不知圣上能有何赏？"

李广自负一笑："大丈夫生不逢时，纵有一身武艺，也全无用。来日，或当有幸痛击匈奴！"

此时残月已出，遍野残旗断戟，如枯木支离。李广捧起酒囊，为诸将逐个斟酒，慨然激励道："一朝从军，生死便交与天；今日尚未死，诸君便只管豪饮。"

诸将当即纷纷举杯，一阵喧腾，继而歌之舞之，欢喜异常。其时，远近隐隐哀哭之声，已全然淹没不闻。

当夜，汉马军忙碌一整夜，至天明，清点出斩吴军之首十万余、俘获不下十五万。吴王当初带出的人马，除死伤逃散者，尽都降了。骁将李广，由此一战而成名。

这位李广，乃是陇西成纪（今甘肃省秦安县）人氏。其先祖李信，战国末为秦将，曾率秦军攻燕国，追杀燕太子丹于辽东。

李广家族，世代善骑射。文帝十四年时，匈奴大举入萧关，李广以良家子身份从军，因善射，杀敌甚多。后为文帝侍从，任散骑常侍，几次随文帝射猎，力壮能格杀猛兽。文帝见了，赞赏有加，曾慨叹道："惜乎李广，生不逢时，若在高帝时，封万户侯有何难哉！"

待到次日晨，李广又率精锐一部，循踪穷追。连渡江淮天堑，兵锋凌厉，径直杀进了吴国地面，如入无人之境。

闻听吴王率残部奔入丹徒（今属江苏省镇江市），守城自保，李广便领兵沿江东下，志在夺城。

岂料吴王残部已全无斗志，闻李广兵至，立即开城奔逃。李广驱兵大进，尽虏其残部，唯不见吴王及身边亲随，只得先回军复命。

周亚夫闻报大喜，立悬赏千金，求购吴王人头。

景帝在长安闻报，知大局已定，数月来的忧心，为之一扫。

当即发出诏书一道，飞传给周亚夫，令其处置叛王，辞意甚严。

此诏起首，历数了文帝于诸侯之恩，曰："世有为善者，天报之以福。为恶者，天报之以殃。高皇帝为表彰有功，分建诸侯。其后，赵幽王、齐悼惠王嫡嗣无后，孝文皇帝心存哀悯，特予恩惠，封幽王庶子刘遂、悼惠王庶子刘卬，令其奉先王宗庙，为汉藩国。此德可配天地，明如日月。"

继之，即斥责作乱诸侯，皆属忘恩负义之辈："吴王刘濞背德反义，诱天下亡命罪人，乱天下币制，称病不朝二十余年。有司请治刘濞罪，孝文皇帝宽恕之，欲促其改行为善。今刘濞不知悔，乃与楚王刘戊、赵王刘遂、胶西王刘卬、济南王刘辟光、菑川王刘贤、胶东王刘雄渠相约谋反，大逆不道，起兵以危宗庙，戕杀大臣及汉使者，胁迫万民，杀戮无辜，烧残民家，掘其丘冢，甚为暴虐。今刘卬等人无道更甚，烧宗庙，毁御物，几近禽兽，朕甚痛之！"

诏书之末，明令周亚夫，凡附逆官员皆不赦："将军当劝勉将士讨逆，以穷追多杀为功。捕获秩比（俸禄）在三百石以上者，皆杀之，无有所留。敢有不奉命者，皆腰斩。"

周亚夫接诏令，心中一凛，知今上对叛王恨极，此次定要斩尽杀绝，于是发令东南，大搜刘濞。然遍搜吴地千里，却是不见踪迹。

原来，刘濞在丹徒势穷，匆忙携了刘华、刘驹两子，沿海南窜，奔入了东越国。

早前刘濞起兵时，东越王曾发万人相助；今见刘濞势穷来投，自是慷慨接纳。此时东越境内，尚有兵万余。东越王又遣人往北，收拾残部，得残卒数千，士气复振，便欲与汉家相抗。

岂料时过月余，见诸侯之乱渐平，周亚夫又遣密使来，许以厚利，东越王权衡利弊，不由就起了悔意。

这日，东越王设宴劳军，邀刘濞赴军营同饮。刘濞本有意借兵复起，便欣然赴宴。席间，东越王毕恭毕敬，先为刘濞斟满一杯，祝酒道："大王莅临，敝处无好酒为敬，且以淡酒聊表……"

刚说到此，东越王手一颤，不留神将酒杯打翻在地。只听帷幕后一声叱咤，有十数名甲士，持刀冲出，竟将刘濞死死擒住。

刘濞大惊，一面挣扎不止，一面怒视东越王道："蛮邦之主，可有信义乎？"

东越王命人再斟满杯，笑向刘濞递上："大王休得怪我。我东越子弟万人，随大王北征，可有几人归来？本藩已有信义在先，无奈大王兵败，三十万人作鸟兽散。欲赖我东越再起，岂非大梦乎？今日朝廷重金购大王，吾虽不贪金，然亦惜自家头颅，只得委屈大王了。"

刘濞气急，欲以头撞东越王："野人无信，寡人死亦不甘！"

东越王当即变色道："大王既不饮酒，本藩也就无话，这便请大王上路。"说罢一使眼色，诸甲士便将刘濞按倒，一刀斩下了首级。其余亲随数名，也尽被杀。

唯吴王两子刘华、刘驹，当日未曾赴宴，闻变大惊，仓皇逃出，奔至闽越国，好歹保住了命。

可怜刘濞豪雄一世，富甲四海，为晁错所逼，兵起东南，无人敢撄其锋，险些致汉家倾覆；却不敌周亚夫智谋，一败涂地，逃至边荒而终致毙命。

数日后，东越使者携刘濞首级，快马驰驱，送入昌邑壁垒中。至此，离刘濞广陵起兵，仅仅三个月。

汉军诸将闻讯，都赶来周亚夫大帐观看。此前，众人只怨周亚夫胆怯，辗转千里，竟无一战，私下里烦言甚多。今日见吴王首级传至，方知周亚夫用兵如神，纷纷大赞道："太尉攻吴王之计，我辈实不能及也！"

六

遍地枭雄
尽成灰

吴楚分兵之后半月余，楚王刘戊，尚在睢阳城下苦等。 忽一日，有吴王使节奔入，急报吴王已回军。 此时警醒，再看淮泗一带，四面皆是汉军，返国已属无望了。

刘戊正顿足大骂吴王无信，忽又有斥候来报：周亚夫军一部，已从昌邑杀来，势不可当。 睢阳城内梁军见救兵至，亦开门策应。

刘戊一时呆了，冲出帐外去看，只见四面尘头大起。 营垒外，已清晰可闻杀声四起。

楚兵至此已枵腹多日，手不能执戟，见遍野汉军拥来，哪里还能战，不消片时，即一哄而散。

刘戊慌忙上马，左冲右突，却见汉军声势浩荡、矛戟如林，处处唯见楚兵死伤枕藉。 见脱身无望，只得下马，仰天哀叹一声："吾命何以如此！"便拔剑在手，往颈上狠狠一推，当场气绝身亡。

汉兵见此，都高声喧呼，挺戟四出，搜捕楚营残兵。 数万楚兵，无一人能逃逸。

楚王既死，千里江淮上，吴楚残部即溃散尽净。 唯在齐地城阳，尚余吴王奇兵一支，堪称诡异。

此一支浩荡兵马，孤军北上，直震动齐鲁，其渠帅名唤周丘。

原来，吴王起事之初，尚未渡淮，便起用自家宾客，皆用为将军、校尉、军候、司马等。唯周丘一人，未授军职。

周丘原是下邳（今江苏省睢宁县一带）人，因犯法，亡命至吴。此人平素酗酒无度，刘濞甚鄙薄之，不肯与他官职。周丘投刘濞已久，哪里肯忍，于是上书刘濞道："臣无能，不得入军旅，然臣心不服。虽不敢请带兵，却愿得大王授一汉家符节，我必有所为，以报大王。"

刘濞想想，任他匹马单枪去谋事，倒也不妨，便将一柄夺来的汉节，交与周丘。

周丘得此汉节，有如天助，当夜即带了随从，驰返故里下邳。当时下邳县虽属楚国，然县令闻吴王谋反，不明所以，故而未响应，只发了兵卒上城，闭门自守。

周丘持节至下邳，入馆驿住下，立遣人召来县令。县令闻有汉使至，忙赴馆驿来拜见。甫一入门，周丘随口捏了个罪名，便喝令随从，将县令推出斩首。

随后，又召来一干县吏，告之曰："吴兵已反，不日将至下邳。若至，屠城不过一餐饭的辰光。尔等若先降了，可保家室无虞；能者或得封侯，亦不为奢望。"

诸县吏听了，又惊又喜，出门便奔走相告。未至半夜，下邳全城吏民乃降。周丘于一夜间，便收得徒众三万人，不禁大喜过望，立遣人返报吴王。

那周丘，端的是一条猛汉，未等刘濞答复，即率兵北上，一路攻城略地。进至城阳时，已拥兵十万，声势浩大。那城阳本属汉地，有中尉领兵守城。然攻守两方众寡悬殊，不过数日，周丘军即大败城阳中尉，破城而入。

当此志得意满时，周丘忽闻吴王在下邑败走，不知所终，顿觉大失所望。 自忖与吴王不可共成大事，便率兵返下邳，以谋他路。 不承想行至半途，脊背上疽疮发作，竟一夕而亡。 这一路兵马，便就此溃散。

吴楚既平，其余叛王更不足虑。 周亚夫便又遣弓高侯韩颓当，率军一部赴齐，助栾布军攻胶西王刘印。

那刘印自恃勇武，为齐地诸叛王之首。 与济南、胶东、菑川三王合兵，围攻齐都临淄。 其中济南王刘辟光所部，西向排开，挡住栾布军，守护粮道。 然未曾料，临淄乃是七百年大城，城坚无比，叛军昼夜仰攻，死伤枕藉，却是三月而不能下。

齐王刘将闾亲上城头，率兵民顽抗。 其间见势危急，便遣中大夫路印，微服潜出城去，入都告急。

路印千里颠簸，满面黄尘，仓皇入见景帝。 景帝见了，也不免动容，当即面谕之：“援齐军由栾布为将军，已昼夜奔齐；大将军窦婴则在荥阳，为其后援。 今闻路公之言，临淄危殆，朕即遣曹参曾孙、平阳侯曹襄，往助栾布。 公请速返临淄，报予齐王。”

路印涕泣谢恩，一夜也未留，便打马返回。 半途，又得知周亚夫已大破吴楚，心中遂大安，于是昼夜兼程，奔回临淄城下。

自路印入都之后，临淄势愈危急。 刘印等围城四王，因西边为韩颓当军阻隔，尚不知吴楚军已败，故而攻城甚急。 齐王刘将闾支撑不住，思来想去，便欲求和，暗地派了密使出城，往返来去，一时尚未议成。

此时，路印见那四国叛军围困愈急，早已环城筑垒，飞鸟亦难逾越，便于黑夜潜入。 岂料行至壁垒中，却被发觉，为兵卒所擒获，解至四叛王大帐中。

四王升帐来看，见是齐国路中大夫，便有意劝降。刘印道："你主公于日前，已遣使来乞降，不日即将有成议。你为齐使，枉自奔波一回，又有何益？今日解你赴城下，只需告知齐王，吴楚已大破周亚夫，汉军自顾无暇，又焉能救齐？还是劝你主公，早降了便罢。"

路印愤然道："吴楚早已为周亚夫所破，诸大王竟不知乎？"

四王皆不信，只顾相视大笑。

刘印敛住笑，拉下脸道："吴楚若已破，为何汉军尚无一兵一卒来？胜负虽未定，你便如此说就好，寡人必有厚赏；若不如此说，便教你当场饮刀成恨。"

路印怔住，良久不发一言。

刘印便嗤笑道："生死歧路，路中大夫为何迟疑耶？"

路印叹口气，似已绝望，勉强应允下来。

刘印大喜，便教左右捉一只鸡来，对路印道："你与我四王，在此歃血为誓。只需你哄得齐王开城，便可裂土封侯。"

路印与四王歃血盟誓罢，由胶西军卒簇拥，来至临淄城下，见城墙如故，城楼却被炮石毁去大半，当即就心伤，不由落下了两行泪来。

押解校尉催促道："路中大夫，此时不是伤心时，还请速喊话。"

路印便以袖拭干泪，仰头呼道："臣路印，出使京都返回，求见吾王！"

未过片刻，齐王刘将闾登城来看，吃了一惊："爱卿，如何竟陷于敌手？"

路印整整衣冠，从容向城头揖道："臣路印，千里求援，未辱使命，今向大王复命。 朝廷发大军百万，以周亚夫为帅，已大破吴楚。 今又有栾布、曹襄率军援齐，请大王坚守数日，自可得救，万勿与敌通……"

言未毕，身边校尉怒极，一跃而起，手起刀落，竟砍下了路印的头颅来！

刘将闾目睹此情，不由大恸，挥泪朝城下拜了一拜，即发令道："路中大夫为国而死，我兵民岂能弃守，宜各尽力，以待援军至！"

那刘印等四叛王，闻说路印诈降，已向城内通了消息，不禁又急又怒，遂下令加紧攻城。 怎奈城内兵民知援军将至，都奋力死守，城坚更不可破。

四王正在焦灼时，忽有栾布军击溃济南军，突至临淄外围。时不久，曹襄也率援军至，两路会合，反将四国叛军围在了核心。

临淄城下，两军一时犬牙交错，旗帜乱舞，车骑往来如穿梭。

刘将闾在城头望见，知解围在即，便似有神魔附身，勇气大增。 当即下令开城，催动兵卒，倾城而出，与援军里应外合。

汉军见城门开，知是守军杀出，便不待将令，也腾跃进击。两面痛击之下，叛军难以支撑，抵挡了一阵，终是节节败退。

那援军主帅栾布，为高帝时老将，率大军左右驰突。 胶西、胶东、济南、菑川四王见汉军势大，皆无斗志，慌忙各自引兵归国，一走了之。 齐都临淄，苦撑了数月，终得一朝解围。

胶西王刘印奔回高密，自知大罪难逃，即袒背跣足，去向王太后谢罪。 王太后年事已高，早前知刘印倡乱，本就忧心，此时见他狼狈败归，更是忧愤交并，转头不发一语。 刘印惭愧退下，呆坐于草席上，三餐不进，只饮冷水。

胶西王太子刘德①，见父王颓丧至此，心中犹不服，对刘卬道："汉兵远来，以儿臣观之，士气已疲，可袭之。儿愿收父王残兵击之，若击之不胜，再逃至海上亦不迟。"

刘卬瞟一眼王太子，苦笑一下："唯少年敢大言耳！我军心已坏，上下皆畏敌，岂可再用？"

王太子还欲再请，刘卬忽就发怒道："天下之勇，无过于寡人。竖子生于深宫，反倒胜于乃翁乎？"

正争辩间，忽有谒者奔入，呈上密信一封。刘卬忙拆开来看，原是汉将韩颓当率军来攻，已至城外十里处，遣人送来书信。书曰："汉弓高侯韩颓当，奉诏诛不义。降者，赦其罪，复爵如故；不降者，灭之。大王何去何从，当有决断。"

此时刘卬已知吴楚兵败，楚王自刎，吴王南逃不知所终。想自家诸兄弟，兵力尚不如吴楚，如何能再撑？徘徊两日，终是无计可施，想到只有降了，或还有一条生路。遂拿定主意，带了随从，急赴城外韩颓当营垒处，意欲请罪。

到得营门，刘卬跳下马来，望望营中汉家旗帜，呆了半晌，即脱去衣袍，袒露肩背，咚一声跪下，连连叩首求见："臣刘卬奉法不谨，惊骇百姓，有劳将军远道跋涉，来此穷国。请将军乱刀齐下，处臣以菹醢②之刑。"

营门校尉见此，忙奔入大帐通报。少顷，只见营门大开，一队汉兵执金鼓而出，分列两边。韩颓当披挂齐整，阔步而出，俯

---

① 胶西王太子刘德，与景帝次子、河间王刘德同名。

② 菹醢(zū hǎi)，古之酷刑，将人剁成肉酱。

视刘印道："大王操兵事，苦鞍马，三月有余。 今日我倒是愿闻：大王发兵，究竟意在何为？"

刘印一心求活命，颜面全不顾了，膝行向前，叩首道："前者有晁错，挟天子用事，变更高皇帝法令，侵夺诸侯地。 我等以为不义，恐其败乱天下，故而七国发兵，只为诛晁错。 今闻晁错已诛，我等当罢兵而归。"

韩颓当轻蔑笑道："胶西王，只知你素来勇猛，居然也如此善辩。 若晁错作恶，何不上奏以达天听？ 你等身无诏命，手无虎符，便敢擅自发兵，击奉法守义之国。 以此观之，你意恐不在诛晁错！"不待刘印应答，即拿出景帝致周亚夫诏令，宣读一遍。

读罢诏令，韩颓当面色冷然道："大王，还请自便。"随即，向身后兵卒一扬手。

两列兵卒见此，立即击鼓，声声催迫，刻不容缓。

刘印心知死罪难逃，踌躇片时，终俯首垂泪道："我等死有余辜……"言毕，颤颤向王宫拜了三拜，终是拔剑自尽了。

当日，胶西王太后与王太子，在高密城内闻刘印死讯，也都投缳自尽。

其余谋乱三王，闻刘印死，知天子盛怒之下，断无生路，各自痛哭了一回，或饮药，或投缳，也都赴了黄泉路。

此时援齐主帅栾布，驻在胶西国境内，正要班师回朝，忽有齐国一小吏前来变告，称齐王刘将闾也曾与胶西诸国同谋，按法不应免罪。

栾布大惊，遣细作入临淄城去探问，果然有此事。 于是，遣人飞马上表，请景帝允准，移兵讨伐齐王。

齐王刘将闾闻风，觉无以辩白，心生惧意，徘徊了两日，竟也饮鸩自尽了。栾布得知，这才作罢，将齐王死讯飞报入都。

景帝闻报大喜，对近臣周文仁道："自高帝时起，诸王便暗怀不服，先帝亦是无可奈何。年前乱起，朕虽是折了晁错一人，却换来天下归一，了却贾谊大夫生前心事。"

周文仁道："晁错用事，操之过急，致天下人多不知陛下胸襟。今叛乱既平，臣之意，不妨饶过胁从者，也好收拾民心。"

"唔……叛众险些覆我河山，为大局计，却要饶过？"

"窃以为，饶恕胁从吏民等，非为纵恶，乃是断恶之根。若今日从重惩办，其子孙必怀恨在心，数代不绝，反成了后世隐患。其子孙来日及壮，或将群起翻案，再兴风波，闹到正邪难辨。若今日赦之，其徒众必知感恩，从此释怨，永不为害。"

景帝瞥一眼周文仁，笑道："人皆言你年少懦弱，不敢直谏。岂不知，中庸之道方为正道。朝中虽济济多才，也是少你不得的。"

于是不久，便有诏颁下，曰："近山东诸地，乱兵汹汹，乃因吴王刘濞等为逆，起兵相胁，贻误吏民，吏民不得已为乱。今刘濞等已灭，吏民当坐谋乱罪者，皆赦之。楚元王子刘蓺(yì)等，参与谋逆，朕不忍加之于法，仅除其宗室籍。"

此诏下，诸国从乱吏民，知朝廷开恩，不咎既往，都口诵圣明，纷纷返归原籍，重拾旧业。山东诸国惶惶乱象，一夜之间便告平复。

至此，作乱七国中，有六国已平。唯余赵王刘遂，闻吴楚兵已败，知大事不妙，即率兵退回邯郸，关门自守。时不久，汉将郦寄便率军五万，杀入了赵境，将邯郸城团团围住。

那刘遂，即是已故赵幽王刘友之子。当年刘友为吕后下令幽禁，停供饮食，竟活活被饿毙。天下人多怜之，尤以赵人为甚。文帝即位后，不忍心这一脉除国，便封了刘遂为赵王。

刘遂脾性酷似乃父，外柔而内刚。退守邯郸后，无论郦寄如何劝说，只是不降。城内兵民因感念赵幽王，皆与刘遂一心，登城拒敌，全无惧意。

那汉军主将郦寄，虽为将门之子，却是个纨绔公子，本领不甚高强，率大军围住邯郸，百计而不能下。守城兵民倚仗粮足，与汉军僵持，竟有八月而城未破。郦寄见自家兵卒日损，箭矢日减，也只能徒唤奈何。

这日忽而想道：栾布援齐大军近在咫尺，如今齐乱已平，何不请他提兵来应援。于是，提笔拟就求援信一封，遣人送至胶西。

栾布接郦寄之信，怒意顿生，誓要亲灭赵王，遂提兵赴邯郸，与郦寄所部会合。

此时汉军在邯郸城下，已聚起十万之众。有连营十数里，处处旌旗翻飞，鼓角不绝。

赵王刘遂在城头望见，心下一沉，知栾布此来，志在必得。目下城中兵疲矢少，正是苦撑时，围城汉军之数，却猛然倍增，这又怎生得了！

如此踌躇一夜，便也顾不得许多了，立即遣人微服出城，携了密信，往匈奴王庭去求救。

不料，密使往返漠南，费时近一月，返归时却是两手空空。原来，那军臣单于早已探得，吴楚军败于周亚夫，诸侯已势尽，哪还有便宜可讨，便不肯发兵来救。

赵遂无奈，只得亲披甲胄，赴四门激励将士，又发动城内丁壮、健妇，皆上城助守。

邯郸城内兵民，崇仰当年赵幽王，又念刘遂宽厚仁慈，各个愿效死命，与汉军厮杀数月，早杀红了眼，只在城上摇旗呐喊，抵死也不肯降。

栾布骑马绕城数匝，见那邯郸城巍然高矗，城坚不可摧，心中便暗自叫苦。原来，这邯郸上古乃殷商畿辅之地，筑城已有千年。战国时，又为八代赵王之都。其间，经赵武灵王励精图治，城墙不知翻修了几回，坚固乃举世无匹。

汉军虽有冲车、石炮，怎奈墙高沟深，不得施展。如此，栾布、郦寄率军在城下，又耗了半月，仍是一无所得。

这日，栾布心中郁闷，邀了郦寄，骑马去往乡间，欲觅一地，置酒散心。待两人登上滏水之堤，见天高地阔，田中谷粟一片金黄，心胸顿然豁亮许多，便下了马，唤随从铺席摆酒。

栾布与郦寄对坐，望了望秋空，不由慨叹道："在下投高帝甚迟，于汉家未有尺寸之功，常以为憾。今奉诏东来，欲建大功以光门楣，却为这邯郸城所阻。"

郦寄连忙劝慰道："兄之高义，天下皆知，昔年也曾身历百战。我为后起之辈，一向敬服之。今日邯郸城坚，便是韩信再世，亦不可唾手而得，栾兄可宽怀，困到它矢尽粮绝，自是不攻而破。"

栾布摇头道："郦兄不必慰我。邯郸富冠海内，兵精粮足，困是困不死的。我若无计攻城，必为天下所笑。"

郦寄忙自嘲道："哪里，恐天下人更要笑我。"

正说话间，栾布忽望见远处堤上，有无数农夫正在筑堤，心中便一动，唤了声："郦兄，不忙饮酒，且与我同去看看。"

两人便策马至人群近前，下马来观看。但见两面土堤上，聚了邻近村寨数百男女，正肩挑背扛，筑高堤坝。

栾布心生疑惑，瞄见人丛中有一父老，便上前一揖，恭谨问道："请问老丈，何事需筑这土堤？"

那老者白发银须，体仍壮健，放下担子回道："承将军下问，此地为滏水回弯处，年年秋汛，皆有洪水浩荡而下，水漫十里，毁坏农舍无数。小民力不能胜天，只得将这土堤筑高，也好略少些灾殃。"

栾布心中便一亮："秋汛当是何时？"

老者答道："便是旬日之内吧。将军不见，今日两边村落，连妇孺也来筑堤了。"

栾布连忙谢道："农事辛苦，有扰老丈了。"

那老者笑笑："哪里，将军才是辛苦。天灾虽为害，终是一时；将军带了这许多兵来，不分昼夜攻城，还不知何日是休呢！"

栾布听出老者语带讥讽，脸上一红，忙拉了郦寄，向老者拜别。

返回置酒处，栾布已是酒兴全无，吩咐左右收拾好，即刻回营。

郦寄忙劝道："今日天高气爽，既已偷闲，何不逍遥片时？"

栾布便道："日前，我看赵国舆图，知这滏水自邯山出，浩荡向北，绕邯郸城而过，汇入大泽。今逢秋汛，我可发士卒，破邯郸城下堤坝，以水淹城。任是它城厚丈余，也难挡洪水灌入。"

郦寄大喜道："如此好计，怎的我便未想到？"

未及数日，秋汛果然至。连绵秋雨中，滔滔滏水奔涌而来，直至邯郸城下。那河堤早被汉兵挖开，浩漫洪水，涌入城中。城中兵民大惊，只得纷纷登屋躲避。雨大不能举火，人皆寒食，苦不堪言。

城下汉兵，却并不攻城，只在水中乘舟巡游。一面擂起金鼓，声声呐喊。城中人听了，更是心慌，都觉命将不久了。

那赵王刘遂，所居王宫亦被淹，只得与宗室、僚属一道，迁至南门城楼上。眼望满城洪水，百姓攀爬于屋顶，不觉就潸然泪下："天独不怜我乎……"

左右有宦者，悄悄附耳低语道："大王何不出降？"

刘遂黯然叹道："既反之，又何以降？寡人不能为后世所笑。"

如此两日过去，东南角城墙终被浸坏，轰然一声塌陷。

城下栾布至此时，不眠亦有两日，闻军卒来报，大喜道："逆贼，可违天乎？"遂下令攻城。

众汉军顿兵于城下，迄今已有九月余，得此令，都大为吐气，自城墙陷处蜂拥而入。若在平时，城内兵民尚可一搏；如今被水淹了两日，食宿皆不济，哪里还能抗争。汉军此次早已有备，征了些木船，又扎了些木排，满城里巡游，搜杀守军，一时阖城大乱。

栾布率大队入城，望见南门上有黄盖，知是赵王所在，发一声喊，便领兵从走马道杀上来。赵王卫士纷纷奔出，拼死抵挡，奈何寡不敌众，渐渐不支。

城楼上，刘遂闻杀声已近，身边甲士所余寥寥，只得叹了一声："我父子两代，命皆不该为王！"即命身边亲眷，各去了断。自己整好衣冠，遥向宗庙拜了三拜，便也拔剑自尽了。

栾布远远望见，喝止众卒，不得唐突，便率亲卫抢先登楼，注目刘遂尸体良久，取下那手中剑，摇头叹道："既为王侯，人心又何苦不足？"遂命人寻来薄棺一口，将刘遂入殓，抬去城外葬了。

七国之乱，自东南起事，汹汹半个天下，至此时，方告全盘平息。

却说那诸齐兄弟中，还有一个济北王刘志，此前也曾与胶西王相约起事。多亏近臣郎中令苦劝，方才作罢。

此时闻诸齐五王皆死，刘志便不能安坐，知此罪势必难逃。于是唤来妻与子，对泣作别道："诸兄皆死，我何以独生？唯有自裁，或可保全尔等性命。"

家眷一时都被吓住，围在刘志脚边，牵衣大哭，苦苦相劝。刘志只是不听，呵斥道："全家死，何如一人死？"当下命谒者取来鸩酒，便要饮下。

此等生离死别之状，连殿前甲士见了也都落泪。时殿上有僚属公孙獟（jué），正侍立在旁，心有不忍，连忙趋前道："大王，生死之事，切忌匆忙。臣愿为大王往梁国，求梁王代为辩白。梁王素为天子所倚，手眼通天，得他相助，或可有所转圜。"

刘志只是摇头："我与梁王，素无厚谊，他如何就肯相助？"

公孙獟急得顿足道："大王何急矣？事若不成，赴死亦为不迟！"

刘志叹了口气，这才放下求死之念，遣公孙獟携了些珍玩宝物，立赴睢阳。

公孙獟领命，当日即出发，一路奔行。在路上见到，梁地处处残破，哀鸿遍野，百姓脸上尚带惊恐，不由就连声叹息。

甫一入梁王宫，公孙獟纳头便拜，朗声称颂道："济北臣民，闻梁王大名，如闻神仙之名。皆知梁王守睢阳，致吴楚两军进退失据，终至覆亡，无不视梁王为恩人。"

梁王刘武端坐殿上，也知公孙玃来意，便笑了笑："不想济北臣僚中，竟也有你这般利口巧舌的，也算难得！"

公孙玃忙答道："臣在济北，蕞尔小臣矣；才识过我者，可谓车载斗量。小臣此来，不为争口舌，只为讲道理。"

"哦，既然如此！那么君请放言。"

"我等君臣在济北，虽无力讨逆，然皆知梁王一人独当吴楚。天下至大，拱卫亦多，何以吴王汹汹而来，独顿兵于睢阳城下……"

"且慢，公孙君！寡人只愿听道理，高帽子休要再戴。"

"小臣不过据实讲来。吴楚猖獗时，周亚夫顿兵昌邑，委弃睢阳而不顾，不知何意。济北君臣皆以为，睢阳城破，只在数日间。不意睢阳万户，皆从大王，城坚不可破，周亚夫又断吴楚粮道。待李广骑兵一出，贼众饥疲，顷刻瓦解，吾王方知大王有砥柱之功。"

这一番话，虽是逢迎，梁王听了，却也高兴，不由颔首道："济北王倒也有些见识，睢阳若不守，那周亚夫军又有何用？"

"我济北臣民，议起此事，都赞大王知恩义。"

"不错。那李广勇冠三军，解我危难，寡人自是不能忘，日前已赐他将军印一枚。公孙君，你千里出使，怕不是为当面奉承而来，且说正题吧。"

公孙玃这才正襟敛容，深深一揖道："我济北国地狭人稀，东临诸齐，南接吴越，北迫于燕赵，势难自守。此前吴与胶西两王，交相逼迫，同约谋反，吾王身不由己，只得虚言应下，实非本心。"

梁王便冷冷道："我梁地也并非万里之广。反与不反，皆在本心，如何就无胆量拒之？"

"不然。小臣以为，当初吾王若拒吴王，则吴王必先夺济北，后下齐地，与燕赵相连，贼势便成。如此，倾山东诸国之力，聚雄兵百万，西向叩关，睢阳可能当乎？周亚夫可敢撄其锋乎？"

"唔……倒也有理。"

"吴王原以为，我济北国必定归顺，便与楚王贸然西进。岂料，齐王反悔，吾王则抗节不从，致吴楚孤军深入，后援难继，终是兵败身亡。大王试想，若吾王不施缓兵之计，以吴楚之势，三日便可吞我全境，又焉能暗助大王，成就平乱之功？"

这番话，果然说得梁王心动，不由展颜一笑："如此说来，济北王倒也有功。"

"吾王高义，惜不为外人所知。臣闻朝廷颇疑吾王，非但未有嘉勉，倒似有问罪之意。忠而见疑，为藩臣之大不幸。臣恐如此，诸藩王皆感寒心，岂利于社稷焉？"

"嗯……公孙君之意，寡人已听明白。此番你来，莫非求告于寡人？"

"正是。小臣日前入梁，见遍地残破，尚未平复，心中就大不忍。若非梁王独撑危局，不知各国要受多少灾殃！平七国之乱，大王功高如日月，天下皆仰之。以当今之势，唯大王可为我君臣一辩。若能向天子进言，代为辩白，则我危国可全、穷民可安。大王之恩，济北君臣将受之无尽。小臣公孙玃，微末之人也，然愿为济北王请命，望大王开恩！"说罢，公孙玃涕泗交流，伏地不起，只待梁王发话。

这一番话，情理并茂，那梁王听得顺耳，焉能不被说动。于是连声道："平身，平身，公孙君不必如此。难得你深明大义，忠于王事，所言实获我心。且暂留睢阳几日，寡人这便上表，为济北王辩白。"

果然不出半月，景帝便有复诏，赦济北王之罪，徙为菑川王了事。如此，齐诸王一门兄弟，仅刘志一人保全了性命。

公孙獢闻讯，喜极而泣，入宫去拜谢了梁王，返国复命不提。

平乱大功告成，各路人马陆续还都。最先入都门的，是驻荥阳的大将军窦婴。景帝见了窦婴，满面含笑，夸赞道："王孙兄初试锋芒，任大将军，可谓名副其实。"

窦婴谢道："哪里，微臣为殿后，讨了个便宜。平乱之功，当首推太尉无疑。"

景帝便感慨："周亚夫已是条侯，今又立功，倒不知该如何封赏了！"

"陛下，周亚夫此战，谋略为古今所无。若换成臣下，定是按捺不住，要与吴王拼个高低，胜负便难料了。亚夫名声大起，也无须更多封赏了，将来，或可为丞相。"

"哦？倒也是。"

"陛下，此次晁错惹出祸乱，于朝廷，倒也因祸得福。那齐地诸王，累代都是隐患，今日，可将皇子也徙封沿海，从此海内皆安。"

景帝便笑："朕也正有此意。"

如此至秋深，邯郸告破，周亚夫等诸将，也都统军还都。各路归来，终是得胜之师，就不免骄狂，一路于百姓多有骚扰；唯周亚夫军，军纪肃然，秋毫无犯，马不踏田家一株冬麦。

沿路百姓闻风来看，都雀跃欢呼，庆幸汉军能一战而胜，中原免受兵燹之苦。

周亚夫于弹指间平定祸乱，心中也甚得意，一路看去，只觉处处皆好。这日，大军入函谷关，迤逦走过白鹿原。原上草木萧瑟，已隐隐有冬意，不由对诸将感叹道："草木枯荣，经年矣，我辈皆在军旅。"

说话间，忽觉前军迟滞，竟是渐渐走不动了。正诧异间，便有校尉来报："前面有贩牛者，堵塞道路。"

周亚夫想了想，便吩咐道："待我去察看。"便下了戎车，换乘一匹马，急往前军察看。

到得前锋队列，果然见前面路上，有一白须老者，头戴斗笠，身着粗衣，驱赶一群牛，与大军相向而来，却并不让路。

周亚夫连忙下马，上前向老者一揖："敢问长者，欲往何处去？"

那老者抬眼看看，淡淡答道："往前村去贩牛。"

周亚夫便温声道："在下汉太尉周亚夫是也，今讨逆归来，长者可否稍让路？"

那老者两眼便放光："是周太尉？"当即回礼道："老夫乃长安一布衣，有扰尊驾，在此拜过。"

周亚夫笑道："长者甚悠闲，令人羡煞。今日行军，不得闲暇晤谈，还请借过，我大军也好速归长安。"

那老者便诡秘一笑："今日路遇太尉，小民幸甚。太尉千里讨逆，劳苦功高。老夫这牛卖与不卖，都不打紧，便做了犒师之用吧。"

周亚夫吃了一惊："这使不得，本军于民财秋毫无犯，岂能受商贾馈赠？"

"太尉不知，我也并非甚么商人，不过家中养了些牛，今日赶去卖。若卖与他人，何如就此赠予将军呢？"

"不可！征虏讨贼，武人之责也，与足下无涉。长者可不必客气。"

那老者忽就笑问："太尉知兵，定是读过《春秋左氏》？"

"略知一二。"

"可知弦高退秦师的典故？"

周亚夫这才会意，不由心中一惊："哦！足下之意是……"

"那弦高，不过郑国一牛贩，亦知诚心报国。在下虽为农夫，也知天下今日得安，全赖将军之功。以牛相赠，聊尽一番心意，有何可怪？"

"原来如此。足下心意，周某领了。然民家养牛不易，万万不可拿来犒师。"

那老者立定，注目周亚夫片刻，颔首道："老夫素敬太尉善治兵，今日平乱，又立有不世之功。既不受老夫礼物，老夫这里，便有一语相赠。"

"在下愿闻。"

"昔日墨者，门徒满天下。墨子曾有言：'江河之水，非一源之水也。'也望足下谨记：百姓可颂太尉之功，太尉心内，却不可自居一人之功。自古以来的祸端，全在功高之时。我今日拦路，便是要劝太尉这一句。"

周亚夫面容失色，连忙揖礼道："多谢赐教，敢问长者姓名？"

"我之所言，若有道理，太尉便请受用。村野姓名，则不问也可。"老者言毕，便哈哈大笑，将手中长鞭一甩。

那牛群闻得鞭声，掉头便往田中奔散，牛蹄在畦间杂沓，却不踩一株青苗。 老者跟着也下了路，踩着土埂，走入麦田。

周亚夫惊异万分，忽想起坊间传说，便急唤道："长者，你莫不是王生，王禹汤……"

那老者仰头大笑道："是与不是，又有何异？"说着，便疾步走远，不再回头。

周亚夫望着老者背影，满心狐疑，自语道："所言究是何意？"少顷，才摇摇头，下令大军起行。

如此，至秋冬之交，各路兵马都陆续还都，景帝喜笑颜开，大宴群臣。 于席间论功行赏，遍赐诸将，向诸将祝酒道："七国乱平，斩首十余万，诸君有大功。 从此，我汉家不言兵事，唯问天下富庶与否！"

此次封赏，封了两人为侯，即窦婴为魏其侯、栾布为鄃（shū）侯。 另有周亚夫、曹襄功亦甚高，惜两人已为侯，无法再封，便另赐金帛若干，以为酬功。 其余平乱将士，皆有封赏不等。 另有楚、赵属官，为劝谏叛王而死者，亦封其子嗣为侯。

唯李广一人，因受了梁王所赐将军印，惹得景帝不快，虽有斩将夺旗之功，却无分毫封赏，仅调为上谷（今河北省怀来县）郡守。 李广终身不走运，便是自此时起，后面的事暂且不提。

封赏宣诏毕，满席皆大欢喜，各功臣举杯相庆。 景帝亦觉卸下了千斤巨石，身心俱畅。 宴罢归来，踱至偏殿，立于《汉家山河一统舆图》前，长久望之，几欲泫然泣下。

想到如今，倡乱七国及齐国皆无一王，景帝便惋惜起齐王来。想那刘将闾，虽也曾参与谋乱，到底是反悔得早。 若不是他牵住齐诸王，则吴楚势必如虎添翼，袭破睢阳，天下倒真是要危殆了。

如此一想，景帝便不忍亏待刘将闾一脉。 不多日便有诏下，称齐王刘将闾谋乱，系遭人胁迫，罪不至死，今特予优恤，赐谥号为齐孝王。齐太子刘寿，袭封如旧。

众臣闻诏，都连声赞好。丞相陶青道："陛下恩典，罪不及后人，天下人定当称颂之。齐王一脉如此，吴楚王之嗣，似也无罪，可否一体处置？"

景帝不由怔住，一时也想不出条理来，只得含糊应许了。

不想至午后，忽有谒者来报："太后有事召陛下。"

景帝不知是何故，连忙来至长乐宫。见窦太后倚于案几，正闭目养神，闻景帝至，微微一动，然并未睁眼。

景帝连忙问安，窦太后闭目道："为母近盲，睁不睁眼，却也不要紧了，便闭目与你说话。"

"儿臣听着，太后只管讲。"

"闻说吴楚两王的后人，你也要封王？封他们做甚么？"

"父谋逆，罪不及子。齐太子既袭封为王，吴楚后人总不好绝祀。"

窦太后猛地睁开眼，愤愤道："你便如我，睁开眼也是个盲！吴楚不宜绝祀，便要封他子嗣吗？两王谋反，几致天下倾覆，罪在不赦，却封了他们的后人，世人当作何想？东南本就有天子气，秦始皇尚不敢怠慢，启儿如何就敢轻忽？"

"这个……儿之虑，有所不周。"

"岂止是不周，你即位以来，用人施政，无不操切。三年有余，便惹出塌天的大祸来。好歹有梁王、周亚夫替你收拾了，今日怎的又出昏招？"

"太后训诫得对，容儿臣再议。"

窦太后脸色这才稍缓，微闭双目道："黄老之术有所谓：'天下大事，必作于细。'你治事，再不可心粗气浮。 吴楚两王之嗣，断不能封王。"

景帝舒一口气，连忙应道："遵太后旨意，儿必不如此。 太后已久坐多时，容儿臣扶你去庭中走走。"

窦太后便摆手一笑："秋来天渐寒，为母怕冷得很，不去了。你且退下吧。"

自长乐宫返回，景帝连忙召来陶青、周文仁等一干心腹，商议了半晌，总算有了成议：故楚王刘戊之后，贬为庶民，另封原宗正刘礼为楚王。

这位刘礼，为楚元王次子，亦即刘戊的叔父。 如此赐封，既与刘戊后人无涉，亦可昭示不忘楚元王之意，可谓两全其美。

至于那吴国，景帝不敢违太后之意，便令除国。 将吴故地分为鲁、江都二国。 四皇子淮阳王刘余，徙为鲁王；五皇子汝南王刘非，徙为江都王。 如此，历来东南心腹大患，便告解除。

此外，又封了八皇子刘端为胶西王、九皇子刘胜为中山王。

如此一封，景帝子嗣遍布四方，其势赫赫，旁枝之势立显微弱。 其中的中山国，乃是割出常山郡数县所置，国都卢奴（今河北省定州市）；所封中山王刘胜，据《三国志》言，便是后来的蜀帝刘备之祖，此处不多表。

还有原济北王刘志蒙赦，已徙往菑川为王；所留空缺，由原衡山王刘勃补上。 刘勃为淮南厉王之子，吴楚倡乱时，不为刘濞巧言所动，故此徙封济北王，算是深得景帝信任。 另有济南王刘辟光，已畏罪自尽，济南国即除去，置为济南郡，收归朝廷。

这一番改封，天下自是河清海晏。 封王诏令中，又广赐民爵一级，各处更是万民同欢。 至初冬日，适逢新年，新旧诸王皆来朝贺；巍峨前殿上，冠盖如云，满庭都是喜气。

旬日之后，朝贺罢，诸王就国，长安城方得复归宁静。景帝顿觉轻松，恰好逢长安初雪，便唤了周文仁，于偏殿闲坐，观赏廊下飘飘细雪。

两人把盏小饮，酒方温毕，就见雪意渐浓，未央宫万树千屋，都白了起来。

景帝看得痴了，持杯良久，想起早前邓公所言，不由感念起晁错来。

想当初，诸王未反之日，如猛虎卧于榻旁，自高帝始，两宫便不能安睡。所谓堂堂汉家，实是半壁河山，只似屈居关中一隅，天下之半并不属己。今历一春一夏，平乱事成，崤函以东至海，可听凭朝廷摆布了，汉家一统，自此方见眉目。如此想来，逼反吴王，也未见得就是祸事。

周文仁见景帝入神，连忙劝道："陛下，酒不可凉。"

景帝似未听见，少顷，忽对周文仁道："爱卿，那后世之人，可知寡人苦衷乎？"

周文仁怔了一怔，方迟疑答道："……当有人知。"

景帝扶住周文仁肩头，朗声笑道："周郎，你到底是个憨人。朕能平乱，便是有天助，后世知或不知，又当何如？今日雪景甚好，只在此饮酒，实是辜负了好景。你且守好宫禁，我即赴上林苑去赏雪。"

当下，便从后宫召来新宠贾姬，带了一队涓人、郎卫，乘车出宫。

到得上林苑黄山门，漫野已是一派银装。景帝携贾姬走走停停，丝毫不觉有寒意。那贾姬是俳优出身，色艺俱佳，颇能讨人喜欢。一路上扔雪球、扬雪雾，只闻笑语不断。

玩儿了约莫一个时辰，贾姬忽欲小解，便独自去了林边一茅厕。其时上林苑废弛已久，屋宇皆破败，那茅厕，也不过是一简陋棚架。

贾姬入内不多时，忽从林中蹿出一只野猪来，直闯入茅厕。众人一时惊慌，都不知所措，只闻贾姬在内，惊得哇哇大叫。

景帝心急，连忙环顾左右，欲令郎卫入内解救。偏在此时，竟无一郎卫在侧，唯有中郎将郅都，正执戟护卫。景帝望向郅都，却不料那郅都将头一偏，故作不见。

耳闻贾姬呼救声愈急，景帝更是慌乱，欲唤郅都，又觉有所不便，情急中竟拔出剑来，欲闯入茅厕救美。

正在此时，郅都却不再佯装，急趋上前，跪在景帝脚前劝阻道："陛下若亡一姬，又有一姬献上，天下还少贾姬这等人吗？陛下若是自轻性命，何以对得起宗庙、太后？"

这一语，有如石破天惊，说得景帝心头一震，当即收剑止步，任由那贾姬自己去应付。也是贾姬命大，不多时，那野猪便自行蹿出，逃之夭夭。贾姬浑身战栗出来，景帝上前看过，竟无一处受伤。不多时，众人也闻声赶来，都直呼侥幸。

此事终究来得突兀，景帝受了惊吓，全没了赏雪意趣，便下令还宫。

路上，景帝只顾安抚贾姬，却未及嘉勉郅都。到得长乐宫，随行涓人传扬开去，当日窦太后便闻说此事，不由大赞郅都。当下唤了少府来，命赐予郅都百金，以作奖赏。景帝得知，细思此事，也以为郅都忠直，便又加赐了百金。

自此之后，郅都之名，即传遍长安，宗室公卿无不推重。恰逢济南国除，置为郡，地方有司上奏，郡中瞯（xián）氏大族，有族人三百余家，一向豪滑，横行乡邑，守尉不能制。

景帝闻报，拍案道："焉有此理！向日济南王只知谋反，不知理政，竟养虎遗患至此。"当日，即拜郅都为济南郡守，面谕道："齐鲁久不见汉官之威，那乡邑豪强，竟也敢目无朝廷。着令你往治济南，不教他一个逃脱。"

郅都领命，微微一笑道："市井恶人，只知欺压小民，尚不知官威如山。臣下到职，不出十日，定教他风行草偃。"

待入得郡城博阳（今山东省济南市章丘区），郅都果然雷厉风行，三日内即遣兵卒，捕得瞯氏首恶全族，统统斩首，暴尸街头示众。瞯氏余众见之，不由魂飞胆丧，个个股栗，再不敢为非作歹。

后郅都在济南治理一岁余，全境安然，民知守法，竟至路不拾遗。邻近十余郡之郡守，闻之无不敬畏，视济南为大府，每见郅都，皆毕恭毕敬。

景帝闻济南地方大治，心中甚悦，拊掌对周文仁道："七国乱可平，如何市井之乱便不可平？皆因吏治无能所致。前朝文帝虽宽厚，然亦有失。仁政之下，想那民虽得安，豪强渐也不惧官府，连恶少也屡有犯禁。今后，倒要施以严刑峻法，不教这等恶痞逞凶。"

七

美人施计
斗宫闱

景帝即位三年以来，仅削藩一事，便闹得寝食不安，许多自家的大事，都搁在了一旁。待七王乱平，转过年来，便是前元四年（前 153 年）春上。景帝稍得喘息，便觉立太子之事，已刻不容缓。

　　古时君王立储，虽为一家一姓事，却是事关国本，敷衍不得，朝野瞩目。按"立嫡立长"的古制，本该立薄皇后所生嫡长子为嗣。偏偏那薄皇后，最是不受景帝宠爱，仅为虚位，故而迄今无子。事到如今，太子当立谁，倒成了一桩悬案。

　　按古来旧例，天子立嗣，无嫡便应立长。景帝的庶长子，名唤刘荣；其生母，乃是后宫宠妃栗姬。

　　栗姬乃是齐人，生就一副美人胎，笑靥迎人，身姿婀娜，立身如仙子，动则似杨柳扶风。景帝为太子时，就独宠此姬，曾与之私下有约，若来日生子，当立为嗣。

　　栗姬果不负厚望，为景帝连生三子，即长子刘荣，次子刘德，三子刘阏。三人早在前元二年，便都已封了王。

　　按说事情到此，景帝当践前诺，立刘荣为太子才是；然此事之所以延宕，既为削藩所误，亦牵涉宫闱之秘。

　　原来，栗姬虽是后宫独宠，然此时宫中，嫔妃却不止栗姬一人。众多粉黛中，有一亭亭美妇，也甚得景帝欢心，这即是美人王娡。

说起王娡来历，奇诡又甚于前代的薄太后，直教人惊叹不止。

此处先要倒回去说，那王娡之母，名唤臧儿，乃是故燕王臧荼的孙女。臧荼其人，前文已表过，为秦末一枭雄，当年项羽分封时，得封燕王。后又归降刘邦，为汉初八位异姓王之一。岂料刘邦登基不久，臧荼忽然就反了，扰攘数月，终被刘邦所擒，从此不知下落。

当时，刘邦或有英雄相惜之心，放过了臧氏眷属不问。臧荼的孙女臧儿，故此流落至槐里县（今陕西省兴平市）谋生，为时不久，便嫁与邑人王仲为妻。

槐里这地方，离长安不过百里，颇为富庶，系由秦朝废丘县改置，当年章邯便战殁于此。

臧儿自嫁入王家之后，日子尚属平顺，生有一男二女。长子名唤王信，长女便是王娡，次女名唤王息姁（xǔ）。照此下去，倒也还好；然则世事难料，合该臧儿命中多难，安稳了才几日，其夫忽然就亡故了。

梁柱一倒，家便破了。臧儿无奈，只得携儿带女，改嫁到长陵邑，再醮于田氏。在田家，又生下二男来，长男名唤田蚡，幼男名唤田胜。此二男渐渐长成后，也都甚是了得。

如此寒来暑往，长女王娡渐已长成，嫁与农夫金王孙为妻，生下了一女。

这王娡的运势若是到此，也无非平平，左不过以田舍妇终其一生。然世间鱼龙变化的事，谁也说不准，以往臧儿曾求人算过命，有术士断言"二女当贵"。臧儿便想：自家两女，若能柴米不愁，便是万幸；若说大贵，岂非梦话？ 于是不肯信。

这日，王媪归宁省亲，在娘家小住。 臧儿心疼女儿，正待捉一只肥鸭来杀，见门前有相士姚翁路过，便连忙唤住，央他为两女看相。

姚翁看看臧家，似不富裕，本不欲做这小生意。 那臧儿哪里肯放他走，扯住姚翁衣袖，恳求道："我家固穷，出不起大钱，却是正要杀鸭。 若长者不弃，饱餐一回，也不至就折了本。"

姚翁耐不住死缠，只得进堂屋坐下，臧儿便唤两女也进屋来。

那姚翁抬头一望，见王媪进来，不觉就惊诧。 连忙颤巍巍起身，连连作揖道："哦呀，这便是令爱？"

臧儿答道："正是小女。"

"哦——"姚翁又端详片刻，竟是连话也说不顺了。 "令爱之贵，老夫说不得了……不敢乱说。"

"姚翁，老身把钱与你，又不是假的，怎的连说也说不得了？"

"这个……老夫钱也不要了，鸭也不敢尝了。"

"我家长女，田舍妇而已，如何就能吓到你？"

姚翁脸色越发惊异，忍了忍，才开口道："你这长女，贵不可言，将来要生天子的，当母仪天下。"

臧儿到底是贵胄出身，知道此话分量，脸便微微变色："姚翁，我女已嫁农夫，我那女婿，老实憨厚，今生连个里正都难谋得，我女又如何……能母仪天下？"

"上古虞舜，取人以色，老夫也只管辨色，辨色而知贵贱。此女大贵，我便管不得令婿怎样了。 你再唤那小的来。"

臧儿忙将小女王息姁推出，姚翁望了望，拈须道："此女亦当大贵，然不如长女。"

臧儿便神魂不定，摸出些钱来，给了姚翁，笑道："姚翁费心了，即便不说此等上上吉言，卜资也是短不了你的。 然吾女大贵，还不知挨到何时，今日唯有煮鸭相待。"

姚翁慌忙起身，摆手辞谢道："不敢，鸭便免了。 来日令爱大贵，莫恨我老翁贪了你家便宜。"言毕便夺门而出，将那一地鸭毛踢得乱飞。

送走姚翁，臧儿念念不忘"母仪天下"四字，整日只是发怔：如何长女就能做得国母？ 头想痛了，也理不出个头绪。

时过不久，恰逢朝廷有公文下来，要选四方良家女，入宫为婢。 闾里风闻，都议论不休，多有不愿自家女子做宫女的，怕就此误了一生。

唯臧儿听到，立时醒悟：莫不是姚翁所言，即由此而发？ 于是，当日便托人，唤长女王姝回娘家，在家中与王姝密议："朝廷选宫女，人多不舍自家女。 你嫁入金家，朝暮耕田，又何时是个了？ 还不如攀捷径，一朝便至天子旁，还愁无大贵之日吗？ 或那姚老翁所言，乃是天意，并非为骗我小钱。"

但说王姝那日听了姚翁所言，也曾一夜未眠，只恨夫婿无能。 今日听老母如此说，心也动了，急切道："有路可通富贵，如何不好？ 怎奈我已有夫，好端端的，怎可绝婚？"

"你那夫婿，要累你一世受穷，有何舍不得？ 女子求去，法也不禁，夫家认头即可，待明日我托了人说去。"

隔日，臧儿果然变卖金簪，换得些钱，托了本邑一个媒婆，去金家求绝婚。

那媒婆赴金家，上门寒暄一番，金王孙见媒婆登门，便有些摸不着头脑:"阿嫂,金某实为穷户,纳不起妾。"

媒婆掩口笑道:"我便是昏了,也昏不到这般地步。 我上门来哪里是劝你纳妾? 是你外母托我,说是你妻王娒,有意求去。 若你肯放归,则多把些钱与你,也是好的。"

金王孙大惊:"我浑家才归宁两日,那臧家老妪,便托你为女求去?"

"正是。 好在你妻并未生儿子,你受臧家一些钱,另娶也是好的。"

"甚么好的、好的! 媒人一张口,死人也说得活。 我浑家在家好好的,莫不是你贪财,想诱妇人再嫁? 今日既来,你便不要走! 看我打你个满脸花,丑煞你这贼婆。"说着,躬身捡起一根柴棒,便要乱打。

那媒婆慌忙躲闪,惊叫道:"哎呀,我本是好心呐。 此事须两愿,我怎敢图你钱财? 分明是你外母,死缠着央我来。"

金王孙便停住手,恨恨道:"如此也罢,你这便回去,说与那臧婆,至明日午时,若不将我浑家送回,我便唤上几兄弟,去拆烂那臧婆茅屋。"

媒婆连忙应道:"阿叔莫怪我就好。 这话,我回去定转告臧氏。 你家娘子,哪里就能跑掉?"说罢,也顾不得道个万福,就慌张走了。

奔波半日,那媒婆裙钗散乱,抢入臧儿家中,说了匆匆数语,连酬金也不要了,转身即走。

臧儿与王娒闻听金王孙要来闹,不禁面面相觑。

王娒泣道:"事不成,奈何? 明日回去,还免不了有一番折辱。"

臧儿颓然良久，忽就心生一计："姝儿莫哭，路尚未绝，须你硬起心肠来。那官家，不是已在县衙选民女了吗？明日一早，为母就送你进衙去，若选上，金王孙他岂能抢回？"

王姝闻听有道理，不禁破涕而笑："阿娘说得是，夫婿再凶，谅他也凶不过官衙。"

臧儿便满面喜笑道："明朝要早起，我亲手给你梳个后盘髻，还你妙龄模样。"

"阿娘玩笑了，儿哪里还有风韵？"

"衙门那些呆货，好哄得很。为娘再给你点个面靥，不由他看不上。"

次日晨，臧儿果然将王姝装扮一新。临出门，又寻出家藏的一支金步摇①，插在王姝头上。如此一弄，王姝果然就似少女一般。母女当下就来至县衙，报上了姓名，求见主吏。

却说县衙主事的功曹②，奉命选女，已选了多日，只见不到个好相貌的。正愁无法交差，忽见有美妇走上堂来，姿容秀丽，眼睛不由就一亮，忙问道："来此应选，你可是自愿？"

"民女日子过得清苦，愿入宫为婢。"

"那么，可曾婚配？"

臧儿连忙抢上代答："吾家那女婿，也是情愿的。"

功曹眼睛便转了两转："果真？那夫家如何不来？"

臧儿赔笑道："官人哟，夫婿若是同来，即便是舍得的，事到

---

① 金步摇，古代妇女发饰，与簪、钗类同，垂有流苏或坠子，行路时一步一摇，故称步摇。因制作精细、材料贵重，多见于高贵女子妆奁，普通女子少用。

② 功曹，亦称功曹史。汉初置，为郡守、县令的主要佐吏。

临头，也要舍不得了。"

功曹便一笑："倒也是。按说女子入宫，一门都得福，夫婿又有何不舍！"言毕，便录下王妪的姓名、年纪，吩咐衙役送至后院，好生安顿。

母女两人便在阶前作别，忍不住落泪。王妪想起独女尚在夫家，一别将不知何年再见，就更伤感。

待到衙役来催，王妪慌忙拔下金步摇，欲交还阿娘。臧儿不肯受，只连连抹泪道："娘要此物还有何用？儿尽管拿去。入了宫，要乖巧些，他年若称了天子意，莫要忘了为娘……"

却说夫家那边，金王孙等候至正午，并不见王妪返回，便知事情不妙，忙带了胞兄弟几个，闯去臧家要人。

那臧儿却也不惧，又起双手，拦在门前怒道："吾儿已为朝廷选中，入宫去侍奉皇帝。你若要人，便去县衙要；你若敢捣烂我家，我便告你大逆之罪。"

金王孙闻此言，不禁瞪目，急忙掉转头，跑去县衙索人。

县衙堂上，那功曹闻听外面有人吵闹，出来问明缘由，心下自然明白。不由恼怒臧氏说谎，然转念一想，好不容易选中一个，若放过，考课①时必受责罚，便呵斥道："王氏自愿入宫，已登录在册，报上朝廷。这通天的事，如何就能反悔？若再闹，只怕你讨不回浑家，倒闹个灭门！"

金王孙无奈，在衙前捶胸顿足，又奔至臧家门外，骂了半晌。几欲动手打砸，到底还是怕官家，只得丧气而归，待来日再说。

---

① 考课，汉代官吏考核制度。每逢岁末，朝廷考郡，郡考县。

两日后，王妪由衙役护送，乘轺车入长安宫中。宦者令见王氏姿色尚可，便分拨去了太子宫，侍奉太子刘启。

自此之后，王妪便如遇天助，运势忽就好了起来。

同选入宫的民女，多在及笄①以下，也就十四五岁。唯王妪年长些，本不具异资，混在少女当中，实不易出头。然王妪心性却高于他人，无一日淡忘姚翁所言，只倾尽心思，侍奉太子。

说来，已婚的女子，心计到底胜于少女。日久天长，王妪便摸准了太子脾气，曲意逢迎，果然得太子欢心，屡受临幸。未及一年，便结下了珠胎，名正言顺做了太子姬妾。

只可惜，此次诞下的是女儿，未有弄璋之喜。即便如此，其余诸姬妾，也都对王妪另眼相看，呼其为王美人。有那善巴结的涓人，更是以王夫人②相称。

王美人一步登天，却未曾忘本，常想到自家胞妹，趁着缱绻之际，又向太子荐了王息姁。

太子刘启性本好色，闻说王息姁貌亦美，岂有不允之理。当即遣宦者赴槐里县，指名要选聘臧氏次女入宫。

再说那王妪前夫金王孙，平白无故被夺了妻，自是不平，待王妪走后，又去臧氏家中闹过几次。后来风闻，王妪已入太子宫，便不敢再争，只向臧儿哀恳，索了些财物回去，两家就此了结。

臧儿送走长女后，心中亦是悬念，只望王妪早日发迹。未料这日，忽有县功曹引来了宦者，说王妪在太子宫得宠，已为姬妾，

---

① 及笄，古代女子十五岁之谓。见《礼记·内则》："女子十有五年而笄。"

② 夫人，汉宫后妃等级之一，位仅次于皇后。另，所有姬妾亦可泛称夫人。

诞下了一女。臧儿听了，不由大喜，连连向宦者叩首。

那宦者从袖中拿出太子诏令，当场宣读："臧氏长女王娡，入太子宫为姬妾，颇称孤意。今续聘臧氏次女王息姁，亦为姬妾，责令该女收拾入宫。"

臧儿听了，更喜得手足无措。宦者便命人抬上太子所赐金帛，以为聘礼。

臧儿一拍掌道："哦哟，太子也要下聘礼！我这老妪，竟也能成太子外母？"

那随来的功曹便笑："臧氏，这话不能乱讲。天子家与百姓，哪里就能论亲？你千谢万谢，倒是忘了谢本主吏呢。"

臧儿忙向功曹道了个万福："官人自是大恩人，若不是你为媒妁，我家长女岂能入宫？"

功曹强忍住笑，佯作生气道："臧婆，你又在乱说。宫中宦爷在等着，你速将王息姁装扮好。"

那宦者倒也不急，温言道："婆婆好福气！人有一女为太子妃，便是天大的福，你竟有两女侍奉太子。将来这两女，母仪天下也说不定呢。"

臧儿心中便一惊，连连"哦"了两声，竟不能应对。

那宦者又道："我今日奔波半日，能见婆婆一面，也是值得的。"

功曹闻此言，忙向臧儿使眼色。臧儿会意，当即笑道："老妪家贫，宦爷送福来，酒也没得饮一杯，实是造孽……"说着，便拆开那聘礼，摸出两块金饼来，分赠给宦者与功曹，权作红包。

忙乱了多时，臧儿才将王息姁打扮停当，送上门外车辇。母女分别，少不得又是一番啼哭。那功曹就劝道："臧婆，哭的甚么，今后还怕没得福享吗？ 金家那边，若再敢来勒索，你便来衙门击鼓告状，本吏去拿他，定要打得他皮开肉绽！"

且说王息姁入宫当日，王娡早在太子宫迎候。 姊妹两人见了，自是又悲又喜。 王娡连忙为阿娣揩干眼泪："你今日入宫了，再当不得自己是民女，一颦一笑，须看太子颜色。 太子若高兴，你我富贵即长久；万一有过错，彼此也好帮衬。"

王息姁明白阿姊苦心，连连点头，便将眼泪抹去，笑靥如花，去拜见太子刘启。

刘启见了王息姁，觉此女容貌虽不如王娡，也还算娇艳，心中就欢喜，即命涓人摆上酒宴，为王息姁接风。

夜宴之上，刘启左拥右抱，与这一双姊妹对饮。 三人戏谑行令，连饮下三四卮酒。

王娡见刘启高兴，不由笑问道："我阿娣如何？"

刘启此时酒意已酣，即笑道："此花……无人折过，我又如何得知？"

王娡怔了一下，连忙赔笑道："阿娣生来，便是候着太子的。"

刘启对王息姁道："今后这太子宫，便是你家，起居都无须拘谨。"

王息姁只是娇羞道："臣妾今日，方穿上这绫罗绸衣，起坐都还不惯呢。"

刘启便一惊："如此说，你姊妹往日在家，穿的是何衣？"

王娡掩口笑道："殿下你生来，便是省心的人！ 民家身上衣服，还不是麻葛一类，有甚好衣？"

刘启便叹道："果真是布衣，孤还当是虚言！ 乡民之苦，深宫内哪里得知。 无怪父皇要定田租'三十税一'。 如今尚未实行，日后我嗣位，定要将其推至乡里。"

王息姁继而又道："家母平素便常言：入民间数十年，竟不知肉味。近年圣上降了田租，好歹才吃得起鸡鸭……"

王娡连忙打断话头，连连劝酒道："阿娣，往事休提。今日殿下摆宴，你只管解馋。"

饮至夜深，刘启对王娡眨眼道："王美人，你们那阿娘，到底是诸侯出身，养得两位天仙。孤家一人，如何消受得起？"便笑望着王娡，不再言语。

王娡会意，连忙起身，道了个万福："臣妾饮了这许多，已不胜酒力，先就告退了。"说罢，向王息姁使个眼色，便回避了。

当夜，刘启与王息姁相拥入帐，自是快活，一番梦入高唐不提。

王息姁倒也争气，时不久，便有身孕。待十月已满，诞下一位皇子来，取名刘越，日后做了广川王。

王美人却无此运气，又连生两女，仍不见一个麟儿。好在太子恩宠，倒是未有稍减。

至数年前，刘启登大位，做了皇帝。某日忽得一梦，梦见一只幼彘，浑身赤红，乘云自天而降，直奔入崇芳阁中。

早起醒来，景帝犹忆梦中情景，连忙往崇芳阁去看，只见阁内红云缭绕，恍似龙形，就疑心此非寻常祥瑞，回来说与王美人听。王美人也感惊异，便道："我故里有术士姚翁，年前言我姊妹皆有大贵，今已应验，不如召他来看。"

景帝听了，也是好奇，便允了，遣宦者去召了姚翁来看。

那姚翁入了宫中，见过景帝、王美人，心中不免好笑：当日所言王氏姊妹大贵，不过是见臧婆家贫，心中嫌恶，有心玩笑而已，岂料竟碰巧说中，真好似大梦一场。

姚翁由宦者引路，至崇芳阁环绕一周，左张右望，一边就想好了说辞，返回禀道："老夫观崇芳阁红云，当属吉兆。此阁内必生奇男，当为汉家盛主。"

景帝大喜，当下赐了姚翁许多金帛，命人以车载回乡里。

姚翁乘车出了北阙，回望宫阙巍然，心中仍觉惊异："当日厌恶，未曾食臧婆家煮鸭，不想至今日，竟赚得了这许多横财回来！世间事，岂是用眼睛看得出的？"

未几，景帝又有梦，梦见神女捧日，授予王美人，于是愈加惊异，说与王美人听。那王美人早有心计，闻此言，连忙娇语道："巧了巧了！臣妾于昨夜，也梦见有红日入怀，光亮不可直视。"

景帝听了，只是恍惚，喃喃道："这便是了，这便是了……"当日，即令王美人搬入崇芳阁居住，易阁名为"绮兰殿"。

此阁果然是福地，王美人搬来不久，蒙景帝几次临幸，便有了身孕。至当年七夕，诞下一子来，啼声嘹亮。景帝兴冲冲赶来，见是小子，喜不自胜，抱起来看了又看。当夜又做了一梦，竟梦见高帝现身，命将此子取名为"彘"。

景帝惊醒，想起了月前，也曾梦见赤彘入阁，原来是祖宗之意！于是不敢不从，为此子取名"刘彘"。后终因"彘"字不雅，方改名为"刘彻"。

说来也怪，自诞下刘彻之后，王美人便再未有一子。倒是王息姁运气好，后又连生三子。除长男刘越外，又有刘寄、刘承、刘舜三子。此四子，后皆封王。

至此时，景帝后宫，一派花团锦簇，然内廷大事却是全无眉目——不单皇后虚悬，太子也迟迟未立。

当此之际，后宫诸姬妾中最忧心者，当数一向得宠的栗姬。

当初，薄皇后罢废之时，以外人看来，新皇后定是栗姬无疑。而栗姬所生皇长子刘荣，则理所当然要做太子。

然则，后宫之事，向来难料。至景帝前元四年春，两事皆无着落。眼看王氏姊妹日渐得宠，且有皇子诞下，栗姬便心生恨意，唯恐王美人鸠占鹊巢，致刘荣失位。

岂不知，景帝此时，也正为立太子事犹豫。若按早前对栗姬之诺，当立刘荣为太子；然此时看看王美人娇态，想到高帝托梦，便又欲立刘彻为太子。

正举棋不定间，栗姬耐不住，连番去见景帝，请早立刘荣为太子。

这日薄暮，两人登渐台赏景，眺望太液池一泓春水。其时夕阳已沉，天上星斗渐次亮起，其景恍如梦境。

栗姬却无心流连，只看了一会儿，便又催促景帝道："今荣儿已长成，勤谨知礼，貌亦不俗，只不知陛下还犹豫甚么？"

景帝还想拖延，于是温言责备道："立储大事，须从容处置。你身为后宫，怎能连日来催？"

"陛下，臣妾只记得，你当日信誓旦旦，还引了古诗，乃说是'琴瑟在御，莫不静好①'，妾只问：如今削藩事平，天下人都已静好，独独臣妾的静好，还不知在哪里。"

"朕尚不老，立太子事，并非朝夕间急务。从容处之，总归是好，只不要一日三问。"

---

① 见《诗经·女曰鸡鸣》。

栗姬便恨恨道："陛下不言，臣妾倒是看在眼里的。莫不是那王氏姊妹，也与陛下有了私约？"

景帝便发急道："哪里话，你当我是浮浪文人，可随意轻诺吗？"

"妾虽无文，却知前朝都敬季布。陛下若不能一诺千金，便不如季布，又怎配治天下？"

"爱姬，你哪里知：朕审慎立嗣，正是为天下计。"

"哼，只怕是为王美人计……"

景帝忽就恼怒道："你这是如何说话？"

栗姬却也不惧，只仰头应道："妾是看到了骨髓里！然陛下可曾想过：王美人之子，今尚年幼，待他长成，又不知要多少时日。久不立储，必有风波起，动摇的怕就是国本！陛下熟读典籍，可还记得秦公子扶苏事？"

景帝不由一怔，立时不语，稍后方才道："是何人教你说这些？"

栗姬横眉道："秦始皇久不立储，而天下乱。这道理，我身边宫女皆知，还需人教我吗？"

景帝便无语，望向太液池，手扶栏杆良久，忽然就道："也罢！明日即立荣儿为太子，早定国本，也免得生事。"

栗姬不禁喜从中来，忙拉住景帝衣袖："陛下与妾，当面朝牛女二宿，拜上三拜，以之为誓。"

景帝便笑："你我皆半老，何必效小儿女？"

栗姬忽然满眼都是泪，哽咽道："陛下为太子时，许诺妾那夜，便是你我二人焚香，同向牛郎织女星拜过。"

景帝闻此言，心头大为震动，忙伸手扶住栗姬，连声劝道：

"爱姬，切莫心伤。 今日即便不拜，朕亦当一诺千金。"

果然，隔日景帝便有诏下，立刘荣为太子、刘彻为胶东王，又加魏其侯窦婴为太子太傅，辅佐刘荣。 众臣闻诏，知立嗣之事有了分晓，这才放下心来，纷纷上表称贺。

那边王美人闻知，却如五雷轰顶，只不知栗姬用了何等手段，哄得景帝发昏。 当夜，与王息姁见了，两人抱头痛哭。

经此一事，王美人知栗姬根底深厚，也只得忍下。 好在刘彻尚年幼，无须立即就国，母子还能在宫中朝夕相伴。

如此，栗姬母以子贵，在后宫权倾一时。 虽未做成皇后，却也断无旁人来做皇后之理。 内外宗室公卿，也察言观色，无不以栗姬为尊。

事若至此，栗姬为皇后，只是迟早之事。 却未料，正当此际，有一位显赫宗室，忽就斜插了进来，将这一切搅乱。 足见宫闱事，恰如老子所言："微妙玄通，深不可识。"

此人，便是馆陶长公主刘嫖。

这位刘嫖，前文已表过，乃是窦太后所生长女，亦即景帝阿姊。 文帝在时，已嫁与堂邑侯陈午为妻。 窦太后目眇之后，离不得刘嫖，便命刘嫖留居长安，无须就国，以便随时入宫照料。

刘嫖与刘启，同在代地长大，姐弟情深。 刘启登帝位后，刘嫖出入后宫，见嫔妃不多，便时常荐美女入宫。 既是照拂阿弟，亦是讨好天子，总之是存了私心。

这位长姊，颇知乃弟口味，所荐美女，甚为景帝所喜，且多有册封。 此类勾当一多，自然要惹恼栗姬。

栗姬虽受宠日久，却因性善妒，渐为景帝所冷淡。 景帝登位后，甚少临幸。 偏那刘嫖性本豪放，想到就做，接二连三荐美女入宫，把个景帝看得眼花，就更冷落了栗姬。

栗姬明知太子之位已定，其余美人再如何受宠，也是无用；然每见那些狐媚出入，心中到底是不快，于是便迁怒于刘嫖，终日恨恨。

恰在此时，某日栗姬忽闻宫女来报，馆陶长公主家令李根前来求见，不觉就吃一惊，不知来人是何意，想了想，才召他入殿内。

那李根入得殿来，恭恭敬敬趋前，将一红漆礼盒放下，伏地拜道："小臣李根，见过栗夫人。臣受长公主之托，前来提亲。"

栗姬便诧异："你为何人提亲？是长公主那长子吗？"

李根忙回道："夫人误会了。长公主之意，是为我家阿娇提亲。"

"阿娇？你家阿娇，想嫁与谁？"

"长公主之女陈阿娇，今已十龄有余，性淑贞，姿容出众，请为太子之妃。"

栗姬闻言当即变色，正欲破口大骂，忽又忍住，只冷冷道："公主家令，本宫方才未曾听清，你叫个甚么名？"

"回娘娘：小臣敝姓李，名根，根须的根。"

"哦——李根，你这便回禀长公主，就说本宫未允。你所携礼盒，也请带回，本宫不收这些。"

那李根犹豫片刻，便又试探问道："不知娘娘……还有何话？"

栗姬眉毛一动，狠狠拂袖道："你退下吧。做家令的，怎的如此多话？"

李根脸色一白，慌忙伏地谢罪道："小臣明白了，望娘娘恕罪。"

待李根返回，将遭拒之事如实禀报，刘嫖便苦笑道："家令辛苦了，此事本宫有错，实不该遣你去的。"

原来，刘嫖虽贵为皇姊，荣宠仅在天子之下，然也想世代永享福泽。于是起了念头，欲将爱女阿娇许给太子，来日好做皇后。

本想自家娇女，嫁与那太子刘荣，也算门当户对，又兼亲上加亲，更是和洽。栗姬若聪明，断无不允之理。

未曾料，"提亲"二字才出口，栗姬竟能一口回绝——这狐媚，也是太蛮横了些！

刘嫖不禁怒从心起，然想想也是无奈：太子既立，栗姬之位便不可动摇。嫁女与太子事，若想谋成，还须忍下气，另辟蹊径。于是隔日，刘嫖便入长乐宫，来见窦太后。

时已入夏，宫中处处可见浓荫蔽日。窦太后此时，正坐于廊下，听宫女念《黄帝阴阳》篇。闻刘嫖脚步响起，窦太后便抬起头一笑："嫖儿，衣裳又熏的甚么香？冲得人头昏。"

刘嫖依偎上去，亲昵答道："是托南越使臣觅得，出自弱水国呢。"

"弱水国？那不是万里以外嘛，嫖儿也太靡费了些……唉，为母入宫一辈子，至今也不喜这些名堂。"

"父皇在时，儿也是不敢用。如今阿娘宠我，方敢一试。"

窦太后望望刘嫖，脱口问道："你今日，如何就文静了许多？不似来此闲逛。"

刘嫖眨了眨眼道："儿有何心思，只瞒不住阿娘。这些年，我家阿娇渐已长成，要论婚嫁了。儿有意，将阿娇许配给太子。"

"阿娇？那小娃可有十岁吗？"

"正是十龄有余，早些论婚嫁，也早些省心。太子刘荣，我看人还正派，两家联姻，亲上加亲，于太子前程也是好。"

窦太后稍作沉吟，方道："阿娇人小，难免还顽皮。今日求亲，岂非太早了些？"

"不早。迟了，便轮不到阿娇了。"

"唔……也好，倒是两全其美。嫖儿，你也是心盛，已是皇亲了，还想做外戚！便去向栗姬提亲吧。"

"栗姬是太子之母，未几日，便可成皇后。仅凭儿臣这薄面，怕是要唐突了人家。"

窦太后闻言一怔，接着就笑道："你绕了半日，原来是央我做媒！也罢，你表弟窦彭祖，近日新任奉常，我便嘱他去提亲。"

过了几日，窦彭祖奉太后懿旨，果然来求见栗姬，为陈阿娇提亲。

栗姬见是窦彭祖来，又闻说奉了太后懿旨，便知是刘嫖使的手段，想了想，便对窦彭祖道："窦奉常，我看你年方弱冠，可是娶亲不久？你当晓得，家中娘子务以贤淑为好。那陈阿娇，是何等样人，奉常可知？"

窦彭祖恭谨答道："臣未闻阿娇有何不好。"

"未闻？你只顾得侍奉祖宗了！那个阿娇，生性怪僻，相貌鄙陋，如何配得我荣儿？只是那等才貌，便可做得汉家皇后吗？"

"臣奉太后懿旨，携阿娇庚帖来，只为提亲。余者，确乎未曾闻。"

听到窦彭祖打官腔，栗姬便忍不住，索性撕破了脸说话："窦奉常，长公主能说动太后，却是说不动本官。前次来提亲，我就已回绝。今日奉常回去，可转告长公主：此梦可以休矣！本官之子，焉能娶阿娇为妻？"

窦彭祖闻此言，脸色微变，只一揖道："栗夫人之意，小臣听明白了，当据实回禀太后。"说罢，头也不回便走了。

那一边，刘嫖翘首候了半日，闻窦彭祖空手而归，不禁大怒："哪里来的野狐，生养个皇子，便想跋扈吗？"

后半日，刘嫖便至窦太后处诉苦。窦太后听罢，倒也不以为意，只一笑置之："呵呵，我为你做了个媒，到底也没用。"

自此，刘嫖甚厌恶栗姬，日夕不忘，每与人议起，必恨恨有声。

王美人闻知此事，有心结好栗姬，便登栗姬之门，好言劝说道："妾闻今上素敬长公主，凡长公主所言，无不从。后宫美人中，多为长公主所荐。栗夫人何不私会长公主，允了阿娇这门亲事。此后，长公主在今上面前，定当有美言。"

栗姬瞟一眼王美人，冷冷回道："我儿既为太子，倒是无须费这般心思。在后宫行走不易，也难为王美人了，竟如此小心。"

王美人未料一番好意，却换来这般冷脸，心下就不快，勉强赔笑道："栗夫人世面见得多，妾身万不可及；所言也无他意，无非是为夫人好。"

栗姬便一笑："我儿好，我便无不好，还有何人敢来欺凌？"便拿起铜镜，端详起新化的面妆来，不再理会王美人。

王美人自觉无趣，只得讪讪告退。

如此，栗姬因提亲一事，竟接连得罪刘嫖、王美人。此二人，皆为景帝亲近之人，如此轻易开罪，实是隐伏凶险。那栗姬只看眼前，不顾全局，眼见已是离祸事不远了，却浑然不觉。

王美人见栗姬冷面不可攀，便也无心再攀，只瞄着刘嫖曲意结好。平素在宫中偶然遇见，总要笑面相迎，嘘寒问暖，恨不能叙谈竟日方肯罢休。

那刘嫖性虽豪放，却不愚钝，见王美人百般示好，焉有不受之理。日久，也有心投桃报李。

这日重阳，气候凉爽，刘嫖忽登绮兰殿之门，口称拜访王美人。王美人受宠若惊，连忙执礼迎进。

两人凭窗小坐，刘嫖便拿出一件襦裙来："此乃南越国所贡'云英紫裙'，昨日天子赐我，我哪里能配？还是赠予王美人最好。"

王美人慌忙称谢，起身接过襦裙来，轻轻摩挲，赞不绝口。

刘嫖便笑："后宫多少美人，论姿容，能如王美人这般的，再无一个。"

王美人连忙谦逊道："阿姊说笑了！妾乃小户出身，举止无措，步阿姊履下之尘都难呢。"

刘嫖闻此言，忽就触动心事，冷哼了一声："你哪里就是小户？那狐媚栗姬，才是微贱之人。我家阿娇，金枝玉叶之身，如何就配不上那栗太子？"

王美人望望刘嫖，不禁叹息一声："长公主家阿娇，乖巧玲珑，谁人不夸？妾身命薄，虽有子，亦无福得此佳妇。"

刘嫖眼中忽就精光一闪，拍掌道："哦呀，我怎就未想到，我那爱女，许与你家刘彻，不是恰好？"

王美人放下襦裙，慌忙摆手道："万万使不得！刘彻小子，仅为边地诸侯王，哪里比得上太子，别辱没了你家阿娇，实不敢高攀。"

刘嫖便佯作生气："甚么高攀不高攀，如何就说起了见外话？你且坐好，我与你从头分说。"

王美人心中所愿，正是要刘嫖入彀，脸上却仍做惶恐状，抚胸口喘息道："长公主分明要折煞我。"

"你听我言，那栗姬自认储君已定，来日得做太后，吃定要母仪天下。岂知那古往今来，废立反复乃家常事。本公主固是女流，却也有些手段，且看我如何摆布，要教那栗家小儿做不成太子。"

"阿姊想得容易了。立储君，社稷之大事也，如何就能轻易变更？栗姬性本如此，长公主也无须多心。"

"你也不用劝。所谓礼尚往来，须得有往来；有那不知礼者，也就休怪我无情。"

王美人闻言，知刘嫖已有成算，心中便踏实，满脸都是笑意："能与长公主有约，结秦晋之好，乃妾之大幸。许多事，还有赖长公主护持。主上那一面，我这便去说，料定能获恩准。"

两人说得高兴，刘嫖又叮嘱王美人再三，方才告辞。

次日，王美人来见景帝，说起刘彻婚娶事，景帝不禁诧异："小子刘彻，不过才四龄，论的甚么婚娶？"

王美人连忙辩白道："并非妾自作主张，乃是长公主美意，要将阿娇嫁与刘彻。"

景帝不觉失笑："阿姊又是任性！那阿娇，惯于调皮撒泼，你便不怕吗？"

"女大，自然知礼。妾虽有犹豫，实不忍拂长公主美意。"

"唔……此事，倒也无不可。然刘彻到底年幼，来日方长，尚不知变数几何。爱姬，你在后宫，到底是看得浅，宗室间嫁娶，万万草率不得。"

两家联姻之事，未蒙景帝允准，王美人心中便急。回来遇见刘嫖，遮掩不住一脸愁容。

刘嫖得知景帝之意，倒也不急，只匆匆嘱了一句："我明日偕阿娇来此，自有主张。你母子只管迎候。"

次日朝食后，刘嫖果然偕了阿娇来访。那阿娇，还是头回来绮兰殿，见门扉上有镏金铜铺首①，并非兽形，而是瓜瓢状，便觉新奇，上前摸了又摸。

刘嫖便呵斥道："小女子不知礼，来此拜访，要有个样儿。那铺首嵌了宝石，小心弄坏。"

王美人闻声，急忙拉着刘彻，欢欢喜喜迎出，见过刘嫖母女。

刘嫖故作惊喜道："曘矣，有些时日未见彘儿，如何就这般壮了！"

四人就在回廊坐下，宫女送上一盘柚子，王夫人便亲自动手，分给各人品尝。

主宾寒暄一番，刘嫖见刘彻活泼，两眼骨碌碌直看阿娇，便将刘彻一把抱过，置于膝上，摸着他头顶戏言道："好个汉家郎，姑母问你，可愿娶媳妇否？"

刘彻望着刘嫖，只不住地眨眼。

刘嫖就指指身旁宫女，问道："可合意否？"

连指几个，刘彻均摇头不语。刘嫖就笑："小崽，居然也知美丑！"便又指阿娇问道："阿娇可好吗？"

那刘彻幼冲之年，竟然一笑，拍掌道："好，好呀！若得阿娇为妇，当贮于金屋。"②

---

① 铺首，门扉上的环形饰物，大多为兽首衔环状。

② 金屋藏娇，典出魏晋志怪《汉武故事》。史籍上虽未载，然其事流传甚广，或是确有所本。

刘嫖、王夫人闻此语，惊异之余，不禁相视大笑。

刘嫖抱着刘彻起身，指点他鼻子道："彘儿，一言既出，将来可悔不得！"便又回头吩咐王美人："你带了阿娇，随我来。"

如是，刘嫖走在前头，四人相随来至承明殿，赴东厢书房，拜见景帝。

景帝正在阅奏章，忽闻宦者通报，话音未落，四人便鱼贯进来。景帝抬眼望望，心中便明白，不由责备道："阿姊，我正有公事。"

刘嫖却道："我这事，亦不算私事，陛下且歇一歇。"

景帝只得叹口气，放下奏章，延请四人入座。抬头环视，却又忍不住笑："你们母子几个，又有何正事？"

刘嫖抱起刘彻给景帝看，笑道："如今我姑侄两个，只是一条心了。"

景帝便好奇："如何说呢？"

刘嫖将方才之事叙述一遍，笑个不住。景帝也忍不住笑，问刘彻道："小子，果真要金屋藏阿娇吗？"

小儿刘彻童心大发，嚷道："阿翁，我要！"

众人又一齐哄笑。景帝便不言语，招手唤阿娇到近前。

那阿娇不惧旁人，却是独畏这位阿舅，于是乖乖趋前，恭谨一拜："舅皇万年！"

景帝便抚阿娇头顶，对刘嫖、王美人道："这个彘儿，小小年纪，如何懂得独爱阿娇？"

刘嫖推刘彻向前，令他与阿娇比肩而立，对景帝道："启弟，或是天意哩，也未可知。"

王美人也趁势婉语道："陛下，此等姻缘，怕是世间也少见。"

景帝看看两个小儿女，忽就笑道："也罢也罢！ 我两家便定下亲来，纳吉、纳征，一应完备。 等彘儿长成，再迎亲也不迟。"

刘嫖、王美人听得景帝恩准，都喜不自禁，按住刘彻、阿娇，一齐向景帝叩了头。

此后，二人便成亲家，过从更密，彼此都心照不宣，要将那栗姬母子扳倒。

长公主与王美人结盟事，栗姬也有耳闻，初时略觉不安，然转念一想，刘荣既是太子，便不怕那皇后凤冠落在别家，只须耐心等候，一朝封后，也就无须再怕那二人捣鬼。

又想那堂堂正正的薄皇后，都被自家搬掉，一个全无根底的王美人，又能怎样？ 于是便不在意。

再说刘嫖这边，却是无日不在用心。 转过年来，宫内外都风传，景帝要封栗姬为皇后。 刘嫖闻听，急得心头冒火，连忙来宫中见景帝。

刘嫖料定景帝又在看奏折，往承明殿一问，方知景帝带了卫士，赴上林苑游猎去了。

原来，景帝自幼受文帝训导，最嗜骑射，故而得闲便要去上林苑，驰射一番。

刘嫖扑了空，又怕封后之事若议定，便不好翻转，于是急趋御厩，欲索借一匹良马，直驱上林苑。

时有太厩令正在当值，见长公主匆匆奔入，张口便要借马，不禁愕然："长公主，御厩之马，无太仆手令，小臣怎敢借出？"

"哦？ 那太仆手令，又如何讨到？"

"须有丞相府下文。"

刘嫖便大怒："若将那文牍都备好，半日也消磨完了。 你便牵马与我，回头再禀太仆。”

太厩令脸色便一白：“若此，小臣的头颅便不保了。”

“胡言！本官借你马用，莫非还能谋反吗？”说着，便拔下一支金簪来，“事急，顾不得许多了，你只管以此为证，去报太仆。本官急用马，要赴上林苑见天子。”

“这个……小臣头颅虽可保，官爵也将不保。”

“休得啰唆！哪个敢削你官爵，我去与主上说。”

那太厩令无奈，只得选了一匹好马来，备好鞍辔、马鞭，交与刘嫖。

见刘嫖飞身上马，揽辔欲行，太厩令急忙唤住：“南去上林苑，最近处亦有二十余里，长公主单骑而往，各亭长怎能放行？”

刘嫖不屑道：“堂堂近畿，还有何人敢拦我吗？”

太厩令摇头道：“只恐是寸步难行！”

刘嫖蹙起眉，猛瞥见兵器架上有黄钺，便催马近前，伸手拔出一支来，道了声：“归来再奉还！”而后拨马便走。

那太厩令眼见劝阻不住，只能顿足叹息。

刘嫖独骑出覆盎门，一路南下，果然各亭一见到黄钺，都不敢阻拦。亭卒们只是甚奇：旷野间，何来宫中女子独行？

在路上驰驱多时，刘嫖只觉口渴，匆忙中未带水囊，便想讨口水喝。手搭凉棚一望，大路两旁，全无人家，只在半里开外，有一老者在田间掘土，便催马近前。

只见那老者白发皤然，年已逾花甲，却是手执铁锸，奋力挖土不止。刘嫖便跳下马来，高声道：“敢问老丈，附近可有水井？”

那老者回首打量，见刘嫖模样，便放下铁锸，施了一礼：“女侠此是何往？”

刘嫖连忙回个万福，答道："女子欲往上林苑，半途口渴，故而有所打扰。只不知，老丈如何称我为女侠？"

"哈哈！执黄钺，横行天下，不是女侠又是甚么？"

这一句话，惹得刘嫖大笑："老丈玩笑了！想是已看破我身份，小女乃宫中女官，有急事赴上林苑。"

老者便一指身边木桶："此处无井，女客官若不嫌弃，桶中有水，尽可饮用。"

刘嫖早觉喉中冒火，连忙抢上，拿起水瓢喝了个饱。

放下水瓢，刘嫖朝四周望望，便觉好奇："老丈，如何一人在此掘土？"

老者便反问道："天下士农工商，唯农夫可独往独来一人劳作，这有何不好？"

"贵府是在附近吗？"

"小民家住城西交道亭，在此赁地耕种。"

"呀，如此之远！何不在城边租地？"

"敢问女官，那城边之地，还有权贵未曾占的吗？"

刘嫖便语塞，一时脸涨红，稍后才慌忙施礼道："多谢老丈了。女子事急，不便多言，这便告辞了。"

那老者摆手一笑："一瓢水耳，何必言谢？看女官风度，绝非寻常。今日赴上林苑，必有天大的事，老夫这便送你一语。"

刘嫖惊得双目大睁："小女愿恭听。"

"庄子曾有言：'若成若不成而无后患者，唯有德者能之。'女官此刻，或一心想事成，其余全不顾了，故而不惜用巧。岂不知，用巧乃是小智，有德方为大智。欲无后患，便不可失德。"

刘嫖心下一震，脱口道："长者你是……"

老者抹一抹额上汗，拾起铁锤来，淡淡一笑："敝姓王，芸芸众生也。"

刘嫖便觉恍惚，稍一迟疑，才翻身上马，道了声："高人在上，小女在此谢过了！"方扬起鞭，催马而去。

此后又疾奔半晌，一路上回想老者所言，竟不解他所指为何。

堪堪已近苑门，见有北军警跸，可知天子正在此。刘嫖将那黄钺一横，上前问过，打探出景帝所在，低喝了一声："长公主谒见天子！"便打马驰入苑内。

苑门有上林尉值守，恰巧识得刘嫖，又见她有黄钺在手，便也不多问，挥手放行。

不多时，只闻前头人喊马嘶，喧腾一片。刘嫖循声望去，果然见到景帝一行，便拍马上前。

景帝此时正纵马骑射，意兴飞扬，忽闻诸人皆大呼："长公主驾到——"便猛一惊，急忙勒马回看。

见刘嫖独骑而至，景帝就更奇，劈面便问："阿姊，你一人，如何能来到此处？"

刘嫖微微一笑："事急，阿姊自有妙法。"

"上林苑方圆数百里，亏你能找得到我。有何事恁急？"

"自然是急！近日闻说，启弟要立栗姬为皇后？"

景帝这才大悟，不由嗔怪道："此事，阿姊何须费心？太子既立，皇后位却虚悬多时，不独大臣不安，民间也有议论。"

"阿姊来，正是为此事。那栗姬为人，万万坐不得中宫！"

"这是如何说的？栗姬性虽孤僻，却未闻有何不谨。"

"不可！栗姬气量甚狭，与后宫诸姬皆不睦。又好邪术，每与后宫诸夫人相会，则令涓人咒之，唾人后背……"

景帝大惊："你这是自何处听来？"

刘嫖一笑："后宫上至诸夫人，下至宫婢，无人不知，弟可随意去询问。"

景帝便沉吟不语，半晌方道："后宫诸姬妾，不比阿姊，多偏狭任性。来日，待我告诫栗姬。"

刘嫖发急，也顾不得适才老者劝告了，横下心来，要用巧言激之："启弟你自登大位，内廷诸事皆顺，万不可平地起风波。那栗姬量狭若此，一旦为后，汉宫恐将重见'人彘'！"

景帝闻言，浑身就一震，当即揽过辔头，向左右大呼道："今日既罢，这便打道回宫！"又回首对刘嫖道："多亏阿姊提醒，此事不急，我自有分晓。"

刘嫖这一语，可谓击中要害，立时见效。自此，景帝对栗姬便生怨望之心，只是想到太子既立，不宜翻覆，便将立皇后之事搁置下来。

如此一来，栗姬也猜到景帝心事，料想是长公主背后撺掇，便也心怨景帝，事便越发无可补救。

有一日，景帝疲累异常，卧床不能起，心中不乐，忽就想到身后事，便召栗姬来，叮嘱道："朕日夜操劳，命或不久。吾百岁之后，爱姬须仁厚，要善待诸皇子。"

栗姬素来轻蔑后宫诸美人，哪里肯受这托付，只道："诸皇子皆有生母，轮不到妾来操心。"

景帝便叹气："荣儿为太子，你在后宫，终究有人望。托付诸子与你，有何不妥？"

"妾哪里有人望？若有人望，既为太子母，又何以为妖媚所欺？"

"妇人争宠,小户人家也难免。 你为后宫厚重者,又何必小器?"

栗姬便恼恨道:"我倒不欲小器,宁肯将正宫让与新宠。 陛下大量,看中哪个,自可不必遮遮掩掩。"

景帝便拍床榻道:"放肆! 怎可这般说话?"

栗姬愤然立起身,恨恨道:"话都不可说,又何必托付身后事?"

景帝顿感沮丧,不欲再争执,挥挥袖,命栗姬退下了。

栗姬也不言语,转身即走。 景帝心中不由怒甚,恨不能立即将栗姬贬黜,然想想太子才立,又怎能处罚太子之母,只得暂且隐忍不发。

如此,栗姬与景帝间,便成僵局,只碍着栗太子之位,才未撕破面皮。

那一边,偏偏刘嫖又不肯闲,每隔三五日,必来窥探景帝之意。 每与景帝闲聊,总存了心思,夸赞王美人之子如何孝顺。

要说那刘彻,确也争气,虽是年幼,却聪明过人。 与涓人及诸兄弟游戏,善察言观色而应之。 宫中人无论大小,皆能讨得人家欢心。 及在景帝面前,则恭敬应对,有若成人。 便是窦太后那边的人,见他如此,也都暗自称奇。

景帝原本就喜爱刘彻,闻刘嫖之言,也夸说刘彻甚是懂事。景帝不由就想起梦境所见,觉刘彻倒甚合"红日入怀"之兆,若为太子,或更妥帖些……如此一想,便越觉王美人母子称心,渐有了更换太子之意,只是一时未能定夺。

此事迁延一年有余,皇后之位只是空悬,朝中难免有些窃窃私语,只是无人敢提罢了。

说话之间，岁月匆匆而逝，眨眼已是前元七年（前150年）二月，丞相陶青忽告病免。景帝看看文臣中已无相才，便将太尉周亚夫拔为丞相。又想到四海清平，今后不宜再言兵，索性就不再置太尉官。

如此，平乱之后，两年间内外皆无事。景帝正自得意间，忽一日看奏章，见有大行①董奉上书道："俗谚云：'母以子贵，子以母贵。'今太子之母，竟无名号，实是于礼不合，宜立栗氏为皇后。"

董奉此奏若在平常，并无不妥；然此时后宫事正值微妙，贸然倡言立后，便成大忌。

景帝阅后，勃然大怒："此事岂是你所宜言！"便将奏章狠狠掷地，竟摔断了编绳，致竹简四散飞落。

随侍宦者闻声而入，见此不禁瞠目，景帝便大喝道："去传廷尉萧胜来！"

此时景帝甚是疑心，此奏所言乃是栗姬授意，便喃喃道："无意敦睦后宫，却有心结交大臣，竟是何居心……"

少顷，廷尉萧胜闻召而来。景帝便一指地上竹简道："大行董奉，不理朝中职事，却串通后宫，妄言废立。着即免官，下诏狱问罪！"

那萧胜乃是萧何曾孙，袭为酂（cuó）侯，新任廷尉不久，见一地狼藉，亦觉惶然，连忙将散简收起，一面应道："臣定当按律

---

① 大行，官职名，春秋各国皆置。掌觐见、聘问事，为典客属官。

惩治。"

"无论何律，大臣当知内外，不得参与废立。董奉之罪，当诛！半月后，朕便容不得他仍在人世。"

萧胜顿时汗流如注，仓皇应诺一声，便退了下去。

随后，景帝又召郎中令周文仁来。景帝问道："你执掌宫禁，可曾见栗姬串通大臣？"

周文仁脸色一白，忙回道："栗姬交通大臣事，宫内有涓人风传，然并无实据。"

景帝便面露不豫之色："既有风传，如何不禀报？"

周文仁忙道："臣下用心察问过，然无人能坐实，栗夫人终究势大……"

"昏话！后宫姬妾，何来势大？只是你这班人惧怕栗太子，有心留后路！"

周文仁慌忙伏地道："臣有疏漏，罪当责。"

"栗姬若未交通大臣，如何董奉有上奏，促我立栗姬为后？"

闻此言，周文仁忽就想起，连忙回道："董奉上奏事，臣不知；然曾闻栗夫人之兄栗卿，联络大臣，欲立栗姬为后。"

景帝两眼便炯炯有光："果真是你耳闻？这便是了！那栗卿，继晁错之后为御史大夫，反倒不如晁错，正事不为，只在此等事上用心。你退下吧，宫内诸事，你还需多设耳目。"

周文仁只觉浑身是汗，连忙诺诺退下。

当夜，董奉家中，便如狼似虎闯进一班公差，不由分说，将董奉锁拿，下了廷尉狱。

那廷尉萧胜奉了诏旨，不敢怠慢，次日晨，便亲自提审。待问到交通栗姬事，董奉哪里肯招认，只道是："太子之母当立后。

臣只知古制如此，何须栗夫人怂恿？"

萧胜秉性不似乃祖，本就粗豪，当即骂道："既无通谋事，莫不是黄粱饭食得多了，要来妄言立后！天子何时立后，立何人为后，与你又有何相干？"

"乃是大有干系！孔子曰：'不知礼，无以立也。'皇后空悬多时，便是悖礼，臣不忍见当朝者违制不遵。"

萧胜便拍案怒道："我只当孔子是个鸟！你可知'陪臣执国命'，亦为孔子所厌。你个大行官，招呼好各藩王觐见便罢，无端多事，惹怒了圣颜，不是自寻死吗？"

董奉下狱之初，还未料到已成逆鳞之罪。至此，方知景帝已有意诛除，不禁倍感冤抑，双泪长流，昂头应道："臣子尽职，便是不欲见主上有失。我之衷心，苍天可鉴。此议，自是有人与我话及，然绝非栗姬。"

萧胜闻此言，舒一口气道："董君早说便好，又何必受苦。究是何人指使，便招来吧。"

"我若招出，将负万世不义之名。此等事，岂是我所能为？文臣者，自当效乃祖萧何，下了诏狱，也须有几分骨气。"

萧胜便暴怒道："死到临头，还知讥我乎？来人，大刑伺候！"

此后数日，董奉在诏狱，几番受严刑拷问，惨苦不可言状，却只是坚不吐口。

如此拖延几日，董奉已体无完肤。萧胜看得心惊，也怕时限过了，景帝要发怒，只得草草审决，上奏道："大行董奉，妄奏废立，虽已供出有人主使，却含混不吐姓名。以常情推断，当属栗夫人无疑。否则，无利害相涉者，何以要指使妄奏？董奉狂悖，实无可赦，当斩之。背后煽惑之人，亦不可纵。"

景帝看过，颇觉称意，立召萧胜前来，笑夸道："往日看你豪放，只道你难胜廷尉之职。今见你断案之明，不输于前任。他供也罢，不供也罢，总之是个死。"便提笔批下一个"可"字。

那萧胜此时虽交了差，却隐隐生出不忍之意来，小心问道："董奉固是罪不容诛，然其族属……"

景帝头也不抬道："朕并无株连之意。斩决董奉，只限在三日内，其余无多话。"

于此三日后，萧胜奉诏监斩，东市中一阵鼓响，刀起头落。可怜那董奉，究竟缘何获罪，至死仍在懵懂中。

九卿主吏因奏事被诛，阖朝文武闻此变故，无不震恐。官吏私下里亦颇唏嘘，都互相告诫，今后若被察问，还不如自裁，免得死时受辱。

董奉斩决当日，景帝即有诏下：罢废太子为临江王，着即就国。

此诏并未列举刘荣过错，算是无故废太子。朝中诸臣闻此，无不心惊，皆知后宫有变，料定是栗姬已然失势。

岂料下诏之日，朝中却有两人挺身而出，力言不可。这两人便是周亚夫与窦婴。

周亚夫当廷慨然争道："无嫡立长，自古已然，而今太子无过而被废，恐人心难服。且此例一开，后世难免援引，或有人怀私利，则遗祸于后世无穷。"

景帝不意朝中两位重臣抗命，神色即不悦，冷下脸道："何以他人不语，独丞相与魏其侯抗言？太子虽无过，其母却有不谨。母无仪，则子便不宜为储。丞相与栗太子并无私，可不必再争了。"

周亚夫朗声道："恰是臣无私，方敢放胆言之。孔子曰：'吾未见刚者。'朝堂议事，若刚者少，则难称仁政，此臣所不忍见也。"

听得周亚夫言辞激烈，诸臣只觉汗流浃背，俱不敢多言。

景帝登时大不悦，怒目周亚夫多时，方道："儒家之说，只合于治民；宗室、臣僚皆应以法家手段治之，不得令其左右大政。周丞相诚有不忍见，然朕亦不忍见再出一个晁错！"

周亚夫闻景帝出言威吓，心头便一沉，只得谢罪道："恕臣有所冒犯。臣之言，陛下可以不纳。"

景帝瞥一眼周亚夫，强压住怒气道："争便争了。丞相今后议政，也须少些武人气。"又掉头对窦婴道："太子不德，乃因其母之故，朕并未言太子太傅有错，你又与我争的甚么？"言毕，气仍未消，索性替谒者喊了声："就如此吧，罢朝！"

当日罢朝，周亚夫、窦婴皆愤愤不已。次日，窦婴便告病不朝，自去南山下闲居，觅得几个赵地美姬，左拥右抱，不再问外事。

再说那栗姬，在椒房殿闻太子位有变，激愤难当，当即大骂道："贱妇作祟，主上如何也成了盲聋！"便换上凤袍，欲往见景帝。不料才至殿口，便见有谒者十数人，执戟将殿门守住，不许出入。

栗姬这才知自家已被软禁，心中大悲，手指前殿骂道："人情炎凉若此，还不如禽畜。两贼妇，看你辈能得意几时。你二人祸心，孽及子孙，必是女守寡、男就戮，各个不得好死！"骂毕，便反身入寝殿，食水不进，卧床不起。

这一场宫闱之斗，栗姬最是恨景帝无情，至此犹不知：其中全是王美人在操纵。

原来，王美人于日前探得，景帝对栗姬已不能再忍，便使了一个反激之计，假意与董奉闲聊，其间叹息连连。

董奉不知是计，忙问其故。王美人便假意道："太子已立一年有余，皇后位却空悬，不与栗姬，臣民颇有议论，后宫诸姬也都难做人。"

董奉性直，果然上当，当即应道："王夫人不必忧虑。此事，众人皆以为不妥，明日我上奏便是。太子之母，当为皇后；早一日定下，国本便早一日可安。"

哄骗住董奉，王美人又赴周文仁处，送了些金版、玳瑁之类，说起栗卿曾联络大臣，谋立其妹为后。

周文仁听罢神色一变，欲言而又止。王美人见势，便劝说周文仁举发。周文仁心中有数，收下礼，只说是伺机行事，嘱王美人勿急。

如此，王美人不露声色，只略施小计，便令那董奉、周文仁甘受驱遣。翻云覆雨之下，果然引得景帝大怒，将刘荣废黜。历来宫闱帏幄间事，阴鸷无有过于此者。只可惜了董奉，至死仍蒙在鼓里，不知是王美人蓄意挑唆。

长公主刘嫖先闻太子被废喜讯，立奔至绮兰殿，告知王美人。王美人几疑是在梦中，忍不住笑出声来，与刘嫖击掌相庆。

刘嫖便道："教那栗姬猖狂！如今皇后未得，太子却先失了。依我之见，小儿刘彻，果真就有红日之运。夫人且静候稍许，将来天下，定是你我亲家的。"

王美人忽想起一事，怔了怔，叹口气道："栗太子被废，固是咎由自取，然那董奉……"

刘嫖便道："他自家惹事，你怜他做甚么？ 今日我姊妹两个，高兴还来不及呢！"

王美人忙施礼道："阿姊说得是！ 今日事，阿姊居功至大。 既是喜事，你我可摒去左右，且饮一卮酒再说。"

刘嫖大笑道："我不要醴酒，你只管取清酒来。 一醉方休，才是正道。"

此后，两人只顾高兴，坐等喜从天降。 却未防备，此间另有一人，挟强势要来争嗣位，直直要坏两人的大事！

此人便是梁王刘武。

原来，刘武在睢阳，闻知栗姬已失宠，便料定栗太子之位难保。 于是带了随从，先期潜入长安，在梁邸静观其变。 果不其然，数日后，栗太子便失位，阖朝轰动，刘武更是一夜未眠。

说来，刘武觊觎嗣君之位，已远非三五日。 年前景帝曾戏言，要传位于刘武，却被窦婴劝阻，刘武于此耿耿于怀。 平乱之后，自恃有大功，索性不经朝廷，自置国相及二千石吏，出入称警跸，车旗仪仗，皆僭于天子。

景帝在长安闻之，颇为不快，私下里屡次发怒，拒见梁使。 窦太后闻听此事，也恨刘武不懂事，不禁骂道："竖子！ 欲得嗣君做，岂能如此无礼？"因厌刘武，竟也迁怒于梁国使者。 时有韩安国为使者，入都觐见，窦太后却不肯见。

韩安国老成持重，知此事定要转圜过去，否则将不可收拾。 便去求见长公主，伏地泣告道："何以梁王为人子之孝、为人臣之忠，而太后却无所见？ 日前七国俱反，自崤关以东，皆合纵以西向；唯梁国最亲，拼死以阻之。 梁王念太后、天子在关中，诸侯来犯，其势岌岌可危，与臣等议事，常一言而数行泣下。 时有吴楚军压境，梁王跪送臣等领兵，击退吴楚军。 致吴楚虽拥兵三十万，却不敢过睢阳。 不旋踵，即告败亡，实乃梁王之力也。"

刘嫖闻言，两眼便也湿润，连忙道："韩将军所言，太后也并非不知。 乱起之后，太后数度与我说起，若非武弟，关中恐将不保……"

韩安国趁势又道："今太后以小过而苛责梁王，又是何故？ 梁王父兄皆帝王，所见者大，习以为常，故而出称跸、入称警。 那车旗仪仗，亦为天子所赐，驰驱国中，无非欲夸耀于诸侯，令天下知太后、天子爱梁王也。"

刘嫖便叹气："武弟任性，自幼便如此，实是无心之过。"

韩安国当即躬身，重重叩首道："今梁使者入都，动辄受责备，梁王为之惶恐，日夜涕泣，不知所为。 何以梁王之忠孝，太后却偏不体恤？"

刘嫖慌忙摆手道："将军不必如此！ 今日所言，我也不知其详；明日即入禀太后，定为梁王缓颊。"

次日，刘嫖果然入宫，将韩安国所言，详尽禀告。 窦太后闻听，方有所动容："有这等事？ 那武儿，为何不早说！ 得空闲，我便去与天子说。"

隔了几日，窦太后果然说与景帝，景帝听罢，心中方才释然，连忙免冠向太后谢罪道："此乃儿臣之过。 兄弟不能相知，累及太后担忧了。"

这以后，再有梁使入朝，景帝无不召见，且予以厚赐。 由此，刘武与太后、景帝，方冰释前嫌，日益亲欢。 窦太后、刘嫖念韩安国斡旋有功，所赐韩安国之物，价值千金。 韩安国以此名声大振，始为朝廷所重。

时至今日，梁王刘武听闻栗太子被黜，不禁大喜过望，想自家苦守睢阳，独力支撑，方保得汉家山河完璧，此功若不得传位，岂非没有天理？

于是，便黉夜入永乐宫，进谒窦太后。

窦太后见刘武前来，又喜又惊："武儿，你早不来，如何此时做贼般前来？"

刘武下拜道："儿守睢阳时，唯恐再不得见阿娘，只恨不能乘鹤飞至长安。今入长安，白日里却又有千头万绪要打理，故而问安来迟。"

"勿说那些丧气话，武儿命长，哪里就能见不到？"

"儿今来，正有一事，要请阿娘做主。"

"呵呵，你能守得半个天下，有何事还需求我？"

"儿臣近闻，栗太子已被废……"刘武说到此，便咽下后面不说，直望住窦太后。

窦太后心内便雪亮，抓住刘武之手道："孩儿，此事急不得，然亦不能大意。如今你平乱有功，得了历练，足可当天下之任。为母明日就设家宴，召你阿兄来，委婉提起。只是你须慎言，不可过急。"

"阿娘，儿臣以为：诸皇子今皆年幼，不足以当大事。君王之位，兄终弟及，自古便有此例。儿此请，实是为天下计。"

窦太后便笑："说得好听！我看周亚夫不救你，倒是成全了你，今日说话，竟是这般有底气。"

次日，窦太后果然在鸿台设家宴，召来景帝与梁王，三人共酌。

当此暮春时节，莺飞草长，鸿台上所见旷野，都沐在艳阳中。景帝倚栏眺望，便甚觉惬意："幼时常闻父皇夸赞，说是鸿台景色世间无匹。我一向极少来此，今日看，果然是好。"

窦太后便道："往昔时，你祖母也乐登此台，与我闲话高帝之事。"

"高帝得来这好山河，幸而未失于我手。为人君者，实属大不易！"

"启儿说得好！那七国乱起，周亚夫尚不敢撄其锋，多亏你武弟硬撑，方保得这山河在。睢阳被围那几日，为母不曾有一夜安眠，只恐再也见不到武儿。"

刘武便笑："哪里就至于！乱起时，儿身陷其中，只顾守城，浑然不觉其危。"

窦太后便举杯向景帝道："启儿，吾老矣，不知还挨得几时。武儿可怜，他以后诸般事，唯有托付兄长了。"

景帝闻此言，慌忙离座，伏地向太后拜道："阿娘无须忧心！今日之言，儿谨记，定要善待吾弟。"

窦太后满脸欢悦，连忙扶起景帝，连声说好："为母就喜听这话。咱这一家，虽居于高位，到底还是小户人家。长兄为父，须做到孝悌两全，启儿莫忘就好。"

当日，饮酒至后晌，三人尽欢而散。景帝返回未央宫，稍作假寐，方觉酒醒。想起太后所言，似大有深意在，不由就一惊："太后之言，莫不是暗嘱我，要允那梁王'兄终弟及'？"

想到此，心中就一凛，无心安坐，只思忖道：若允了梁王，将何如？若不允他，又将怎样？全然理不出头绪来。

太后偏怜梁王，景帝心中早有数。然传位之事，牵涉大局，梁王能否当此大任，臣民可否心服，全不可预料。此议，当是太后与梁王酝酿已久，若断然拒之，太后恼起来，那不孝不悌之名，自家又怎生担得起？

在书房徘徊良久，景帝仍不能决断，又不知与何人商量才好。情急之下，忽就想起一个人来，那便是袁盎。

却说袁盎在七国乱时，谗诋晁错，致晁错枉送了性命，却未能说服吴王来降。景帝对他，便有所轻慢。待乱平，立刘礼为楚王，即改派袁盎为楚相，贬出了京去。

在楚相任上，袁盎仍不甘寂寞，又几次上书献计，景帝却一概不纳。时不久，袁盎甚觉无趣，便上书告退，病免归家。

返回长安后，居家无事，袁盎只与闾里浮浪儿厮混，斗鸡走狗，呼啸出入，全不成个体统。

时有洛阳大侠剧孟，慕名来访，袁盎将他延至家中，盛情款待，相与游玩多日，方依依作别。

却说有一安陵富人，素与袁盎相熟，便看不过眼去。一日，那富人偕友，数骑出行，半路恰遇袁盎，便劝袁盎道："多日不见，不意将军竟颓丧至此。那剧孟，不过一赌徒耳，将军何以与之相交？"

袁盎瞥了那人一眼，慨然答道："剧孟固是赌徒，然其母死，远客来送丧，车辆有千余乘之多，可见此人亦有过人之处。他人若有急事，一旦求助，剧孟一概不推辞，天下能为此者，仅剧孟等一二人而已。此辈人，又有何不可交？"

安陵富人当下脸就涨红，反驳道："将军若遇事，有好友三五随从，即可解难，何用远交游侠？"

袁盎便有怒气，一指那富人道："公之所谓友，皆酒肉中人，钱财尚不可相托，焉可托付生死？公之身后，看似有数骑随从，一旦有缓急，当真就可依恃吗？"

那富人一时语塞，脸色骤变。袁盎气仍未平，索性当街大骂，引得众人出来围观。直骂得那富人颜面全无，抱头鼠窜。

袁盎骂富一事，不久即传遍长安，朝中诸公闻之，皆多有赞誉。

此事传至景帝耳中，景帝也不禁一笑，觉袁盎倒还有可取之处。于是凡遇疑难事，便遣人去向袁盎问计。

此次梁王欲求为嗣君，央了太后出面，景帝便觉棘手，当即召袁盎来宫中密议。

听罢景帝述说始末，袁盎立时坐直，肃然道："立梁王为嗣，即是太后出面，臣也以为绝不可行！"

"兄终弟及，史有先例。袁公多知典故，请为朕讲明不可行之理。"

"君王之位，兄终弟及，春秋时便有，然却不是好事。当初宋宣公立嗣，不立子，却偏要立弟。此后五世子侄辈，互相争国，祸乱竟至绵延不绝。"

"哦？这是为何呢？"

"君王兄弟之间，或可敦睦；然立弟，子必不服。两家后人，便视若寇仇。且各有臣属，怀拥立争功之心，彼此攻杀。如此下去，宫墙之内，恐无一刻能安宁矣！"

此言一出，景帝便觉悚然，连连颔首，当即断了传位于梁王之念。隔日，便专程赴永乐宫，进谒窦太后，将袁盎之言转述。

窦太后闻之，脸色略显不悦，然亦知袁盎之言有理。沉默有顷，方缓缓道："启儿，我知其中利害了。此议，日后永不再提，我在或不在，只需好生看顾武弟就是。"

景帝这才将心放下，又劝慰太后多时，方才告辞。

那一边，刘武朝思暮想，翘首等候，却不见景帝有何回应。再入长乐宫去，太后也绝口不再谈此事。

刘武也不敢再问，只觉沮丧万分。如此，在梁邸借酒浇愁，忽就想出了一个主意。

隔日，刘武便向景帝上书，求乞赐地。书曰："臣拟征发梁民，自睢阳至长乐宫门，筑甬道一条，路边筑墙，上覆棚盖，可通戎辂车，以便随时觐见太后。"

景帝阅毕，心下骇然，欲驳回，又恐引太后不快。便于次日上朝时，将此书颁示群臣，征询众意。

群臣闻之，顿时满堂大哗，都说此议匪夷所思，实是亘古罕见。袁盎更是挺身出列，严词驳斥。景帝见众议皆言不可，心中便有了底。

罢朝后，立召刘武入宫，私下训诫道："武弟已是诸侯王，虽平乱有功，亦不宜再封赏。所议甬道之事，太过荒唐。想那近畿之田，寸土寸金，若征地筑路，岂不要骚扰千万家。弟之此议，欲令我为秦始皇乎？近日你在长安，淹留已久，吾意还是早归才好，免得惹出议论来。"

刘武遭此兜头冷水，更加沮丧。回到梁邸，立遣随从四处打探，方知是袁盎进言，坏了天大的好事。不由牙根就痒，恨不能当场就手刃袁盎。

正徘徊间，不料景帝又有诏下，明令梁王返国，无须逗留。刘武只得召羊胜、公孙诡等人来议，诸人都以为，如今阖朝瞩目，万不可抗旨，还是先返国为妙。

刘武想想，忍不住怒骂道："袁盎那竖子，当日在吴营遇险，我如何就救了他！"

众人见此，又是一番苦劝，刘武方才忍下气，黯然离京，回睢阳去了。

这半月里，刘武在宫中所为，事机甚密，外人无所知。然刘嫖却得了些风声，吃惊不小，连忙入宫来，说与王美人听。王美人闻此变故，亦是大惊。

时值春光正好，满庭芳菲。两人坐在回廊上，凭栏而望，见刘彻天真烂漫，正与宦者一道，伏在阶下捉虫。王美人便有泪下："我们姊妹，使尽了力气，方才掀翻栗太子，却未料是徒劳一场……"

刘嫖便蹙眉劝道："夫人不必急，事在未定之数，尚可一搏。"

于是两人密议一番，由刘嫖出面，往窦太后处去打探。不料，窦太后见刘嫖来，却只问了些阿娇、刘彻的琐细事，绝口不提"立储"二字。

刘嫖忍不住，提起罢废太子的话头，窦太后只是摇头："你那启弟，自幼就心性不稳，不喜栗姬也就罢了，如何要废太子？只可怜了我那长孙。"

刘嫖壮了壮胆，又提起梁王来："我看武弟倒还沉稳些。"

窦太后便似有警觉，摆摆手道："武儿自有福，无须阿娘我挂心，随他去好了。"

刘嫖一无所获，只得怏怏而归，见了王美人便摇头。两人又做商议，仍苦无良策，不禁相对叹息，也只能在景帝面前小心行事。

如此提心吊胆，挨了数日。时至四月中，刘嫖忽奔入绮兰殿内，高声唤道："夫人，梁王归国了！"

王美人闻声迎出，仍神色不安道："他虽归国，心却未死，岂不照旧要谋为嗣君？"

刘嫖便诡秘一笑："夫人放心。 他一鼓未成，便是泄气了。"

八

酷吏不怜
皇子泪

前元七年的春上，虽是春和景明之日，内廷外朝，却颇不宁靖。许多祸事的根苗，皆因此次废立而起，堪称凶险。

恰如众人所料，刘荣既失了太子位，栗氏一门便再无好运。四月中，景帝即有诏下，贬栗姬入永巷软禁。其兄栗卿问罪，免去御史大夫，由宗室刘舍接任。

诏下之日，百官心中无不慨叹。眼见得一门外戚，前几日还威势赫赫，无人不逢迎，一夜之间，便跌落深渊，灰飞烟灭了。

当日早晨，周文仁奉了诏令，带领一众宦者赴椒房殿，令栗姬徙至永巷。

一行人拥进殿中，周文仁立于当庭，高声道："栗夫人接旨！"

栗姬却仍旧倚在床上，理也不理，一语不发。众宦者见此，便上前要去拽起。

那周文仁受了王美人之贿，曾告发栗卿，终究心中有愧，连忙喝止，也顾不得礼仪了，只管将诏书宣读完毕。

栗姬早知有这一日，听罢宣诏，冷笑一声，仍旧是无语。

周文仁见此，想到早年戚夫人事，也怕身后留有恶名，便吩咐众涓人道："栗夫人往永巷，任是何人，均不得慢待。去寻个舁床来，将夫人抬去。原有侍女，也一并随行。"

那殿中随侍宫女，逢此骤变，无不默默流泪，连忙上前扶起栗姬，一面就收拾细软。

不到半日，椒房殿便被清空。周文仁暗想：既有关照，栗姬在永巷，谅也不至太苦。于是心下稍安，回去复命了。

此后之事，正如刘嫖所料：梁王谋储位之事，已属无望。至四月乙巳日（十七日），景帝果然有诏下，立王美人为皇后；数日后，又立胶东王刘彻为太子。

那刘彘，原名为刘彘。拟诏时，景帝斟酌再三，终觉其名不雅，便据其音，随手改为"彻"字。当时只未料到，此名后来竟响彻千古。

正所谓一夕之间，高岸为谷，深谷为陵。王美人母子博得景帝欢心，双双跃上高位。朝野官民闻此讯，虽是早已猜到，却也咂舌不已。

立皇后之日，阖朝同贺；寂寥永巷中，却另是一番情景。栗姬卧于竹床上，已有数日未进饮食，虽有宫女苦劝，却一箸也不动，只是两眼圆睁，缄默如石。

至乙巳当日，宫女晨起来看，栗姬面如白垩，气息奄奄，眼见便要挨不过去，于是纷纷跪地苦劝："有皇子在，夫人不可自弃。"

栗姬闻此劝，面色稍缓，身旁宫女连忙端起碗，喂了几勺羹汤下去。

至午，前殿有宦者来公干，与永巷诸人闲聊，众人忽就起了一阵惊呼。

栗姬听见，不由惊异，便望着身旁宫女。那宫女会意，奔出屋去，稍后又返回，却迟迟无语，只落下了两行泪来。

屋内一时寂静如死。栗姬挣扎欲起，拂袖间，竟将那汤碗打落。 砰的一声，引得屋外宫女都奔进来看。

栗姬强自坐起，直视诸宫女，目光如电。 宫女中，终有一人撑不住，掩面泣道："天子适才有诏，已立王夫人为皇后了……"

栗姬僵直良久，方恨恨吐出一句："王氏，将败尽汉家！"便闭目躺倒，再无一丝声息。

至夜深时分，宫女久不闻声，忙俯身去探看，方知栗姬忧愤过甚，竟然气绝了！

一场宫闱大戏，就此落幕。

再看王氏一门，母子同贵，姊妹俱荣，自是阖门欢喜。 尤以王皇后最为奇绝，本是一绝婚民妇，自荐入宫，可谓微贱至极，却能以诸般心计，巧获欢心，终夺得中宫正位。

景帝立妥了皇后，身后事便无须担心。 高兴之余，下诏明年起改元，大赦天下，广赐民爵一级。 改元之后，便是"景帝中元"纪年。

自此，景帝总算将"家事"都打理清楚，姬妾、皇子各归其位。 诸事既平，修陵寝之议便摆上了案头。 这也是一件大事，为削藩耽搁了好久。

且说那汉家诸帝，皆信荀子"事死如生"之说，但凡登基不久，便起造陵寝，号为"寿陵"，以期长寿不老。

景帝想到此事竟延宕了四年，心中便急，召来奉常窦彭祖商议，要亲赴近畿踏勘，择地起陵。

窦彭祖见景帝认真，自不敢怠慢，忙回道："臣于堪舆事，尚不精通，须有方士随行。"

景帝便一笑："这个自然，外间有那堪舆方士，尽管都请来。你尚且不知：长安城中，有一隐居高人，名唤王禹汤。 朕曾两次路遇，惊为天人，此人也务必请到。"

窦彭祖却颇为踌躇："臣未见过王禹汤，实不知该如何察访。"

景帝便向殿口一指："去问周文仁便是。"

那周文仁，果然知道王禹汤所在。窦彭祖向他打听清楚，便亲驭安车一辆，往城西交道亭一带寻访。

经闾里父老指点，窦彭祖边走边寻，来至柳荫下一幢茅舍前。见此处小院寂寂，藤萝满篱，心中就疑惑："王生名满京城，其居处，竟如此鄙陋乎？"当下迟疑不定，抬手叩响门扉。

不多时，只闻咿呀一声，有一白衣老者开门而出。

窦彭祖心中一喜："这便是了！"连忙揖过，恭恭敬敬递上名谒，口称："汉奉常窦彭祖，奉诏前来拜访王生。"

王禹汤接过名谒，瞄了一眼，便一笑："寒舍简陋，只有白水招待，如何容得九卿前来做客？"

窦彭祖见王禹汤气度俨然，不觉就心虚，连忙赔笑道："在下奉诏行事，有所打扰，望先生不必计较。今有幸来此，方识得高士，果然似上古贤者模样……"

王禹汤不待他说完，便大笑道："你这后生，倒还会说话。如此，老夫也只得开门迎客。"说着，便将窦彭祖迎入院中，在柳荫下相对而坐。

窦彭祖又恭谨一拜，才详细说明来意。

王禹汤听罢，沉吟道："老夫于堪舆事，虽略知一二，然今上并不识小民，如何便有此等重托？"

窦彭祖答道："圣上亲口对小臣言，早前之时，曾两度路遇先生。"

"两度路遇？哦……可是翩翩一公子，率数骑往郊外驰驱？"

"料想正是。"

王禹汤便仰头笑道:"原来是天子! 无怪乎他衣食无忧,有闲暇游走。 普天下臣民,不知几人能有此福分。"

窦彭祖连忙又一拜:"陵寝之事,事关后代之福。 若择善地,魂可得还,养其子孙;若不慎择恶地,则遗祸子孙。 天子陵寝若择地不善,天下后世,便不得安。"

"唔,老夫也知事关重大。 然有一事,却是颇不解:天子欲治身后事,莫不如生前就尽善;生前既行善,又何愁子孙万代无福?"

"今日天子圣明,内外诸事皆已平,若寿陵也营造得当,岂不两全其美?"

王禹汤便又大笑:"看奉常年纪,不过弱冠,竟是如此善辩! 罢罢,天子既重老夫之言,老夫也不好执拗,这便随你去。 只未料,我一个布衣野老,不求闻达,却被两代天子唤进宫去,竟是何道理?"

窦彭祖笑而不答,起身恭请王禹汤上车。

王禹汤揖了一揖道:"奉常辛苦了,竟连白水也未饮一瓢。"便去换了洁净衣裳,随窦彭祖登车。

途中,窦彭祖忽然想起,便随口问道:"以先生耳闻,今上改立太子,坊间有何议论?"

王禹汤瞥一眼窦彭祖,敛容道:"前任那大行官,便是因妄论废立而死,足下倒要拿这话来问我! 好在老夫乃布衣,说便说了,总不至于问斩。"

窦彭祖脸便一红,揽住辔头道:"车上仅你我二人,偶语也不妨。"

王禹汤便道："民间都纷议，那废太子刘荣，性似文帝，只可惜不能继大位。"

窦彭祖不觉一惊："哦？竟有此等议论？"

王禹汤摆手道："奉常莫惊，百姓之言，如风吹过耳，当不得什么用。"

"以先生看，新储君何如？"

"那七龄幼童，老夫还看不准，唯愿仁义之外，兼有强力。我年已花甲，看不到扫平漠北了；足下正年少，或可亲眼见到。"

窦彭祖便叹气道："扫北之日，晚辈怕也是无望见到。"

说话之间，车驾行至司马门。两人整整衣冠，下车进门，立于丹墀之下，便有谒者出来，请窦彭祖稍候，独引王禹汤至偏殿。

此时，景帝早已冕服等候，远远望见王禹汤，连忙起身道："先生来矣！"便降阶相迎，竟伏地拜首，行了大礼。

王禹汤也只得跪拜还礼，客气一笑："我一布衣老叟，当不得陛下大礼。"

景帝笑将王禹汤扶起，延入殿中坐下，寒暄道："上古时，成王稽首于周公，传为美谈；我见贤者，亦当行大礼。此前两次路遇，皆未及多谈，不承想竟能三遇先生，实乃幸甚。"

"呵呵，折煞老朽了！先前不识天子，胡乱说了些甚么，早已忘却，还望陛下宽恕。"

"哪里的话，闻长者之言，受益良多。今日请先生来，是为择陵寝之地，还望万勿推辞。"

"若是他事，老夫实不愿登庙堂；只这择陵地之事，倒是乐于奉诏。"

景帝便感惊异："这是何故呢？"

王禹汤微微一笑："世间人，上至天子，下至臣民，都只可活一世；然陛下可知，二者所思，有何不同？"

景帝不知如何作答，只得拱手道："愿闻赐教。"

"老夫以为：天下臣民，即便是贵为公侯，所思所虑，也不过活好一世。不见今日列侯，自立朝以来，因子孙坐罪而夺爵的，已有上百之数！所谓福荫，竟不能荫及曾孙，更何况百代。天子则不同。一姓天下，万不可二三世而亡；亡了，便是短祚。无论做好做歹，皆受人唾骂。故而陛下所思，必是千秋万代。"

"不错。秦亡之鉴，恰是如此！"

"陛下慎择陵地，想来胸中所怀，亦可称宏远。唯其如此，老夫才不顾衰朽，愿尽些薄力。"

景帝闻听此言，当下大悦："那么好，朕便趁九月天凉，率方士外出踏勘，也请先生随行，以便指教。"

王禹汤拈须笑道："以老夫愚见，踏勘陵地，是为泉下之善，然地上之善，亦不可轻忽。否则，所谓泉之下善，又有何益？"

景帝心中便一震，望着王禹汤良久，方应道："朕当勉力为之。"

隔日，景帝便亲率奉常、方士等十余人，轻车简从，出长安城四面查看。每至一处看罢，必征询王禹汤之意。

时过一旬，找了几处地方，都觉山川形势不甚如意。这日，一行人来至咸阳原上，过长陵、安陵向东，便见到泾、渭二水，正于此处交汇。

景帝在车上望见，不禁高声赞道："好个泾渭分明！所谓福地，岂不正在此处？"忙招呼众人下车。一行人驻足原上，向东眺望，只见泾水清而渭水浑，如黑白两龙交汇，腾云挟雾，迤逦东去，其势锐不可当。

众人注目片刻，也不禁叫好道："此处甚妥！"

景帝率众登高四望，见西面有高帝长陵、惠帝安陵，互为掎角，便指两陵道："此地坐落，背倚先帝二陵，面朝泾渭二水，实是天赐。诸君以为何如？"

众人都拊掌大赞，称二帝陵有青龙白虎之象，当属吉地。

景帝又望向窦彭祖，窦彭祖连忙回道："臣下亦觉好。此处亮敞，不似霸陵局促，足可以放手营建。"

"那么，此地属何县？"

"属弋阳县。"

"好，此县名亦甚好！朕之陵寝，便可名为阳陵。那弋阳县，则可改为阳陵县。"

"臣下明白，明日即告知丞相。"

景帝便面露笑意，自语道："奔波多日，终不负一番辛苦。"又回首对王禹汤道："众人都说好，唯不闻王生高见，不知先生意下如何？"

王禹汤只矜持一笑："不敢当。草民以为，既有心将九泉之事做好，那地上万代之事，当也能做好。"

景帝略略一怔，想了想才道："先生为布衣，所言无不忧天下，朕心甚慰。我知先生于营陵或有异议，然营陵大事，不能敷衍，古来如此，我岂敢例外？想那秦始皇苦心营陵，却不料只传了二世，个中缘由，并不在营陵。我虽鲁钝，倒是看得清的。"

正说到此，王禹汤忽就咚的一声跪下，叩首道："草民王禹汤，得亲随天子，今生只怕就这一回。老朽有谏言，愿陛下勿怪罪。"

景帝惊异万分，忙上前扶起王禹汤，温言道："先生不必如此，有话尽管说，朕断无拒谏之意。"

王禹汤道："陛下，汉家自高帝起，迄今已五十七载，时近一甲子，方有二十余年安宁。如今虽仓廪已实，民仍不知礼，兵仍无奈何匈奴，尚需陛下小心施政，所亲何人，所黜何人，都不可意气用事。否则汉家虽大，恐也难有百年之运……"

窦彭祖闻听此言，大惊失色，忙去拉王禹汤袍袖。

景帝却摆手示意道："奉常不必慌，朕愿听先生肺腑之言。"

王禹汤便接着道："草民亦知天子难处，然世事如棋局，不可急躁，若落错一子，便有无穷祸患。老子曾有言：'涣兮，若冰之将释。'国运若涣散，无非就在数年间，秦之前鉴，不可无视。"

景帝听得惊心，拉住王禹汤之手，面露惨笑道："足下为布衣，尚知忧天下；朕为天子，却不能有所为，实是有负先帝。然公亦有所不知：庙堂之事，掣肘甚多。朕无才，也只能……勉力而为。"

窦彭祖连忙上前，语意委婉道："先生之言，以小臣听来亦觉震恐。朝堂之事，千端万绪，确乎急不得。陛下力排众议，平定七国之乱，改立储君，便是老成练达之举……"

景帝摆摆手道："奉常不必为我遮掩。朕之失，群臣皆知；然朕之志，终不能泯。早年读贾谊之策，便知天下之弊为何，朕登基以来，无一时敢忘。今日朕之所为，及至将来太子所为，只为求得万代之安。先生寿高，且从容观之。"

王禹汤松了口气，当即揖道："陛下知弊之何在，事便有可为。草民之忧，是忧在时机不再。用错一人，即惹祸端；罢错一人，即失良机。陛下即位以来，数年间得失，心中当已明了。"

景帝便改容笑道："诚如先生所言。我自幼少才，不如先帝；然列子有言，'子子孙孙无穷尽也'，我若是误了时机，尚有子孙。先生确乎不必急。"

众人闻景帝此言，便一齐大笑，方才言谈间的峻急，竟一扫而空。

景帝便转身朝东望去，吐口气道："半月奔波，竟一无所获，而今只这一个时辰，便择好了陵地。或是天将佑我……"

众人也随着纵目远望，但见咸阳原上，秋野尽黄，似千年万载的浑茫，正沐于斜阳下。

当日返归，景帝见众人疲累，便命御厨赐宴；又传来少府，命赐王禹汤五百金，以车载回。

王禹汤却断然不受，辞谢道："天子赏饭，不妨受之，然赐金却是不能受！受之，老夫便成了揩油客。"

景帝一震，望望王禹汤，见他并非惺惺作态，也只得说："朕之德，不及孟尝君，无缘罗致先生在门下。今后若有不决之事，当另行请教。"

至宴罢，窦彭祖送众人返归。景帝亲送至殿口，立于阶上，注目王禹汤背影，不禁对左右叹道："为人主者，欲闻直言颇为不易，难得王生如此敢言！"

此后数日间，景帝饮食不思，疏于理政，只在殿中往复踱步，细思营陵之事。又唤了宫中老宦来问，才渐渐定了主意。

这日，便召来丞相、奉常、治粟内史①、将作少府②、复土将军③、弋阳县令等人，集于前殿，筹划营陵事。

景帝环视一眼众人，开口道："今陵寝选址已定，就在咸阳原上，号为'阳陵'。召诸君来，是为权设一个营陵司，由丞相主事，诸君皆参与，各司其职。"

周亚夫闻听景帝点名，便挺身应道："天子建陵寝，事死如生，万古皆是如此，臣当竭力而为。只不知阳陵规模几何，陛下可曾谋划？"

景帝稍作沉吟，缓缓道："朕于幼时，闻听秦始皇陵规模甚巨，广有山泽，深埋珍宝，只道是他穷奢极欲。近日方悟得：天子营陵事，关乎万世之安。若无心治陵寝，便也无心治好万世天下，故而阳陵之制，要仿秦始皇陵。"

在座诸臣闻此言，都暗自吃惊。周亚夫心头亦是一震，脱口问道："莫非要以水银为海、珠玉为穹隆？"

景帝见诸臣瞠目，心中略觉得意，便对周亚夫道："奢华倒不必，朕所言乃是布局。那秦始皇陵，布局仿咸阳城郭，阳陵则要仿长安城郭。两宫、衙署、永巷、御厩、军营等，共九九八十一处，皆在地下有对应。随葬器物、陶俑等，亦与人间相同。陵园方圆二十里，则仿天下舆图，有如万里山河，从容安排。"

---

① 治粟内史，官职名，秦置，汉初沿置。掌谷粮钱货，为九卿之一。景帝后元元年更名大农令，武帝太初元年更名大司农。

② 将作少府，官职名，秦置，汉初沿置。掌营建宫室、宗庙、陵寝等土木工程。景帝六年更名将作大匠。

③ 复土将军，将军名号。汉置临时官职，掌营造帝陵，事讫即罢。

众臣听得出神，都面露惊异。周亚夫不禁踌躇道："陛下，如此营陵所费，支度当不小，可否略加俭省？"

景帝淡淡一笑，拂袖道："先帝治霸陵时，天下尚未恢复，故而俭省。而今与民休息数十年，无论城乡，府库皆满，百姓人给家足，营陵事便不能敷衍。"

周亚夫顿了一顿，只得从命道："陛下之意既已决，臣并无异议。当尽府库之力，筹划营造。"

景帝这才脸色稍缓，颔首道："丞相知我意就好。今内无旱涝、外无战事，官吏亦无增员，即使民不加赋，府库也是足用的。每年财赋支度，其三分之一，可用于营陵。倒是那营建之役，万不能伤民，先帝所定'三年一役'不可变，各地宜多发些刑徒来。想那秦始皇营陵，竟动用刑役七十万，太过骇人，无怪天下要乱！朕之意，阳陵役夫，不得逾十万人之数。"

周亚夫在心头算算，觉府库所存尚能支撑，便应诺道："陛下之意，臣已知大略。容臣下与奉常、将作等商议，谋划筹办，务求缜密，陛下可无虑。"

景帝便笑道："丞相之才，可统领三军；营陵事宜，当不在话下。"

却说那周亚夫理事，果然是精细，未及两月，便遵景帝之意，令工匠画出了草图百余幅，可见出寝宫仿未央，陵城仿长安，陵园仿天下地舆，无不恢宏端丽。又拟定，营建诸事及葬品等，由九卿各曹分头执掌，条理甚分明。

自此，阳陵营建之役，便无一日止歇。咸阳原上，人马辐辏，呼喝不绝，真是一派热闹景象。

稍后，又在陵园司马道之东，起造陵邑一座，从各地徙来平民三万户，各赐钱粮，助其安家。此后数年内，泾渭交汇处，竟成了一处人烟稠密之地。

营陵之事既已起手，景帝便放下心来。环顾内外无事，心中就窃喜：虽曾误用晁错，惹出一场风波，好在平息得也快。如今四海晏然，官民皆富，总算对得起父皇遗命。

正怡然自得间，一日，忽有中尉陈嘉来报："袁盎闲居家中，一向无事；不料今在安陵门外，为歹人所刺，不治身亡。"

景帝便惊起："怎有这等事！"当下就细问陈嘉案发始末。

正问话间，又有长安内史仓皇奔入，奏报另有大臣数人，亦在家中被刺，凶手不明。

景帝眼中精光一闪，狠狠拍案道："此即是梁王所为！"

陈嘉等人不明底里，忙问何故。

景帝道："被害诸臣，皆为月前集议时，阻谏传位于梁王者。定是梁王衔恨，遣人刺死袁盎。"

陈嘉迟疑道："或是……袁盎另有仇家？"

"否！若袁盎另有仇家，则杀袁盎一人即可，如何牵入这许多人？陈嘉，着你会同廷尉、内史两府，即往安陵勘验。这便发下文书，严查刺客，勿使逃脱。"

陈嘉领命退下，立即会同有司一干要员，赴安陵袁盎故里察问。

在袁盎家中，陈嘉细问其家人，方知半月前，袁盎正在家中夜读，忽自屋脊上跳下一黑衣刺客。袁盎惊起，只见那刺客闪身入书房，伏地拜道："袁公勿惊！小人乃云中郡人氏，素好任侠，今受主人差遣，来谋刺足下。日前入关中，一路行宿，打探袁公为人，皆言袁公大德。小人愧甚，遂不欲下手。今来，是为告诫足下，自我之后，尚有十余拨刺客，将络绎前来，务请袁盎小心。"

刺客说罢，又拜了一拜，即闪身蹿出门去。袁盎急忙跟出，但见那刺客身手矫捷，平地一跃，飞身上了墙头，抛下了一句："君子不立于危墙之下，袁公请保重！"便倏忽不见了踪影。

袁盎愕然半晌，直至家人也闻声出来。闻听袁盎述说，家人都觉悚然，劝袁盎速往长安避祸。

袁盎只一笑："既为君子，怎能趋避歹人？"便不肯听劝。

不料，此后数日，虽有家仆彻夜看守，却夜夜都惊现异象。或是屋梁被人锯断，或是屋顶骤现大洞，然却不闻声息，不见人踪，宛若出了鬼魅一般。

袁盎郁闷异常，这日便赴安陵下，往相熟的术士棓生家中，去卜问凶吉。

棓生亦素敬袁盎，见袁盎求问，备极恭敬，当即取出蓍草五十五根，取出六根旁置，又将其余四十九根分作两堆，小心起卦。

一番操弄后，推出六爻，得卦象为：

归妹。征凶，无攸利。

棓生看了看，对袁盎道："这归妹卦，喻人之始终，卦象却谓'所处不当'。征凶，乃是说曾讨伐凶顽；无攸利，则意谓无长远之利。"

袁盎心下大惑，便问："此乃何意？"

棓生一笑，直视袁盎道："袁公于年前，可曾参与平乱？这便是'征凶'。平乱可曾因事得咎？这便是'无攸利'。"

"人之始终，又是喻何意？"

桧生便一揖道："在下识陋术浅，公欲知平生之运，恐要去问王禹汤了。"

袁盎脸色一暗，喃喃道："只悔当初不该……"遂咽下了后面的话，付了酬金，便推门告辞。

哪知出得桧生家中，行至安陵东门外，竟遇见一伙强人，各个拔剑在手，迎面而来。袁盎躲避不及，转眼之间便被乱剑刺死。

那班刺客究竟是何人，陈嘉等人察问半日，却是毫无头绪。闻说袁盎出了桧生家门，便遇见刺客，陈嘉就大起疑心，不由分说，命差役将桧生锁拿，解来中尉府刑讯。

可怜那桧生操占卜之业，不过是为稻粱谋，只为起了一卦，便惹祸上身，被笞得死去活来，却说不出所以然来。

陈嘉精于刑名，看看桧生口供，也无甚破绽处，这才下令放人。

桧生还想讨个公道，只不肯走，涕泗横流道："今日受此大刑，竟是为何呀？"

陈嘉便沉下脸来，叱道："既免了追比，你归家去便好；虽是吃了些皮肉苦，总还好过新垣平！"

闻听"新垣平"三字，桧生便不敢再多言，连连叩了几个头，一瘸一拐下堂去了。

察问无果，陈嘉心中只是叫苦：这等惊天大案，若无证据，便指为梁王手下所为，那梁王岂肯善罢甘休？此事，还须细细勘验才是。

如此蹉跎数日，忽有一老吏来禀报："当日袁盎被刺处，有歹人遗落一把剑，剑甚古旧，其锋却新。下官以为，凶手定是于近日曾经磨砺。此剑，非工匠而不能磨；不如由小人携此剑，去市中探查，必有所获。"

那老吏在中尉府多年，历事无数，手段老辣，此议听来甚有道理。陈嘉心中便一亮，当下允了。

未及半日，那老吏果然返回，喜形于色道："小人从西市上探得，有一修冶工匠认出，此剑正是他所磨。再问是何人持来，那工匠谓，乃梁王属下一郎官。"

陈嘉当下大喜，立即写好奏章，连同行凶之剑，一并呈于景帝。

景帝阅罢奏章，见刺客身份已坐实，心中怒甚，想想虽不能将梁王问罪，那行刺诸凶，却是不能饶过。于是诏命田叔、吕季主两人，前往梁国索要凶犯。

田叔其人，乃是故赵王张敖旧臣，曾为张敖打抱不平，谋刺高帝刘邦。刘邦却赏识此人仗义，特免其罪，加为汉中郡守，在任十余年，方免职归家。景帝知其老练，此次便召他入朝，委以权理缉凶之事。

景帝也料到，此次索人，梁王定会曲意回护，如何擒得案犯归来，又不伤梁王脸面，须得有高人出手。此次所委两人，皆通经术、知大礼，料能当得此任。

田叔领命之后，果然煞费苦心，与吕季主商议，不如将梁王撇去不问，只佯作不知他是主使，务要查出诸凶。想那梁王左右，能出此计者，非公孙诡、羊胜不可，于是便遣中尉府一得力吏员，飞驰入梁，指名要拿获那两人。

此时刘武在睢阳，却悠然不知祸之将至，日前闻报，知袁盎已死，心中只觉大快。

这日天气晴和，刘武兴起，携了诸文士畅游梁园。行至忘忧馆，见柳绿禽飞，景色大好，便灵机一动，令诸人各作赋一篇。

那随行诸人当中，除文士之外，还有长史①韩安国。刘武想他以往乃文士出身，便也唤来凑趣。

闻听将要作赋，韩安国便觉为难："臣下才薄，入仕以来，又荒疏甚久，恐不能从命。"

梁王遂笑道："韩公这是哪里话，睢阳城内，何人不知你文名，今日懒惰不得。"

韩安国还想推辞，忽觉邹阳正暗拽其衣袖，于是便不再语。

待随从拿来笔砚，诸人便分头坐好，提笔酝酿文思。

刘武又命人取来刻漏，高声道："诸君才思敏捷，寡人便不客气了，限三刻成篇，过时者罚！"

倏忽间三刻方毕，但见诸人下笔如有神，各逞其才，都交了卷。枚乘率先写就《柳赋》，刘武拿过来看，读至"阶草漠漠，白日迟迟。於嗟细柳，流乱轻丝"一句，不由击节赞叹。其后，路乔如写了《鹤赋》、公孙诡写了《文鹿赋》、邹阳写了《酒赋》，也都交上。

刘武又拿过路乔如《鹤赋》，见有"岂忘赤霄之上，忽池篡而盘桓。饮清流而不举，食稻粱而未安"之句，又大感惊喜。

独韩安国尚未成篇，早有邹阳悄悄拿过，代为写毕，是为《几赋》。

刘武初时不察，细看方知，后半篇竟然为邹阳笔迹，不禁大笑："韩公如何哄我？作弊者，合当受罚！"当下命人取了酒来，

----

① 此处《史记》《汉书》皆作"内史"，然汉内史为京官，郡国并无此职，仅有"长史"为佐官，故此改之。

罚韩安国、邹阳各三杯。

酒罚过，刘武又笑道："既是竞才，赏罚须分明，枚乘、路乔如二君之作，气韵非常，一字不能更易，当各赐绢帛五匹。"

众人又是一片哗笑，直惊得莺飞鹊起，声闻绿柳间。

正值意兴方浓时，忽有谒者来报，称中尉府有吏员一名，携了田叔、吕季主公文来。

刘武猜到，此人定是为刺袁事而来，心中不免扫兴。便命诸人散了，自己回宫去见来人。

待看过公文，刘武嗤之以鼻，对那吏员道："田叔、吕季主是何人？那公孙诡、羊胜，乃我平乱功臣，在梁地无人不仰之。二人在寡人处，如何就得罪了中尉府？有功者朝廷不赏，也就罢了，居然还要锁拿！我问你，天地间还有无王法？便是今日你持诏令来，寡人也断不能从。"

那中尉府吏员无奈，讪讪数语，只得还都复命去了。

刘武也知此番祸惹得大，还不知将有何等阵仗。想那公孙诡、羊胜二人，又确是献计谋刺之人，只怕夜长梦多，便密嘱两人躲进梁王宫，以避搜捕。

那田叔乃是个骨鲠之臣，见梁王不肯交人，不由大怒，当即面谒景帝，请了诏令，便与吕季主一同持诏，驰入睢阳城，要亲索凶犯。

入得睢阳城中，田叔、吕季主并未去见梁王，却直奔相府，召来梁相轩邱豹、长史韩安国，当面宣诏道："今有梁属臣公孙诡、羊胜，主谋刺死袁盎，罪在不赦。着令梁有司缉拿两犯，不得有意稽延。"

轩邱豹、韩安国也略知此事由来，然捉不捉两犯，他二人不能做主。若是贸然捉人，梁王必定大怒；若要推托搪塞，又恐惹怒天颜，直是两面不好做人。

那轩邱豹本是个庸才，毫无转圜本领，此时只急得额头冒汗。

倒是韩安国为人沉稳，声色不露，只是在想对策。

且说韩安国在梁为将，临危受命，保住了睢阳城。后梁王遭太后、景帝诘责，又是他从中斡旋，保得梁王无事。

他迭次立有大功，本该安享荣华。不料立功之后，人就不免骄矜；私下里，韩安国竟也有犯法之举。那公孙诡、羊胜二人，早就忌恨于心，于是具奏告发。梁王问明其罪，也不便袒护，只得将韩安国投入狱中。

那睢阳狱中，有一小吏名唤田甲，位卑而心险。见韩安国自高处跌落，便幸灾乐祸，故意百计折辱之。久之，韩安国不能忍，怒叱道："君不闻死灰复燃吗？"

田甲乃乡鄙人也，眼界不出本邑，岂能听懂此话，只嚣张回驳道："死灰复燃，吾当以尿溺灭之！"

恰于此时，梁国长史出缺。前此公孙诡兵败被夺职，梁王甚惜之，便遣人往长安，游说丞相府，意在复用公孙诡为梁长史。

窦太后闻知此事，哂笑道："甚么话！武儿有韩安国不用，更用何人？"便亲下懿旨，命梁王加韩安国为梁长史。

太后懿旨下来，刘武也乐得遵命。如此，韩安国竟以囚徒之身，一跃而为二千石吏，满城皆是惊诧。那狱吏田甲闻讯，更是魂飞胆丧，连夜亡命而去。

韩安国就任后，即放言出来："田甲若不返归就官，吾将灭其宗族。"

田甲在外闻听，情知脱身不得，只得肉袒来见韩安国谢罪。

韩安国不问他事，只笑道："今日可尿溺了！"

田甲闻言，惊惶欲死，连忙叩首求饶。

韩安国却是一笑："呵呵，你这等人，本官岂有闲暇来理会？"其后，韩安国却出人所料，只是善待田甲，并无半分刁难之意，足见其度量非同一般。

再说此时，韩安国在相府堂上，见田叔催逼得急，便抢前答道："上使请勿急。公孙诡、羊胜仅为幕宾，并无实职，此前半月即不知所终。容臣等从严察访，一旦有下落，定当缉拿。"

田叔冷脸道："长史倒还识趣，懂得为你丞相分忧！今日刺袁事，既触怒圣上，再搪塞几日亦是无用。我与吕公奉诏前来，若未获人犯，断无返京之理，你等只管好自为之。"

于此，田叔、吕季主在馆驿住下。才过了一日，朝中又有专使来催。此后，竟一连有十番使者至梁，奉诏严催。睢阳街衢上，一时车马喧阗；睢阳馆驿，满眼皆是京中冠盖。

诏令如山，田叔等坐镇馆驿，每日召梁属官来问。自丞相以下，凡二千石官吏，无人不受诘问，直闹得满城鼎沸，人心惶惶。

那公孙诡、羊胜就躲在王宫，属官中虽有三五人知情，然惧于梁王威势，哪里敢说。如此大索一月，二人仍不能归案。

韩安国见田叔拗直，如此追查下去，只恐梁王要因此得咎，于是日夜忧心，不能安卧。后闻说公孙诡、羊胜匿于王宫，方才恍然大悟，即入宫去见梁王，泣告曰："吾闻君臣之道，主若受辱，臣当死。大王身边无良臣，故刺袁之事纷扰至此。今大索公孙诡、羊胜而不得，满城惶惶，乃臣韩安国无良也，故请赐死！"

刘武见此，也不免尴尬，连忙劝慰道："将军何至于此？"

韩安国泣下数行，拱手问道："大王虽是贵胄，然自度与天子之亲，可过于太上皇与高帝乎？ 抑或过于今上与临江王之亲？"

"吾不如也。"

"以太上皇父子而论，高皇帝尚曰'提三尺剑取天下者朕也'，故太上皇终不得与闻政事，独居栎阳。 再看临江王，曾为太子，以一言之过，废王而贬临江；此后如何，如今尚不可知。如此父子不相护，缘何之故？ 治天下，不可以私乱公也。"

"这个……寡人亦知公私有别。"

"臣闻民谚曰：'虽有亲父，安知其不为虎？ 虽有亲兄，安知其不为狼？'虽是父兄，亦有利爪可畏，不可轻犯。 今大王位列诸侯，唯喜一二邪臣浮说，犯上禁，扰明法。 臣日前出使长安，知天子以太后之故，不忍加罪于大王。 太后则日夜涕泣，望大王自改，而大王终不觉悟。 设若太后晏驾，大王失势，到那时，可再攀附何人？"

韩安国言未毕，刘武已觉愧悔，也忍不住泪下数行，忙向韩安国谢罪道："寡人知罪，这便交出公孙诡、羊胜。"

当日，便遣郎卫去拿公孙诡、羊胜。 二人情知不可免，都长叹一声，拔出剑来。

公孙诡伏地遥向前殿一拜，泣曰："某等自齐鲁来，唯效商鞅，所谋无一欲害大王。 为梁造兵器弓矢，盈满武库，睢阳方得未陷于贼手。 今袁盎死，系他咎由自取；而臣等枉死，乃是安国为报私仇也。 孰忠孰佞，九泉之下，自有神明裁断！"

言毕，二人相视一眼，皆举剑自刎了。

事至此，田叔、吕季主验过尸身，便告二人案讫；各方顿感释然，刘武也就此解脱。 此间始末，全赖韩安国之力。 后数日，景帝、太后得田叔驿递奏报，都觉欣喜，益发看重韩安国不提。

然田叔为人，耿直不阿，当年仅为一念，便敢谋刺刘邦，可见其秉性。此次公孙诡、羊胜案销，他仍觉尚有余党未获，于是拉住吕季主，仍留睢阳，遣人四下刺探，定要查个水落石出。

刘武闻知，不觉大起忧心，恐余事泄露，怕是要再起风波。便与韩安国商议，欲遣一人入都转圜。

刘武蹙眉道："还须有劳爱卿，入都去打点关节。"

韩安国连忙推辞道："此次周旋，需拜谒权要，巧施辩才，此非臣之所长，大王可另择人。"

"公孙诡、羊胜已伏法，哪里还有人？"

"有。幕宾诸人中，邹阳便可胜任。"

刘武便一摸额头："哎呀，竟将这一节忘了！"

原来，这位邹阳，为人有智略，慷慨不苟合，不似公孙诡、羊胜那般善诤。他与枚乘、严忌二人，原为吴王刘濞门下文士，后见刘濞有反意，不欲同流，便联袂投奔了刘武。

几位幕宾都擅辞赋，下笔千言，文采冠于当世。刘武入朝时，门下诸文士又结识了蜀人司马相如，文采亦属惊世。时司马相如年方弱冠，以钱买得官中郎官，任景帝之武骑常侍，常陪景帝骑射。景帝素不喜文赋，故司马相如久不得志。刘武惜才，便劝司马相如辞官，将他也拉入自家门下。

得此数位天下名士，刘武甚是得意，闲时便与诸人在梁园内冶游，即兴作赋，全然忘机。以致司马相如淹留日久，渐生归意，叹曰："梁园虽好，不是久恋之地。"此语参透人生，后竟化为成语，流传至今。

此时提起邹阳，刘武自然称意，便命人去召邹阳来见。

前不久，邹阳心厌公孙诡、羊胜素行不法，几次向刘武诤谏，竟惹怒刘武，将他问成大罪，下狱待死。邹阳不甘受死，在狱中上书明志。刘武阅罢，见他辞意恳切、文采斐然，不忍心诛杀，于是释放出狱，以高士待之。

经此变故，邹阳更不愿与公孙诡、羊胜为伍，从此只顾作赋酬唱，懒问国事。

待到田叔入梁，公孙诡、羊胜伏法，刘武才觉邹阳有先见之明，暗自敬服。此时经韩安国提醒，连忙召来邹阳，命他入都去斡旋。

邹阳自是不愿从命，忙推辞道："在下愿为大王作赋，只不愿奔走豪门。"

刘武见邹阳不肯，面露凄怆之色，起身揖道："足下若不肯援手，寡人梁园虽好，也将为他人所有了！"

闻梁王这般说，邹阳也只得勉强应下，携了梁王所赐千金，前往长安，四处打探门路。

在城中盘桓多日，见了几个故旧，却仍无头绪。忽有一日，探得王皇后之兄王信，正蒙荣宠，其势显赫无比，便托人引荐，登门往访。

王信听得门阍通报，也知邹阳乃天下名士，连忙召进。甫一见面，劈头便问道："久闻邹公大名，莫非你在梁园不得意，流寓都中，竟要来投效我门下吗？"

邹阳心中哭笑不得，却是不露声色："足下过奖了。邹某一鄙儒，也知长君①门下，奇才异能，多如河鲫，我岂敢妄求驱使？今

---

① 长(zhǎng)君，此处系对他人兄长的敬称。

日进谒，乃是为长君略论安危。"

王信心中就一悚，知是遇见高人，连忙起座揖道："言不在多，一语可知深浅。王某识见鄙陋，自不用提，诚愿闻先生指教。"

"长君于近年，骤登大贵，满朝无不仰你鼻息。然长君可知，此贵由何而来？无非有赖女弟为皇后，以裙带而得宠也。我为文士，不谙朝中事，只知荀子曾言：'虽王公士大夫之子孙也，不能属于礼义，则归之庶人。'这即是说，富贵亦能翻作贫贱，长君当有所预料。"

此言一出，王信大惊，额头立时有汗出，忙拉了邹阳，疾步趋往密室。

原来，王皇后登正位之后，对窦太后逢迎甚周。窦太后大悦，遂嘱景帝道："皇后之兄王信，可援窦广国、窦彭祖封侯之例，封他为侯。"

景帝不欲外戚坐大，便不肯允准，只说道："太后所援两例，于先帝时并未封侯；及儿臣即位，方得加封，故王信亦不宜封侯。"

窦太后却不以为然："人主各以时宜而行事，岂能事事照旧？窦长君在时，竟不得封侯，其子彭祖反倒能封侯，此事为吾所深憾之。今日封王信为侯，事不宜迟。"

景帝只得推托道："容我与丞相商议。"

越日，景帝征询周亚夫之意，周亚夫慨然答道："高皇帝曰：'非刘氏不得封王，非有功不得封侯。不守此约，天下共击之。'今王信虽为皇后兄，无功而封侯，即为背约！"

"奈何太后却有此意。"

"想那昔年高后，亦应诺不得背约；后既背约，便致吕氏族灭。此事陛下不可唐突。"

景帝闻言，登时默然，王信封侯之事，便就此作罢。

王信遭此顿挫，正闷闷不乐，忽见邹阳登门来劝，便疑其间又有变故，心中自然发慌。

邹阳在密室坐定，见王信毕恭毕敬，知他是心虚，便正色道："袁盎被刺，案涉梁王，梁王素为太后所爱，若因此事受诛，则太后哀伤不可以言喻，盛怒之下，或将迁怒于天子身边贵戚勋臣。长君无功，将以何物来抵过？一旦受太后责问，怕是欲为庶民而不得了。"

王信嗫嚅道："我入都方才几日，如何能有过错？"

"不然。列子言：'不聚不敛，而己无愆。'长君自忖，可是个不聚敛资财之人？而今你骤贵，于市中走过，万人逢迎，贿赂亦随之而来。可曾料到，一旦失势，亦将有万人举发。想罗织你入罪，还是难事吗？"

王信脸即变色，惊呼道："哎呀！君所言，竟无人对我提起。而今……当如何避祸，万望足下教我。"

邹阳此时，却故意拿捏，只摇头笑道："人趋利，百计迭出，如何全不用外人教。窃以为：免祸之术，还是长君自省为好。"

那王信，本是不学无术之人，如何想得出名堂来，直急得汗流浃背，长跪不起，连连向邹阳叩头。

邹阳见火候已到，这才佯作不忍，扶起王信责备道："长君万不该如此多礼。在下不过一文士，蒙梁王错爱，谋得三餐饭食，岂能纾解贵人之危？然既随梁王日久，有一偶得之计，愿献与长君。"

王信大喜过望，连忙拜谢道："天降邹公来救我，何其幸也！你说我聚敛，确也不假，家中尚有些物什，当以厚礼谢邹公。"

邹阳心中就暗笑，此来所乘梁邸车驾，车上载有金帛，以备贿赂，不承想却无须破费，反倒要赚回一笔。至此才缓缓道："长君若有心保全富贵，不妨向天子进言，勿穷追梁事。若梁王因此脱罪，则太后必重谢长君，加意眷顾。如此，长君更有何惧？"

王信眼睛转了两转，摊开手道："此计好是好，然天子正怨梁王，龙鳞不可逆。想我有何依凭，能说得天子回心？"

"长君年幼时，可曾读过诸子典籍？"

"自幼艰难，顾不上那些闲事。"

邹阳便一笑："不读书者，欲保富贵亦难。我这里，便教足下一计，你需听好。"

王信浑身一激，连忙移席向前，细听邹阳所授机宜。听罢，不觉大喜，当下称谢再三，又赐了邹阳许多财宝，方恭谨送别。次日，便依邹阳所言，去谒见景帝。

时景帝正带领近侍，在后园放鹰，状甚悠闲。见王信神态不似平常，便打趣道："舅兄今日，为何有得意之色？"

王信揖礼答道："不读书者，富贵亦无用。昨日才读了半册，略有所得。"

景帝眉毛便一扬："渭水可倒流乎？如何舅兄也用起功来了！"

"昨读《孟子》，方知舜帝之弟，名唤作象。"

"不错。'象日以杀舜为事'，乃《孟子》书中所言。"

"微臣弄不懂，这个象，一心要杀舜；然舜为帝，却未责象，反倒封他为诸侯。此又何为？"

"你哪里懂？这便是'仁人待弟'，如孟子所言'亲爱之而已矣'。"

王信便一拍掌道："着啊！今梁王虽不检点，却也未似象那般，日夜磨刀欲杀兄，陛下为何偏就不宽宥？若梁王蒙赦，他当知效力，陛下也可得'仁人待弟'之誉，岂非两全？"

景帝便愕然，注目王信良久，方道："数月前，你还只知聚财，如何这几日，便有长进？"又沉思片刻，方挥袖道："也罢也罢！舅兄来自乡里，尚知仁义，我也当善待梁王，莫逼他'日以杀舜为事'才好。"

言毕，景帝口中即打个呼哨，唤下空中飞鹰来，又与王信席地而坐，细聊梁王事。

如此，邹阳借王信之力转圜，便有了收效。景帝所怀郁结，大半见消，不再以梁事为意。

恰于此时，田叔、吕季主在睢阳察问毕，回都复命，途经霸昌厩（今陕西省西安市东北），偶得宫中消息，知窦太后为梁王事忧心，日夜涕泣，三餐不食，天子亦莫可奈何。

田叔沉吟片刻，即取出所携卷宗来，统统投入灶火中。吕季主见状大惊，以为田叔智昏神迷，忙动手去火中抢捡。

田叔微微一笑，拉住吕季主衣袖道："吕公莫惊！此事我一人担待，绝不连累你。"

吕季主于惊异之间，只得缩手，叹息连连。

待还朝，田叔空手前去谒见，景帝忙问："梁王曾与闻其事否？"

田叔答道："有，当坐死罪。"

"案卷在何处？"

"臣之意，此事陛下不必问罪。"

"哦？何也？"

"梁王不伏诛，只不过有伤汉法而已，陛下并无大患；若梁王伏诛，太后将食不甘味、卧不安席，设若有不测，则忧在陛下也。"

景帝低头略一想，忽就拊掌道："确乎如此，到底是高帝旧臣！也好，朕便依你之计，不再追问梁事。然太后仍终日涕泣，这又如何是好？"

田叔答道："臣自去禀报，可令太后释怀。"

景帝顿觉释然，向田叔拱手道："君有大智，此事拜托了。"

稍后，田叔至长乐宫，面谒窦太后。窦太后正自忧伤卧床，闻谒者通报田叔来见，更是大恸。

田叔慌忙抢上，急急道："臣田叔奉诏按梁事，赴睢阳月余，问遍梁二千石以上属官……"

窦太后闻此言，便止了泣，似在静听。

田叔连忙又道："刺袁事，梁王实不知情，乃由他幸臣羊胜、公孙诡辈为之。此辈今已伏诛，梁王则无恙也。"

话音方落，窦太后竟立时起身，说了句："老臣做事，到底是牢靠。"便急呼身边侍女："来人！哀家饿了数日，速上饭食。"

田叔看得目瞪口呆，起身欲辞，窦太后却道："田君莫急，且陪老身一坐，与我说说梁王近事。"

如此一个时辰后，窦太后已神闲气定，全不似早前绝食数日模样。

待田叔辞了太后，回禀景帝，景帝开颜大喜，极赞田叔乃是贤臣。后不久，便擢田叔为鲁相，去辅佐鲁王刘余不提。

再说梁王刘武那边，探得朝中已无事，立即上书请入朝，欲向景帝当面谢罪，景帝自是乐得允准。

复诏到睢阳之日，刘武即率一干近臣上路。数日后，一行人来至函谷关下，有随臣茅兰，忽伏于刘武脚前，谏言道："虽有梁邸消息，主上不欲责大王，然朝中事，诡谲难辨。今长安即至，仅数日路程，万不可大意。大王不如微服入关，先至长公主处落脚，一探究竟，再行定夺。"

刘武正要驳斥，转念再想田叔日前所为，不由也生出戒心来。当即纳谏，换了常服，仅带两名随从入关。其余属官，则在关前馆舍住下候命。

那关吏验过符牌，知是梁王微服入朝，虽不免惊异，却也未予留难。

如法又进得长安城门，刘武即赴长公主刘嫖处，求助于阿姊。刘嫖知刘武经此事变，已无力再夺嗣位，便起了怜惜之心，在后园藏匿好刘武，自去宫中打探。

那边景帝在宫中，闻刘武一行将至，特遣使者赴函谷关迎候。使者来至关下，关吏禀告称："梁王早已入关，唯余随行车骑，尚在关外馆舍留驻。小官也问过，无人知梁王今在何处。"

朝使不由大惊，急忙驰返，报于景帝。景帝亦是一头雾水，疑心梁王已去见太后，便急遣周文仁，往长乐宫去询问。

不问则罢，一问之下，立时惹出大祸来。窦太后闻说刘武失踪，登时肝胆俱碎，一把拽住周文仁，哭天抢地道："皇帝果然杀吾子！"

周文仁愕然不知所对，勉强挣脱，连叩了几个头，便仓皇还报。当其时，景帝正在饮用羹汤，闻报亦大惊，手一抖，竟洒了满襟的汤水。

宣室殿内外，顿时一片慌乱。景帝连忙换了衣袍，往长乐宫去安抚太后。刘嫖在宫中探得消息，心中却暗喜，急忙奔回自家后园中，告知了刘武。

刘武早前连跌了几跤，此时早已学乖，心知时机已到，便唤了从人，将一架铡刀搬至北阙前，自己则去衣肉袒，伏于铡刀上。此即为"伏斧质谢罪"，意颇恳切，且易于见效。

司马门外，守门谒者见此状，不禁大骇，连忙告知梁王："圣上此时，已赴长乐宫问安。"

刘武闻听此讯，无片刻犹豫，只低喝了一声"走"，又率众奔至长乐宫门外，重新伏于铡刀上，命谒者报于太后、景帝。

那长信殿中，窦太后正不听景帝辩解，只顾号啕。忽闻梁王在宫门求见，母子两人怔了一怔，立时转忧为喜，急忙宣进。

三人见面，竟是如同隔世，都喜极而泣。三言两语寒暄毕，景帝心中怨念便已全消，与刘武执手不放。闻听梁属官尚在关外，又遣人召入关来，允他们住进梁邸。

一天风云，就此消散。兄弟两人，又相敬如初，太后也不再心疑景帝了。

只是景帝有了几年历练，早已非同往昔，知幼弟禀性难改，决不可纵容。此后待刘武，便有意疏离，不再与他同车辇出入，意在令刘武懂得尊卑。

事平后，景帝再想袁盎被刺案，只觉京畿地方太过不靖，须有强人来治才好，就想起了能吏郅都。稍后便下诏，召郅都自济南还都，接替陈嘉为中尉，掌都中治安。

郅都为人刚勇，谨严异于常人，有私人写给他书信，他从不启封；有僚属拜访赠物，亦概不收受；有同侪请托说情，则一律不听。 常自勉道："吾既已远离父母，来朝中入仕，当守职死节于官署，顾不得家中妻小了。"

升迁中尉后，郅都胆气益壮，目无公卿。 时周亚夫平乱有功，显贵无比，列侯百官见了，无不叩首行拜见礼。 唯郅都见了周亚夫，却视同平常，不过行个揖礼便罢。

是时民风已渐归淳朴，百姓自重，多不敢犯禁，郅都却仍以严刑酷法治之，以震慑京畿。 执法之际，不避权贵，宗室列侯见了他，都战战兢兢，为他取了个绰号，唤作"苍鹰"。

城中士农工商各民，闻听郅都升任中尉，都互相告诫，不敢有所妄为。 自此，长安风气为之一变，安堵如故，也算是中元年间的一段佳话。

再说此时的王皇后，最知宫闱深浅，凡事都存了小心，倒比先前更留意韬晦。 闻知梁王入都谢罪，才稍解心忧，知梁王已无力再谋储。 然对栗姬之子，仍心存戒备，难以释怀。

说来，栗姬共生有三子，长子刘荣以下，有次子刘德为河间王。 刘德素好儒学，性颇似书生，常不吝花费金帛，从民间购回散失典籍，誊抄整理。 后世有人称，上古诸种典籍，经秦火之厄，能留存至今，刘德之功居其半。 近世有"实事求是"四字，尽人皆知，便是史家班固对他的赞誉。

栗姬还有一幼子刘阏，曾封临江王，就国才三年，便在都城江陵（今湖北省荆州市）病亡。 刘阏死后，临江国被除，至刘荣降为临江王，方才复国。

王皇后料想那刘德，不过书呆子一个，闹不起事来；最需提防的，还是废太子刘荣。如今刘荣虽已降为诸侯王，身份仍与诸皇子不同，若万一生变，难免有人要借他名义，向太子刘彻发难。

既存了此心，王皇后便不能容刘荣脱出樊笼，遂向景帝荐了一人，去临江国做丞相，以便就近监视。此人，便是王皇后的异父幼弟田胜。

田胜年纪方及弱冠，却是诡计多端，也知阿姊此番举荐的用意，领命之后，即远赴江陵就任，盯紧了刘荣。

那刘荣性本仁厚，并不疑田胜有何心机，就国之后，只顾宽厚待民，大兴水利，赢得江陵百姓甚好口碑。

如此过了年余，至景帝中元二年（前148年），刘荣诸事皆平顺。然国相田胜，却不容他如此安稳，偏要生出些事来。刘荣于此毫无防备，恰也就中了圈套。

原来，那临江王宫，一向不甚宽敞，刘荣居于此，常流露不便之意。田胜窥得刘荣心思，便欲设计陷害，几次上奏道："王宫逼仄，实于礼制不合。以臣下愚见，应辟地，增筑殿宇，方合于诸侯之礼。"

刘荣不疑其中有诈，只对田胜叹气道："国相所言有理。王宫狭窄，寡人亦有心增筑，怎奈宫墙之外，苦无空地。"

田胜便诡秘一笑："宫墙之北，为太宗文帝庙，尚有若干空地，何不趁便拓地兴建？"

刘荣连连摇头道："万万不可！太宗庙为先圣之地，怎好亵渎？"

田胜便凑近刘荣跟前，低声道："愚臣之意，非为拆去太宗庙。不过是打通墙垣，用其无用之地，如何就是亵圣？再者，长安离江陵，有千里之遥，鬼神也难知道。"

刘荣想想，也觉有道理，便允了田胜此奏，命他征发工匠，拆去太宗庙墙，起造新殿。

那田胜心怀鬼胎，只怕刘荣不准奏。得了此令，田胜当即召来工匠，一面放手拆墙，一面却又写了密奏，飞递长安，状告刘荣侵占太宗庙余地，罪不可赦。

如此上下其手，刘荣哪里逃得脱圈套？景帝阅罢田胜密奏，果然大怒，当即发了一道征书，征召刘荣入都，欲加责问。

刘荣那边，却不知已惹下大祸，每日仍兴致勃勃，只顾去看拆墙。忽一日，有长安来使飞驰入城，送来一道征书，责问拆庙事，刘荣这才知大事不妙，急忙召田胜来问计。

田胜于此时，却是换了一副面孔，只冷冷答道："征书既至，还有何计可施？大王之事，大王担之，唯有入都请罪一途。"

刘荣这才察觉田胜诡计，直是懊恼万分。然拆墙之举，终是令由己出，难以推卸罪责，只得硬起头皮入都。

行前，刘荣依旧例，在江陵北门设帐"祖祭"。这祖祭之仪，由来已久，相传黄帝正妃嫘祖，常年行走四方，教百姓养蚕种桑，后竟死在了途中。后世之人，便尊其为"行神"，凡有远行，必先祭之。

待一番祭礼罢，刘荣这才登车上路，岂料走了片刻，忽听"咔嚓"一声，车轴竟无故折断！刘荣心中一惊，呆怔了半晌，不得已，下车来又换了一辆。

当日，有一班江陵父老，因念刘荣仁德宽厚，也特意前来送行。见刘荣车轴折断，众人亦大惊，料想刘荣此去凶多吉少，都相率涕泣道："我王入都，恐不得复返了！"

刘荣倒也未多想，见父老洒泪，心中只是不忍，便匆促揖别众人，起驾上了路。

待车驾驰入长安，赴北阙求见，景帝哪里还肯见他，只遣了谒者出来，传诏道："临江王擅拆太宗庙，究系何故，着令赴中尉府待质。"

刘荣闻诏，眼前就是一黑。

但问那中尉是何人？ 正是威名赫赫的酷吏郅都！

刘荣入都待质，落入郅都手中，朝中公卿便觉不安，皆为刘荣担忧。 且说郅都当此际，反倒是不敢冒昧。 想到皇子犯禁，终不便穷究，主上召刘荣来质问，究竟是何意，还需问个明白。

为此，郅都接了诏令，便小心问道："临江王入都待质，天下皆瞩目，臣当如何问话才好？"

景帝隐隐露出笑意，面谕道："临江王此来，按律处置就好。有罪或无罪，尽随爱卿裁断。"

郅都不觉一怔，心中就更惶惑，脱口便道："臣下执法，宁枉不纵；但不知临江王坐罪，陛下可有怜悯意？"

"中尉笑谈了！ 临江王不知改过，恣意妄为，连太宗庙都敢毁坏。 此罪不立斩，已属仁慈了，还有何可值得怜悯？"

郅都听罢此言，心中便有了数——知景帝为护佑太子刘彻，此举是欲除刘荣。 便叩首应道："臣已明白。 对簿之后，若是死罪无疑，即是皇长子，亦须抵罪。"

景帝听得一个"死"字，心头略一震，沉吟片刻，才又道："公侯子弟，向来多有不法情事，况乎皇子？ 你尽管质询，无须顾忌，如今那栗夫人已殁，更容不得小儿妄为。"

郅都只是笑笑："臣唯识汉律，并不识栗夫人。"

景帝便开颜一笑："那好！ 朕也别无吩咐了。"

却说到了质证这日，刘荣换了一身常服，心怀忐忑，来见郅都。进得衙署之门，但见堂上气象森然，好似阎罗殿一般。有皂隶十数名，分列左右，各执水火棍，面容皆凶神恶煞。

再抬头看正梁之上，有一块横匾当头，上书"公生明"三字，字字如怒目，朝着堂下虎视眈眈。

那刘荣自出生以来，除长辈之外，从未跪过他人。如今头一回进官衙，见了此等阵势，心竟自虚了，腿一软，便跪倒在地，口称："临江王刘荣，前来中尉府待质。"

堂上皂隶见他跪下，便齐声低喝："威武——"

待一阵呼喝过后，才见郅都头顶獬豸冠，满面黑云，自厢房缓步踱出，至大堂升座。

刘荣抬头略一望，见那郅都鼻如鹰钩，神情凶恶，果是坊间所传的"苍鹰"之貌，不由就心生惧意，慌忙低下头去。

郅都坐定，便一拍惊堂木，喝问道："堂下的，可是临江王刘荣？"

刘荣连忙答道："正是寡人。"

"可知此地是何处？"

"知道，乃是中尉府衙署。"

郅都便叱道："既来待质，便不要称孤道寡！"说罢，又猛拍了一下惊堂木。

刘荣惊得浑身一颤，嗫嚅道："我……我从中尉之命。"

"那好，便说吧。你在江陵，擅拆太宗庙，该当何罪？"

"本王在江陵，勤勉治国，素孚众望……"

"住口！本衙不是宗正府，无须你表功。本衙只问你：为何要拆太宗庙？"

闻听郅都连声呵斥，刘荣愈加惶恐，已是语无伦次："本、本王不敢亵渎宗庙，只因王宫狭小，听了国相田胜建言，打通太宗庙墙垣，增建殿宇而已。"

郅都便冷冷一笑："你为诸侯王，也曾理过讼事，当知汉家律法。那太宗庙，一砖一石，可是臣子能动的？本衙只问你：毁坏宗庙，按律当坐何罪？"

"大、大不敬罪。"

"岂止是大不敬罪，毁坏宗庙陵寝者，乃大逆之罪，有何人可以逃过？"

"此非本王之意，乃出于田胜之议……"

闻听刘荣提及田胜，郅都心下便明白，立时截住，喝道："你平素只知锦衣玉食、斗鸡走马，白白做了个诸侯王！我问你：文皇帝时，早已废了妖言罪，田胜建言，为臣子职分，又何罪之有？倒是那下令拆庙的，究竟是何人？"

刘荣当下语塞，怔在了堂下。

见刘荣不语，郅都更是恨恨："宗庙社稷之地，不容亵慢，汉家自高帝以来，无人敢以身试法，怎的到了本朝，便礼乐崩坏？前有晁错毁太上皇庙，今有临江王敢拆太宗庙，目无祖宗若此，还敢强辩吗？"

刘荣浑身一颤，连忙俯首，嗫嚅道："本王知罪。"

郅都睨视刘荣一眼，忽又面色一缓，徐徐说道："临江王罪涉大逆，当知如何自处，本官倒不好多话了。我早已闻知，都中有列侯百官犯法，不等查问，便自行了结，免得祸及子孙。尊舅栗卿，擅谋废立，不待圣上追查，便已畏罪自裁，保下了父母妻儿。临江王做过太子，聪明过人，或无须本衙提醒，还请早些绸缪为好。"

刘荣不禁呆住,双泪夺眶而出,无语片刻,才向旁侧书佐一拜,恳求道:"愿得笔墨,待本王上书认罪。"

那堂上书佐闻言,便取了笔墨、简牍,欲递给刘荣。

郅都却猛一挥手,喝止道:"放肆! 此地岂是临江王官,说要笔墨,便可得笔墨? 来人,将临江王褫去衣冠,押至后堂狱中。此事既明,有罪或无罪,皆由圣上裁夺。"

堂上皂隶得令,一声呼喝,便上前来将刘荣拽起,剥下衣袍。

刘荣不由得惶急,连忙大呼道:"冤枉!"

郅都便冷冷一笑:"临江王,实不知你冤在哪里。 入了本府,未受夹棍伺候,已属万幸,谢我还来不及呢!"言毕,便挥挥袖,命人将刘荣拖了下去。

刘荣身陷囹圄,一时满城皆知,朝中公卿多不敢言,唯有窦婴心中颇感不平。

窦婴到底做过刘荣太傅,万难坐视不管;又倚仗自己是外戚,并不惧王皇后,于是遣了心腹家仆,往中尉府狱中去探听。

闻听刘荣羁押狱中,陋室粗食,欲上书明志,竟连笔墨都索不到,窦婴便觉大不忍,又遣人去打点狱吏,偷偷送了笔墨进去。

刘荣在陋室中,正以泪洗面,忽闻窦婴遣人送来笔墨,更觉大恸。 想到生母已殁,父爱全失,又遭酷吏刁难,断无生路可言,即便递上了诉冤状,又有何人能看?

如此伤心了一日一夜,才撕下衣襟,提笔写好一道绝命书。次日凌晨,起来朝前殿拜了三拜,不禁泪如雨下:"母为子死,子为母亡;人间事,何以惨绝若此!"便狠狠心解下罗带,悬梁自尽了。

早起狱吏来巡查，见状大惊，慌忙报于郅都。那郅都来看了，却无一丝惊惶，拾起刘荣遗书，瞥了一眼，见上面有泪痕斑斑，只发了一声冷笑，道："解下尸身，好好装殓。"言毕，便转身走了。

　　当日入朝，郅都禀明事由，将刘荣绝命书呈递景帝。景帝看过，神色无悲亦无喜，只唤来宗正刘通，吩咐道："临江王畏罪自尽，余事不究，议妥谥号，以王礼葬于蓝田就好。"

　　这位刘通，前文曾表过，乃是故吴王刘濞之侄。吴楚之乱时，仓促间被擢为宗正，与袁盎同赴吴营议和，却为刘濞所扣押，待七国乱平后，方才到职。

　　闻听刘荣自尽，刘通不免有兔死狐悲之感，便用了一番心思，拟了"闵王"为谥号。这个"闵"字，乃是"慈仁不寿"之意。景帝看了，也知其意，瞟了一眼刘通道："如此，葬了便是。临江王既无后，可除国不再置。"

　　可怜那刘荣，本有文帝之才，只因栗姬斗败之故，痛失皇嗣位，卒于英年。其事之哀，时人甚怜之，皆传说：刘荣葬于蓝田后，忽从四面飞来许多燕子，纷纷扬扬，衔泥加于冢上。路人见之，无不惊叹，以为是燕雀有灵，也知哀悯临江王。

　　刘嫖闻知刘荣自尽，难掩欢喜，奔至王皇后处报信。那王皇后听了，只淡淡一笑："刘荣何人，竟敢与吾儿为难！"

　　消息在长安传开，公卿百官无不震恐，都觉郅都本性残苛，竟能活活逼死皇长子！窦婴在家中闻知，更是顿足大骂，次日便赴长乐宫，求见窦太后。

　　窦太后听闻窦婴前来，不觉笑道："男儿虽好，却是不如女儿心软。你自讨逆归来，封了侯，便不常来见我；不似那长公主，三五日便来一趟。”

窦婴无心说笑，只满面悲戚道：“男儿自有志，固不如女儿心软，却也不如女儿心硬！”

窦太后便觉诧异：“侄儿，此话怎讲？”

窦婴便伏地叩首，将刘荣被郅都逼死一事，从头道来，其间数度哽咽。

窦太后闻言，顿时变色，拍案道：“真真悖逆！那后宫如何争宠，哀家管不得；然刘荣为我长孙，无过无错，如何竟被酷吏逼死！前朝曾有张释之，逼死外戚薄昭，我那时为皇后，便觉大不忍。如今做了太后，却又保不住长孙。这汉家，竟是何天日……”说到此，不由悲从中来，哀泣不止。

窦婴便慌了，连忙劝慰道：“太后务请节哀。臣曾为刘荣太傅，知甥儿性仁厚，颇似先帝。其母虽乖僻，小子却颇知礼，故而悲悯，太后则不必过于哀痛。”

窦太后仰起头来，厉声叱责道：“这是甚么话！刘荣只是你甥儿，却是哀家骨血，一脉相承，不比你更觉亲吗？你且退下吧，我这便去找启儿问话！”

“太后去问……只宜问郅都之罪。”

“当如何问话，姑母自知。唉，如此大事，那长公主竟也将我瞒住，确是心硬得很！”

当下，窦太后便由宫女搀扶，来至未央宫，听见景帝正在庭中，与几个亲随蹴鞠，便高声唤住：“罢了罢了！无心顾人命，倒有心蹴球！”

景帝正在尽兴之时，忽闻窦太后怒喝，不知是何事，又盘了两脚，才抹汗奔去拜见。

窦太后知周文仁在旁，便狠狠白了一眼。

众近侍见太后脸色不善，都觉惶悚。周文仁连忙使个眼色，众人便收了球，远远退后。

景帝奔至窦太后面前，伏地拜过，小心问道："儿臣不孝，不知有何事，又惹太后生气？"

窦太后冷笑道："为母一个盲妪，目无所见，气也气不得了。但不知为何，启儿所用宠臣中，却有一人，比你阿娘还要盲！"

"太后所指，是何人？"

"便是郅都！"

景帝心中一凛，知是有人进谗，只得硬起头皮回道："郅都执法，不阿权贵，或是得罪公卿过多，也未可知。"

"他哪里是不阿权贵，真是目无礼法了！"

"阿娘，此罪名甚重，郅都哪里当得起？"

"哼！那郅都，千万人都不惧，还怕哀家一句话吗？我问你，自汉家建礼仪，下官见长官，有何人敢不顿首下拜？"

"无人。"

"那么便好。当今周亚夫为相，位列三公，郅都不过是个次卿，何以见丞相只行揖礼？汉家礼法，当遍行天下，莫非只他一人，可置身法外吗？"

景帝见太后来者不善，连忙为郅都辩白："郅都为人孤傲，不甚圆滑，却并非悖礼之徒。儿臣稍后便嘱他：入朝须循礼，不得马虎。"

窦太后勃然变色道："身为中尉，却不遵礼法，如此又有何法可执？你道那列侯百官畏他，是畏汉律吗？只不过是怕他这恶人！想那刘荣一个孺子，他都逼得死，待来日，还不要逼死我这老妪吗!"

景帝听到此,方知窦太后心结,忍了忍,才叩首应道:"儿臣明白了。郅都行事,只知秉公,不知圆融,致使公卿多有怨言,儿臣免了他就是。"

窦太后气仍未消,愤愤道:"为母也知启儿治理不易,然严刑酷法,终不是明君气象。前朝那张释之,人虽苛刻,尚能循法。这个郅都,却是无端逼死宗室,与赵高又有何异?先帝在时,喜用能吏,却未教你用酷吏。你用了一个酷吏,天下臣民固然慑服;然你百年之后,好端端一个天下,怕就要轰然而散!"

景帝闻言,不禁愕然,只得诺诺应道:"儿臣免了他就是……免了便罢,不敢惹太后烦心。"

窦太后瞥了中庭一眼,恨声道:"蹴鞠蹴鞠,你只知玩耍!今日用了酷吏,来日你这皇帝,蹴的怕就是滚滚人头了。"

景帝愈发惊恐,只是伏地不敢抬头。

窦太后便一仰首:"吾生尚有数年,不欲再闻'苍鹰'二字。"

"遵母命。"

"还有,你身边那白面郎,叫个周文仁的,这便传我口谕吧:免去官职,令他去边郡闲居,不得逗留近畿。三日之后,未央宫内不得有他在。"

景帝便怔住:"母后,周文仁未有差错,如何要……"

窦太后便又横眉道:"你那祖父,有个籍孺;你那叔伯,有个闳孺;你那父皇,又有个富甲四海的邓通。你刘氏一门,如何都喜那白面嬖臣?"

"阿娘,周文仁乃我近臣,办事练达,他绝非嬖臣。"

"一个郎中令,整日伴你游乐,不是嬖臣又是甚?"

"朝中多事，儿又无亲信之臣，只不过……愿与他说些心腹话而已。"

"有心腹话，可与你阿姊说。我既厌郅都，亦不愿见这白面郎！"

景帝不由一阵心伤，只是稽首触地，良久无语。

窦太后横瞥了一眼，便吩咐身旁宫女道："还宫！此处太不清净。"

景帝万般无奈，只得于次日下诏，免了郅都中尉职，着令归家。郅都大出意料，细想便知是太后之意，心虽不平，却也无奈，交卸了差事，即归乡去了。

稍后两日，景帝又唤来周文仁，未及言语，竟几乎落泪，黯然道："太后疑你是籍孺、邓通一类，有严旨下，令你往边郡任职。"

周文仁闻言，几欲晕眩，嗫嚅道："臣……不敢违太后之命。"

景帝忙扶住周文仁，温言安抚道："朕已安排妥，爱卿以老病免职，食二千石禄，可往零陵郡闲居。零陵原为长沙国地方，今已归朝廷。上古舜帝南巡，崩于苍梧，便是葬在此地。彼处山清水秀，有潇湘二水，可滋养生息。君且去，待太后百年之后，万事都好说。"

周文仁眼泪就扑簌簌地掉落："陛下日理万机，今后，便没个人来照应了。"

景帝双眼便也湿润，忙强笑道："爱卿要保重。零陵终究僻远，若有事，尽管对郡守说，我已有密诏发去。"

两人又话别许久，周文仁才依依不舍告辞。临别，景帝解下玉佩相赠，特意嘱道："在边郡，务要每月通书信，免得我挂念。"

一连罢去两位近臣，景帝为之愁苦多日，郁郁寡欢，只觉宫禁岁月了无意趣。

郅都罢归后，长安豪门子弟复又猖獗。景帝细察公卿神色，见众人皆难掩眉间喜气，便暗自恨道：“尔等袒护子弟，只盼'苍鹰'早死，我却偏要他活！”从此，便存了复起郅都之心。

九

名将唯留
千古悲

却说梁王刘武入朝谢罪，获景帝原宥，两下里皆大欢喜。事后，刘武闻幕宾邹阳提起，知皇后之兄王信从中出力甚多，便登门告谢。两人一往一还，颇觉投契，渐渐便成莫逆之交。

那王信，闻说封侯事遭周亚夫驳议，早便对周亚夫耿耿于怀。刘武也因睢阳之役中，周亚夫坚壁不救，久有衔恨之意。两人谈起周亚夫来，都恨恨有声，直欲除之为快。

当下两人便密议，由王信向王皇后进言，谗诋周亚夫，刘武则往窦太后处进谗。两人谒见景帝时，也有意无意，对周亚夫毁谤交加。

那景帝虽高居帝位，终是肉身凡胎，哪里经得住太后、皇后、舅兄、胞弟轮番提起。久之，想起周亚夫为相之后，数度廷争，屡抗上意，总有居功桀骜的模样，心中亦不快，遂起了换相之意。只虑及此事不宜仓促，才拖延下来。

当此内朝事渐息，边关上忽地又起了外患，汉匈两家，一时翻作剑拔弩张之势。原来，早在景帝前元二年时，汉与匈奴曾议定和亲，匈奴遂不再犯汉境。至前元五年，汉家如约，将幼公主送入北庭，两家更为亲睦。塞上多年平静，不见烽烟。岂料至景帝中元二年正月，胡骑忽又大举犯燕境，两家和亲，遂告破裂。

时李广任上谷郡太守，数次领兵与匈奴苦战，颇为凶险。 朝中大臣，多有为李广忧心者。 有掌属国事宜的典属国[1]，名唤公孙昆邪，忍不住向景帝泣告道："李广才气，天下无双。 今自负其能，数与北虏肉搏，臣恐汉家将失此名将！"

景帝想想，也觉此前待李广不公，于是起了怜悯之意，调李广为上郡（今陕西省绥德县一带）太守，以避匈奴锋芒。

后匈奴兵又入寇上郡，景帝便差遣中涓一宦者，随李广勒兵击匈奴。

一日，宦者率兵卒数十骑巡边，偶遇匈奴所部三人。 宦者见其人少，欲欺之，便挥兵与之鏖战。 怎奈那三个匈奴人，个个都是神射手，互射不过片刻，宦者所率骑士，便都中箭身亡，宦者亦负箭伤，只身逃归李广大营。

李广闻说胡骑身手了得，也是惊异，断言道："此必为射雕者也！"当下点起精锐百骑，纵马去追那三人。

那三个匈奴人并无马，只在草原上步行。 李广率部追了数十里，果然看见人踪。 于是令兵卒分左右翼包抄，死死围拢，自己则弯弓搭箭，逐一射去。 但闻弓弦响处，两人应声而毙，其余一人见无可逃脱，只得跪地求降。

李广下马来，亲问之，果然是射雕者，便下令缚在马上，拟解回大营。 归途中，一行人驰上一山冈，忽见远处有匈奴数千骑，蜂拥而至，众人立时大惊。

那匈奴大队望见汉军仅有百骑，疑是汉军诱敌之计，也都惊

---

① 典属国,秦置,汉袭之,掌周边属国事务。

诧，连忙抢上山来，布阵以待。

李广所属百骑见此，大起惶恐，皆欲拨马回逃。

李广却伸手制止道："不可！ 我等离大军有数十里，如此奔逃，匈奴在后追射，不消片时，我等立尽，片甲不得归营！"

众军卒便都喧哗道："奈何等死乎？"

李广冷笑道："用心者，何用等死？ 今我留此不动，匈奴必疑我为大军之诱骑，不敢击我。"

众军将信将疑，只得勒住马听命。

李广遂大呼一声："前！"

众军横了横心，都冒死随李广前行。

至匈奴阵前二里处，忽闻李广又下令道："皆下马解鞍！"

有军卒心悸，脱口问道："北虏如此之多，我若解鞍，稍后势急，将奈何？"

李广含笑道："北虏见我人少，以为我将逃。 今解鞍以示不去，他便更疑我为诱饵。"众军心中惴惴，只得依计下马。

此时，匈奴阵中，忽有一白马将，驰至阵前督军。

李广窥见他破绽，当即上马，率十余骑疾驰向前，一阵乱箭，将白马将射杀。 又将马头一拨，返回百骑之中，下马解鞍，卧于草地，任马匹逍遥吃草。

时已日暮，匈奴见此，始终心觉怪之，不敢贸然进击。

至夜幕四合，那匈奴首领疑惑之间，又惧汉军趁夜来袭，打了声呼哨，竟引兵而去了！

待次日平旦，李广远眺草原，再无一个匈奴人踪，这才率部安然返归大军。 自此，李广骁勇之名，即在北地传遍。 匈奴闻之，多有忌惮。

景帝于此，亦是心中有数，此后数年，又徙李广为陇西、北地、雁门、云中诸郡太守，与匈奴对峙，边事方不致酿成大患。

至中元三年（前147年）春上，北边忽来喜讯，报称有匈奴王等七人，皆为酋首，率部来降。景帝闻报大喜，诏令下至丞相府，令周亚夫考察七人履历，欲封其为列侯，以招引其余番王来降。

周亚夫偏在此时，再次违逆景帝。原来，此七人中，有一东胡王为汉人，名唤卢它人，系高帝时叛王卢绾之孙。前书曾有交代，卢绾与刘邦为同里之邻，且同日生，随刘邦起事入关，得以封燕王。后因遭刘邦猜疑，不得已投奔匈奴，被封为东胡王，却不得志。叛降仅一年余，即郁郁而终，葬身草原。

后卢绾之妻与子，思乡心切，于吕后时奔回，诣阙请罪。吕后顾念旧谊，令其居燕邸，欲置酒召宴。惜乎吕后随即病殁，未及召见。唯有那卢绾之孙，却滞留匈奴未归，得袭封乃祖王位，直至此时，才来归降。

此次封侯，周亚夫甚以为不妥，当即入朝奏道："卢它人系叛王之后，数十年降虏，理应加罪；念他今日来归，只可赦免，又岂能封侯？"

景帝大出意料，一时难以定夺，只犹疑道："卢它人固是如此；然其余番王，当无负于汉家。"

周亚夫却亢声道："亦不可！此辈番王，受单于之恩既久，不思报答，却叛主来降陛下；陛下若封彼辈为侯，则何以责自家臣子不守节？如此赏罚，以天下臣民观之，又将作何想？"

此言一出，满朝文武立时大哗，议论纷纷。

景帝久已不耐，此时脸涨红片刻，忽一拍龙床道："丞相之议，甚违时宜，不可用！"

周亚夫当场怔住，即闭口不言，至散朝，方才怅怅而退。

当日，景帝便有诏下，封卢它人为亚谷侯，其余六人亦各封侯。

由此，周亚夫便知主上已有嫌恶之意，他亦不想恋栈，隔日便递上奏章，称病请免。

景帝接了奏章，淡然处之，准了周亚夫所请，命他以列侯身份免归。所空丞相缺，由原御史大夫刘舍补上。

这位刘舍，虽籍属宗室，却不是刘邦之后，乃是项氏后人。当年项羽败亡后，刘舍之父项襄，与项伯一起归降刘邦，俱得封侯，并赐姓刘，归入刘氏宗室。

刘舍好学博闻，袭爵后入仕多年，从无过失，颇得景帝赏识，用为太仆、御史大夫，方得循序升至百官之首。

这一年，景帝免去周亚夫丞相之职，本想图个清静，不料自三月起，便接连有彗星、地震、日食等异象。秋九月，日食过后，太史令上殿禀告道：天变非常，恐将有人祸。

景帝想到周亚夫已病免，须防匈奴欺汉家无大将，倾巢来犯，于是令北军出都门以东，安营扎寨，以震慑胡骑。

北军奉诏出城，自清明门至霸桥，连营十余里，昼夜金鼓齐鸣，以壮声势。如此喧腾月余，北边毫无动静，景帝这才放心收兵。

此后四海晏然，流光易逝，不觉已是中元五年（前145年）。景帝见各诸侯国皆畏朝廷之威，恭敬顺从，知彼辈已不敢存异心。想起晁错生前所谏，便令诸侯王不得再问国事，由天子派官置吏。又改各国丞相为相，诸侯国御史大夫、廷尉、少府、宗正、博士官、大夫、谒者、郎官等，皆减损其员额。

此举于诸侯王而言，无异于釜底抽薪。自此各国政事，尽归朝廷操弄，诸王已无置吏之权。此令一下，天下翕然，诸侯王声威顿失大半。

待到中元六年（前144年）元旦，梁王刘武自睢阳入朝贺岁，见景帝淡漠，问候已非挚诚，只不过虚言寒暄，就不免失望，心知世事亦非昨日。

朝贺罢，刘武挂念太后，上书请留京中，以尽孝道，却遭景帝驳回。无奈只得返国，万念俱灰，只顾与诸文士往还，朝夕闷闷不乐。

六月盛夏，刘武实不耐空耗岁月，便率了枚乘、严忌、司马相如、路乔如一行，北上良山，纵马游猎。这良山，地在齐鲁，即是后世小说《水浒传》里所写的梁山①。

此地千里苍翠，奇峰高矗，襟带水泊，确是令人心怡的好去处。刘武登高远望，对众人慨叹道："枚乘君作《梁王菟园赋》，说那飞鸟'疾疾纷纷，若尘埃之间白云也'，不正是我辈凡庸人生乎？蹉跎半世，却不得遂愿。"

枚乘便笑道："大王请宽心。古来千年，能如大王守睢阳者，百无一二。其功在当世，后也必有盛名，岂是尘埃间白云可比。"

刘武微露得意之色，少顷，忽问枚乘道："闻爱卿正闭门作大赋，可得甚么好句？"

枚乘恭谨答道："区区辞赋，何足道哉？今小臣写《七发》

———————

① 梁山，位于今山东省梁山县。

赋，苦思冥想，徘徊数日，偶得'惕惕怵怵，卧不得瞑。虚中重听，恶闻人声。精神越渫，百病咸生。聪明眩曜，悦怒不平。久执不废，大命乃倾'之句，尚属称意。"

刘武听罢，不由惘然若失："此病，正是寡人之疾，或将命不久矣！"

众人连忙齐声劝慰，枚乘更是岔开话头道："臣之才，不及路乔如、司马相如君。同在梁园，而逊于同侪。"

刘武笑道："哪里！你久为大国上宾，与英俊并游，才气尤高，还谦逊甚么？"又回首对司马相如道："相如君亦堪称圣手，你那《子虚赋》写游乐之会，'扐金鼓，吹鸣籁。榜人歌，声流喝。水虫骇，波鸿沸。涌泉起，奔扬会。礧石相击，硠硠礚礚，若雷霆之声，闻乎数百里之外'，此等佳句，世间何处可觅？"

司马相如连忙称谢道："大王谬奖。臣苦思数月，方得一篇，不及诸君敏捷。"

梁王便仰头大笑："梁园诸君之才，世无其匹，各个堪与天地齐，千年之后亦为传奇。想那后世，有几人能知我梁王名号？百年之后，寡人若能葬于此，或还有望与山阿同体，留下个薄名。"

众文士便都大笑。刘武也一时忘忧，打了个呼哨，便招呼众人下山围猎。

优游数日，正意兴盎然时，忽有一本地农户，拦在前路，向刘武献上一头牛。众人看去，见那牛背上竟生有一足！

刘武见了，不禁大骇，勒马退却数步，连声道："此为何物？寡人不欲见之！"

随从郎卫立时奔上，厉声呵斥，将那人连同怪牛一道驱走。

当日，回到无盐县(今山东省东平县东)馆驿，刘武仍惊悸不定，一夜间发热不止，竟病卧不起。高热之中，常发谵妄语，喃喃道："良山犹在，寡人尚在乎……"至六月中，连发热病六日，药石无效，竟致溘然病亡。

众文士虽厌梁王骄狂，然念及梁王往日优宠之恩，也都倍感心伤；一面装殓，一面就遣人向王后李氏报丧。

刘武生前料不到，因他常来良山游猎之故，后世便将此地改称"梁山"。后又过了一千余年，在此处竟生出一段"水浒"故事来，流传千古。

史书上载，梁王刘武在诸皇子中，以慈孝闻名。每闻窦太后病，即口不能食，居不安寝，常欲留长安侍奉太后。

太后亦甚爱刘武，当日闻刘武暴薨，如闻天塌了一般，悲哀异常，数日不食，大哭道："皇帝果然杀吾子！"只恨景帝不允刘武留京，逼令归国，方致他郁闷而死。

景帝闻知太后怨恨，又惊又惧，不敢赴长乐宫劝慰，只得与长公主刘嫖商议。刘嫖身在事外，倒看得清楚，遂点拨景帝，须好生安顿梁王之子。

景帝顿然开悟，当即依计而行，谥梁王刘武为孝王，葬于芒砀山龙兴之地。又分梁地为五国，尽立刘武五子为王：即长子刘买袭梁王，次子刘明为济川王，三子刘彭离为济东王，四子刘定为山阳王，五子刘不识为济阴王。刘武另有五女，也都各赐给汤沐邑。

待到优恤诏令颁下，景帝才带了刘舍等一干大臣，往长乐宫太后榻前跪奏。

窦太后哀哭多日，神思已极衰，闻景帝奏报，才渐有欣慰之色，环顾诸人道："这便好嘛，稍慰哀家之心。你等还跪着做甚，都快平身。"

景帝便起身,上前劝道:"太后数日不食,儿与朝臣皆忧心,几不欲生。"

众臣也都众口一词,力劝太后进食,莫要伤身。

窦太后便道:"看在你们君臣面上,哀家今日,加一餐也好。唉……你等若早怜梁王,何至于有今日?"

如是,窦太后方才恢复饮食。 越后几日,哀思亦渐淡,一场风波才算过去。

说起在景帝年间,梁王刘武,也算得上举足轻重之人。 初封代王,再徙封淮阳王,后又为梁王二十五年,前后为王共有三十五年。

他生逢汉家鼎盛时,故得以放纵恣肆,乃至平生所为,功过参半。 司马迁说他"以亲爱之故,王膏腴之地,然会汉家隆盛,百姓殷富,故能植其财货,广宫室,车服拟于天子,然亦僭矣",当不为过。

正因有这僭越之心,梁王身后,历来饱受史家诟病。 更有人说他"祸成骄子,致此猖狂"。 将他受怪牛惊吓而亡,说成是天罚。

正是缘此,景帝便想到,如今梁王薨去,自己身后事,总算不致有大患;于是一面悲悼,一面竟也暗暗松了口气。

至此时,景帝已登位十三年,想到年前暴雨、地震接踵而至,心便不安。 想到或是多年只顾操心人事,未敬天神,方有这连年灾害,于是起意,赴雍州(在今陕西省凤翔县)郊祭五帝。

春花正盛时,大队人马浩荡出城。 此次郊祭,公卿们权当闲游,景帝也只顾看天高地阔,无不欢喜。

到得雍郊，景帝立于秦时"五帝畤"前，看千山万壑，心中忽起憾意，对丞相刘舍道："山河旷远，乃前世修得。然吾居庙堂，平生最远却只能到此；既愧于苏秦、张仪，亦不如荆轲、聂政，又何乐之有？"

刘舍一笑，躬身回道："陛下自有洪福，上无权臣，下无饿殍，四海仓廪皆实，百姓安居。自春秋战国以来，似从无这般世道呢。"

"呵呵，丞相只顾说好话！朕亦知：华服之下，必有千疮百孔。此生补漏，只怕是永无休日。"

自雍郊返回，景帝照例翻看奏折，见到廷尉呈上奏表，有数名死囚待决。

人命关天事，景帝不敢大意，便抛下余事，逐一看过。见其中有一死囚，名唤防年，其继母陈氏，与人有奸情，事泄，竟杀了防年之父。防年气不过，誓为父报仇，伺机杀了陈氏。依汉律，杀母者以大逆论罪，当处腰斩。

景帝看到此，只觉得不妥，心中甚是疑惑。恰好太子刘彻在侧，便问刘彻道："彻儿你来看，此案可有何不妥之处？"

刘彻看过奏表，便微微摇头道："廷尉此决，实是引律比附不当。《仪礼》曰：'继母如母。'即是说，继母原不及亲母，缘父爱之故，可谓之母。今防年继母无状，残杀其父，则下手之日，母恩已绝矣。故而防年之罪，宜与杀人者同，不该以大逆论罪。"

时刘彻年方十二，景帝见他颇谙律法，应对得当，不禁频频颔首。遂从刘彻之议，改处防年为斩首弃市。朝中诸大夫闻知此事，无不齐声称善。

见刘彻聪颖好学，处事练达，景帝便甚为宽心。每与王皇后提及，总要喜形于色。

这年夏，丞相刘舍窥得景帝心情好，忽然就上奏，请改官名。景帝阅罢奏章，口中啧啧有声，只觉得新鲜。

此前，各地郡守已改称太守，郡尉改称都尉，诸侯国丞相也已改称为相。

此次刘舍所议，则是改列卿、内朝官名，拟改廷尉为大理，奉常为太常，典客为大行令①，治粟内史为大农，将作少府为将作大匠，主爵中尉②为都尉，长信詹事③为长信少府，将行④为大长秋，大行为行人⑤等。

却说刘舍此人，实无宰执之才，得为丞相，只凭虚浮学问小心应对。好在为相五年间，内外均无大事，他所奏这番更名，看似热闹，却无关职权损益，只图个鼎新之意。

景帝看过，便召刘舍来问："君拟改官名，所据何为？朕倒是欲知其详。"

刘舍恭谨答道："汉初立朝，事起仓促，所用官名皆为秦置，其中或有军伍称谓，实不合时宜，故应改之。"

"那廷尉改称大理，所本何为？"

"《春秋左氏》中即有'摄理'之称，是为上古执法官；臣下拟名'大理'，正合汉家正统。"

---

① 汉武帝太初元年，又改大行令为大鸿胪。

② 主爵中尉，官职名，秦置，西汉沿置。掌列侯封爵事。

③ 长信詹事，官职名，西汉置。掌皇太后宫中事务，职司如大长秋，位在大长秋上。

④ 将行，官职名，秦置，汉沿置。掌皇后宫中事务。

⑤ 行人，官职名，春秋始置。掌朝觐聘问，在汉代为典客属官。

"想那诸吏习用已久，骤改官名，可得长久乎？"

"臣以为，陛下挟削藩余威，正当号令一新，令诸王不敢小觑。"

景帝闻刘舍之言，叹了口气，知刘舍实是庸才，数年在位，如同木偶，明年还是换掉为好。至于改动官名，倒也能彰显气象一新，于是如数照准，逐一改称。

待诏书颁下，朝野果然有一番轰动。景帝心中也喜，便生出一番振作之心来。随即又下诏，明年再次改元，即后世所称"景帝后元"纪年。

如此，自后元元年（前143年）春起，景帝便力图鼎新，为太子刘彻铺好路。三月，大赦天下，广赐民爵一级；四月，又准百姓"大酺"，可畅饮五日，意在收揽民心。

不料至夏秋，又接连有日食、地震，闹得人心惶惶。秋初时，上庸郡（今湖北省竹山县西南）地动，竟致城墙崩坏数段。

景帝甚感惶恐：何以天象示警，连月不断，莫非因人事不谐？思虑多日，便觉身体疲累，力不能支，不免就想到身后事。看那太子刘彻，到底还是年少，来日更替，总要有个顾命大臣，方可保少主平安。

想那朝中文武，能任此者，唯周亚夫一人；然太后、王信等人，却无一个说他好话。如今周亚夫负气辞官，仍居长安，究竟可否起复，托付后事于他，一时倒难以定夺。

秋七月间，景帝思前想后，忽得一计，料可试探周亚夫如今心性。便命御厨备宴，遣人去召周亚夫。

至此时，周亚夫闲居已近五年，忽闻主上召见，不知是何故，猜想或是要召对边事，便匆匆换了朝服，随谒者入朝。

到得宣室殿偏殿，见景帝早已端坐等候，屋内并无他人，周亚夫便略觉诧异，向景帝行大礼后坐下，只等垂问。

周亚夫原想，主上召见，或是有安抚之意。却不料，景帝面色不阴不晴，见周亚夫落座，只淡淡问了些冷暖事，并无一语涉及边事。

寒暄毕，只听景帝又问道："近来日有食，朕连日思己过，不知是否用人不明。今日朝堂上，刘舍做丞相已四年，君以为其政何如？"

周亚夫闻景帝此问，颇觉为难："陛下，臣自病免归第，不问世事久矣。况我为刘舍前任，恐不便置评。"

"哦，倒也是！爱卿闲居家中，可是读了许多黄老？"

"兵书常读，于黄老倒未多留意。"

景帝便隐隐一笑："既未读黄老，又何必谨慎若此？"

周亚夫便觉话不投机，只得拱手一拜，不再言语。

正尴尬间，景帝又道："今设便宴，与君同饮，你不要见外。"便朝后一挥手。

旁侧有尚席丞见此，即命宦者端酒肉上来，一番忙碌，将肴馔、杯盘布好。

周亚夫低头一看，不由就诧异，自己盘中所置，只是一块大肉，肉既未切开，又无匕①箸。似这般布设，莫非要用手来抓吗？

周亚夫呆了片刻，心中便有气，回头望一眼尚席丞，高声道："可取箸来。"

---

① 匕，古代的一种取食用具，状如汤勺、铲子。

不料，那尚席丞听了，竟如痴呆一般，只是端立不动。

周亚夫正要发作，忽闻景帝一声冷笑："如此，还不足君之所求吗？"

话刚落地，近侍诸人立时屏息。偌大厅堂内，悄无声息，竟似无人一般。

周亚夫才恍然大悟，这召宴，原是为折辱自己。心中既羞且怒，无以言表，只得免冠谢罪，头触地良久。

景帝看了一会儿，只唤了一声："起！"

周亚夫早已愤懑难耐，起得身来，转头即走，竟无片语留下。

景帝亦甚感意外，目送周亚夫背影，恨恨叹道："如此脾气，来日绝非少主之臣也！"

召宴周亚夫后不久，有原太子太傅石奋，在诸侯国为相多年，年老归第，前来陛辞。

景帝闻说师傅来，连忙往前殿去迎，远远见石奋在门阙即下车，趋步入宫，毕恭毕敬。

两人见面，石奋稽首拜过，景帝连忙扶起，温言道："师傅，我早已有诏，准你过宫门可不下车，为何如此拘谨？"

石奋回道："欲为臣，尽臣道。老朽不敢有悖臣道。"

景帝挽扶石奋，缓缓行至宣室殿，执弟子礼伏地拜过，方才坐下，寒暄道："师傅离长安，恍惚昨日，不意已匆匆十五年。朕看你今日气色，一如从前。"

石奋恭谨回道："托陛下之福，老臣精神还好，倒比家中长男还健旺些。"

"一别多年，朕只念你这'万石君'，常恨无师傅这般涵养。如今太子已渐长，也不知如何调教。师傅一门子孙，皆有出息，倒是如何调教的？"

"陛下客气了。 臣之子孙为小吏，若归谒，我必朝服见之，称其官职，不称其名。 若子孙有过，则避席另坐，对案不食，彼辈必肉袒来谢罪。 若改之，我才宽恕。 凡有成年子孙在侧，虽是家居，老臣也必冠服严整，不使子孙辈有嬉玩之心。"

景帝便恍然大悟："原来如此！ 向日闻左右言说，师傅阖家谨孝，有齐鲁诸儒之风，诸臣皆自以为不及，朕今日才知其详。"

石奋连忙揖拜道："陛下谬赞。 老臣无大才，唯知恭谨守礼。"

景帝默视石奋片刻，脱口叹道："若条侯似你，朕将何其幸也！"

石奋闻此言，白眉便微微一颤，一躬到地，缄口不再言语。

再说那周亚夫性本清高，素厌谄媚，并不以景帝好恶为意。 故召宴归来后，也未多想。 不料，才过了三五日，便有中尉府法吏上门，称有要案，须与条侯对簿。

周亚夫不知是何事，甚觉疑惑，便命阍人将法吏迎进。

那法吏手持簿书，入得正堂，将一封变告信，交与周亚夫。

周亚夫乍看起首一句，心中便一惊——原是有人密告：周氏宅邸中，藏有宫禁甲盾五百副，显是僭越之举。

见周亚夫失神，那法吏便一揖道："条侯清白，美名满天下，便无须小吏多言了。 今奉诏，特来验问，贵邸中私藏五百副甲盾，来自何处？"

周亚夫摸不着头脑，脱口道："诬言！ 我家中怎会有盔甲？"

法吏便一指密告信，说道："诬或不诬，条侯看过便知。"

周亚夫看罢，竟是一头雾水，全不知此事缘何而来。

原来，周亚夫之子恐父年老，不知何日便有不测，便预为后事，想买些随葬器物。却不料，此子一时心迷，托了少府属下尚方令，私买了五百副宫中甲盾。此等甲盾，并非军旅所用，乃是天子随葬之物。

尚方令所掌职事，是专制宫中器物，所用各物，例禁流入外间。亚夫之子只仗着豪门气粗，偏要用那宫中甲盾，便使了金帛，私下疏通好；又雇了民夫数名，偷偷将甲盾搬回家中。

亚夫之子生于豪门，飞扬跋扈惯了，驱使那班雇工忙碌整日，仍嫌人家迟缓，只顾詈骂。好不容易搬完，雇工欲讨工钱，那竖子再次鬼迷心窍，竟诬雇工误了时限，索性赖掉工钱不给。

雇工平白遭此虐待，自是愤怒，其中有晓事的，便鼓动诸人上书变告。为耸人听闻计，又在变告信中，诬告周亚夫也牵涉其事。

景帝心中正忌周亚夫，看过变告信，勃然变色，遂将此案发下中尉府，令法吏对簿。

此等苟且事，系亚夫之子私下为之，只瞒了老父一人。而今事发，竟致老父措手不及。

周亚夫看罢变告信，也知是孽子惹祸，便将密信掷还，既不让座，亦无言语。

那法吏面露尴尬，只得与周亚夫立谈，岂料追问再三，周亚夫只是一言不发。法吏眼见对簿不成，只得悻悻告辞，自去复命。

待法吏走后，周亚夫立唤其子来问，方知事情始末，不由得连声责骂。

其子惶恐不知所措，只知伏地叩首，涕泣不止。

周亚夫也无心责罚，只叹息道："主上忌我，你便不买甲盾，为父也难逃灾厄。"

再说景帝那边，闻听周亚夫负气抗旨，忍不住便骂："事至此，吾亦不用对簿！"当即遣宦者传诏，命周亚夫至大理衙受讯。

诏令送至周邸中，阖门老小都觉大祸临头。唯周亚夫早已料到，却也毫无惧意，换了朝服，即随来人出门，赴大理衙署候审。

步入衙署大堂，但见新任大理卿胡瑕，摆了一副阎罗似的面孔，端坐于堂上。周亚夫素厌此人阴鸷，相见之下，只略施揖礼，也无言语。

胡瑕曾与周亚夫相识，此时却似陌路人一般，劈头便责问："条侯，莫非你想谋反吗？"

周亚夫苦笑一下，一揖道："几年不见胡君，如何一出语，便想罗织？臣所买之物，乃是葬器，何谓谋反二字？"

胡瑕终是碍着旧谊，一时哑然。却有大理丞尹轨在旁，厉声喝道："条侯纵是不欲反于地上，便是欲反于地下！"

周亚夫不由怒道："我地下去反何人？"

"既有反心，即是在地下，也当治罪！"

"昏话！我若反于地下，大理衙诸君，难道要去地下捉我吗？"

那大理丞尹轨又喝道："条侯，你受人变告，便是戴罪之身，莫要侥幸。私买五百副甲盾，便是要募五百名徒众。所欲何为，几时起事？若能坦然相告，圣上必也可宽恕。反之，便是自寻死路。"

周亚夫看他小人嘴脸，愈发激愤："往日讨吴楚，休说是五百徒众，便是五十万众，也曾在我麾下。我那时不反，如何今日无权，却要反了？"

尹轨便阴笑道："正是你罢归失权，方怀恨在心。私买甲盾，意欲谋反无疑。"

周亚夫戟指尹轨，慨然道："我也曾忝列朝官，知昨日廷尉、今日大理，凡讼事都要持平。圣上于治讼之道，连年都有诏令，一曰：不得以苛为察，以刻为明，令无罪者蒙冤；二曰：治狱者，务先宽。你这衙门，却违命而行，必欲置人于死地，莫非不是汉家所属吗？"

胡瑕终是听不下去，猛一拍惊堂木道："放肆！今日审案，不是你为丞相时，公堂之上，不得妄言。我敬你昔日有大功，不忍见功臣罹罪，劝你还是识时宜，如实吐露就好。圣上诏旨，颁行天下，乃是为开蒙百姓；审案决狱，却是由本衙来断。是非黑白，全不在别处，只在本衙腹内！"

周亚夫便直盯住胡瑕，一字一顿说道："胡君，你乃文士出身，而非莽夫，当知礼仪分寸，便忍心如此同僚相残吗？"

胡瑕冷笑道："我今为文法吏，而非往昔文士，唯知奉上命行事，哪还有本心！"

周亚夫神色一变，仰天叹道："当日率军卒苦战，以命相搏，便是为保你这班酷吏吗？"

尹轨登时暴怒，便欲上前，要褫去周亚夫衣冠。

胡瑕却一摆手止住，对周亚夫道："上命甚急，本官也无心与你斗口舌，只劝你早些供认，也好早些解脱。迟了一日，便罪加一等；如何是好，条侯自去思量。今日你可回邸，何时想好，再自行来出首，本衙可从宽决狱。本案既立，便不急在几日内，本衙亦有耐心，再候上三五日也不迟。"说罢，便命尹轨送周亚夫归家。

周亚夫回到家中，自知不可免，默思片刻，便唤来妻与子，逐一嘱托后事。

夫人及亚夫之子跪在座前，闻周亚夫嘱咐，皆哀泣不止。

周亚夫容色凛然，叱道："哭有何用？ 孟子曰：'天不言，以行与事示之。'想我年少时，闻父言及往事，只道那韩信、彭越受戮，必有其咎；今日方知，武人者，战则荣死，无战则辱死；若成名将，天也不容偷生。"

言毕，便挥袖令诸人退下，独坐书房，将一柄佩剑拂拭干净，挂于剑架。 又取了《太公兵法》来，焚香细读。 其间，时有颔首赞叹，似无事一般。

那一众家眷、仆人，则屏息不敢出声，阖府一片死寂。

果然，于此三日后，便有阍人仓皇奔进，禀报道："大理衙来了许多公差，声言要锁拿条侯！"

周亚夫置书于案，神色如常，吩咐道："将来人迎入，候于中庭。"

待阍人出去，周亚夫便起身，去剑架上取下剑来，以衣袖轻拂一遍，举剑就欲自刎。

岂料这几日里，周亚夫虽镇静如常，他夫人却盯得极紧。 此时窥见，慌忙疾步抢入，扯住周亚夫衣袖哀求道："夫君，上意未明，岂能就这般寻死？"

"夫人勿阻我！ 我不愿似晁错，就戮东市，徒惹人笑。"

"天下人皆有眼，万难蒙蔽。 你终无晁错之过，主上如何就能杀你？"

周亚夫悲愤道："古来名将，枉死何其多也！ 李牧何辜，蒙恬又何辜？ 天不容我，奈何，奈何！"

夫人便又跪泣道："今入狱，尚有生路。为子孙计，夫君只需忍得一时便罢。"

此时周亚夫想起，凯旋那日路遇老者，曾有过劝诫，便泫然泣下："他日未还乡，今日欲做老农，布衣终老，可得乎！"

正说到此，有大理衙左监，手持诏令，率一干差役闯入，不由分说，将周亚夫死死挟住。亚夫只是不服，连连詈骂挣扎。

那左监专掌捕人，此等情景见得甚多，便大声喝道："圣上有诏，收捕罪臣，条侯不可造次！"

周亚夫回首怒视道："你又是何人？便是那胡瑕来，又岂能令我折节受辱！"

那左监便伏地，恭恭敬敬一拜："条侯息怒。大理卿嘱下官来此，恭请条侯至衙署，不得锁拿，不得惊动邻里。下官为洛阳人，与剧孟为友，素敬条侯，不敢有半分凌辱之意，只望条侯赏个脸。"

此时，阖府俱被惊动，家眷、仆人在堂前跪了一地，哭声大作。

周亚夫望望，叹了一声："罢罢！我随你走便是。令你那左右，离我三尺。"

那左监连忙起身，以目示意，众差役便松了手，都退后一步。

周亚夫遂正了正衣冠，向夫人一揖，又对其子道："竖子！侯门纨绔，百无一用。今后庇荫既失，你且好自为之。"便头也不回，向大门外走去。

众差役不敢怠慢，只紧紧簇拥在后，将周亚夫押上槛车。

入得大理衙署，见胡瑕正立于堂前，拱手迎候，周亚夫便冷笑道："足下今日，可用大刑了！"

胡瑕也不理会，只一揖道："条侯多虑了。在下奉诏问案，只望足下自陈不法事，岂能有刑讯追比？大理诏狱中，本官已安排好，寝食无忧，绝无凌虐之虞，还望条侯自重。"

言毕，便唤来狱令周千秋，吩咐道："条侯在此，各人都须敬重。"

周千秋便上前，向周亚夫一揖，恭谨道："下官周千秋，少壮之时，曾与令尊有一面之缘。今见条侯，只觉幸甚，请随下官往这边来！"

周亚夫也不理胡瑕，昂然转身，随周千秋步入诏狱。入得狱室看看，倒也干净，便在竹床边坐下，昂首不语。

周千秋锁好栅门，唤来四个狱吏，密嘱道："条侯乃钦犯，至关紧要。你四人分班，昼夜伺候，不得合眼。若一旦有不测，连累你等家小，都将族诛！"

安排妥帖后，周千秋又蹀至狱室外，隔栏对周亚夫道："老吏年迈，不能陪条侯在此了。若有所需，尽管吩咐下人。而今敝处陈设，远好过三十年前。入得此处，只不能急。"言毕，见周亚夫仍不语，便又揖礼再三，方才离去。

次日，周千秋复来巡视，问狱卒，狱卒报称："条侯终日不语，食水不进。"

周千秋眉头一蹙，蹀至栅门前，施礼道："人活百年，勿与自家为难。条侯乃累世功臣，上下皆敬畏。今略有蹭蹬，只熬过数日，或就将云开日出。老夫于少壮时，不明此理，以为权贵落难，便是一跌到底。哪知半生所见，从此门而出的，起复腾云，不知有多少！条侯可不必自苦。"

周亚夫箕踞于竹床上，目不斜视，待周千秋说完，忽就转头一瞥，喝道："庸碌小吏，啰唣些甚么？"

周千秋脸便一白，忍了忍，一揖退下，回首吩咐狱卒道："条侯食与不食，只管按时摆上。"

自此，周千秋便不再来看。众狱卒不敢怠慢，每日两餐，必将热食奉上，许久才敢撤下。如此三日过去，周亚夫力衰不能坐起，只卧于床上，声息全无。

狱卒心慌，在门外劝说，亦全无回应，只得禀报周千秋。周千秋拿捏不定，忙去禀报胡瑕。胡瑕听了，头也不抬道："只需看牢，勿使自戕便好。"余下便再无多话。

如此挨到第五日，晨起不久，周亚夫忽发一阵呛咳。众狱卒闻声来看，见床头一片殷红，急忙开门进去。原是周亚夫五日不食，体弱至极，激愤之下呕血数升。狱卒慌了，连忙七手八脚扶起，再去探鼻息，人竟是已猝亡了。

胡瑕闻周千秋禀报，也急忙赶来察看，见室内并无自戕器物，面色便一缓，吩咐周千秋道："备一口薄棺，去唤家眷来，看过即入殓，任由其家眷抬走。"

稍后，胡瑕将周亚夫病殁事写好奏本，入朝呈上。景帝看过，仰靠案几半晌，方吩咐胡瑕道："去知会丞相：条侯坐罪入狱，病殁，国立除。其余眷属，一概不问。"

可怜一代名将周亚夫，为前朝顾命之臣，知兵善战，素有威名，弹指间平定吴楚之乱，有功于天下。只因守节不阿，触怒龙鳞，竟于狱中绝食而死，正应了早年许负看相时所言。世人多为之惜，后至唐宋时，君臣朝野皆景仰之，将其列入"名将庙"，方得长享祭奠。

十

大儒独斗
野彘威

周亚夫殁于狱中时，长安正值秋雨霏霏，满城都似含愁衔恨。

闻听功臣蒙冤而死，百官皆感震恐，私下里都议论道：故丞相下狱而死，汉兴以来，从无前例。只不知来日公卿祸福，又将何如？众臣心中不服，只缄口不敢言而已。景帝也知众臣之心，遂下诏罢免了大理卿胡瑕，换上老臣庐福，以塞众口。

过了几日，见众议渐息，景帝精神便又一振，趁热打铁将刘舍也免去，以御史大夫卫绾接替，以图重开新局。

这位卫绾，是代郡大陵（今山西省文水县）人，善弄车技，文帝当初为代王时，即为随驾郎官。后文帝即位，将卫绾也带来长安，不久即升至中郎将。

卫绾性敦厚，不多言，尤擅驾驭之术。属下郎官若有过错，常代人受过；与属下同立功，则归功于他人，故此，上下口碑皆好。

昔景帝为太子时，为讨父皇欢心，曾召宴文帝近臣，诸臣都欣然赴宴，唯卫绾不应召。文帝闻之，大赞卫绾居心不贰，益发器重。至临崩之前，特嘱景帝道："卫绾，忠厚长者也，你当善待之。"

景帝即位后，仍恨卫绾当初不应召，遂有意冷落。卫绾却不在意，出入警跸，仍勤谨如故，如此一年有余。

一日，景帝赴上林苑游猎，召卫绾为骖乘，问他："朕与你同车，知是何故吗？"

"不知。臣自代地来，不过是个戏车之人，先帝时侥幸为中郎将，我亦不知何故。"

"好一个憨厚之人！那么，我为太子时，召宴父皇近臣，只你一个不应，这又是为何？"

"臣有死罪。彼时臣有病恙，故不得应召。"

景帝闻卫绾应对得体，才觉此人果然忠厚，不由大加赞赏。返宫后，即赐剑一柄与他。卫绾却婉拒道："臣不敢受，先帝已赐臣剑六把。"

景帝更觉好奇："剑如衣履，常与人易物，何独你留存至今？且返回家中，取来我看。"

卫绾遵命，返回邸中，取来六柄赐剑，果然各在鞘中，光亮如新，从不曾用过。

景帝大为称奇，从此便不疑卫绾，不久，即加为河间王太傅。稍后吴楚之乱起，又诏令卫绾为将军，率河间兵讨逆，颇有战功，遂又擢为中尉，掌京畿禁卫。

卫绾在河间时，河间王为栗姬次子刘德，故而卫绾与栗氏一门，过从甚密。前元七年春二月，栗太子刘荣被废，栗姬之兄栗卿拟问罪，景帝甚惜卫绾忠厚，不忍牵连，便赐假给卫绾，令他还乡暂避。

待四月事平，刘彻为太子，景帝复又召回卫绾，加为太子太傅，旋又升为御史大夫，跻身"三公"。

如今卫绾接了丞相，为人敦厚，从无杂念，景帝便觉放心。

想自己若是重病不起，卫绾即可为顾命之臣，辅佐少主。

如此人事上既有更新，景帝原想，天象当不致有变，从此可保太平。却不料转过年来，至后元二年（前142年）正月，长安又有地震，一日三动。塞外匈奴，亦时有窥伺之意。

景帝正在惶然间，当月，即有太原急报至，称匈奴万骑攻入雁门郡，太守冯敬率兵民迎敌，不幸殁于阵中！

冯敬乃四朝老将，素有威名，如今竟一朝身殉，朝野无不震惊。景帝亦觉惊恐，连忙下诏，发车骑材官（骑兵预备役）数万人，星夜赴塞下屯兵，以防不测。然军中终无大将，北地人心，便不免有所动摇。

每见骊山烽烟直上，景帝甚觉郁闷，再想起周亚夫来，更是百感交集。

正值万般无奈之际，景帝忽想起一个人来，即是赋闲已久的郅都。觉当今之时，北边危殆，唯有此人可用。于是暗遣使者，持节赴杨县（今山西省洪洞县）郅都家中，拜郅都为雁门（今山西省右玉县一带）太守。

太守一职，即是原来的郡守，年前已改称太守。原郡尉一职，亦改称都尉。

那朝使奉诏入杨县，见了郅都，一脸都是笑，传下了景帝口谕：令郅都便宜从事，无须入都觐见，可直赴雁门，也好瞒过太后耳目。

却说那郅都罢官在家，却也不觉沮丧，只想到太后寿数，终熬不过皇帝，耐得十年八年，便可起复。果然才过了七年，便又拜官，当下雄心大振，匆匆赴雁门去了。

此时，雁门关已被匈奴攻破，胡骑四处窜扰，势不可当。然匈奴各部，都畏惧郅都威名，闻郅都来守雁门，立时引兵遁去，不敢靠近。

有那匈奴右贤王，见部众皆惧怕郅都，心中不忿，命人刻了一尊木偶，貌似郅都，令部众驰驱射之。

那匈奴部众，素有擅射之名，平日驰马放箭，无不中的。孰料此时见了郅都木雕，竟都心慌手颤，无一人能射中。右贤王见此，也只能徒唤奈何。

事至此，北边情势稍有转机。景帝稍感释然，遂又下诏，加郅都为将军，令其率边兵击匈奴。郅都到底是老辣，整军不过月余，即率部击塞外匈奴，大有斩获，匈奴气焰为之稍挫。景帝闻报大喜，准天下百姓"大酺"五日，可开怀畅饮。

郅都北出塞外得胜，匈奴上下，无不惶恐，视郅都为李牧、蒙恬再生，一心欲除之。彼时汉降臣中行说，仍在匈奴为官，便向军臣单于献了一道离间计。单于听了，拍案叫绝，当即依计而行，遣使入长安，四处游说公卿，谎称郅都轻开边衅，无故虐待匈奴，有背合约。

那匈奴使者巧舌如簧，直把一番子虚乌有，说成了真事。都中诸公卿听了，都觉惊恐，只怕郅都惹出无穷边患来。时不久，流言传入宫中，景帝听到，知是匈奴心虚，仅一笑而已，并不理会。

岂料众口铄金，不到半月，窦太后也闻知传言，不禁大怒："好个郅都！昨日闹得长安不宁，今又去搅扰外番，只恨我汉家有了几日清净！"

当日，窦太后便召景帝来问。景帝至长乐宫，闻听又是郅都事，险些气结，忍了又忍，方敛息回道："太后所闻，皆是流言，系匈奴使者用的离间计，并无凭据。 儿臣这里，自有边郡呈报，皆言郅都在雁门，并无不法事。"

窦太后连听也不听，只怒道："郅都若是良善之辈，如何得了个'苍鹰'诨号？ 哀家看得清——他在何处，何处便不得安宁！年前在济南郡，杀人无算；冤主入都告状，成千累万，状子都送到了我案头。 人命在他手上，便不是人命，过堂不过三五语，夹棍一上，逼出口供来，便问成死罪。 人即是禽兽，也不该如此断头！ 你若用他，还不如废了汉律，他教何人死，何人便死，岂不痛快也哉？"

景帝见太后动怒，只得扑通一声跪下，惴惴回道："太后息怒，儿臣不该令郅都起复，今免他太守便是。"

窦太后却不肯罢休："又说这话！ 哀家是老了，然尚有一口气；若此气不出，便将这太后之位也让了吧！ 我只知那郅都，自济南至长安，无一处不悖法。 草菅人命，枉法行讼，已是人神共愤。 我也不要你罢他官，只要你斩他首！ 若留得此人在，我儿孙十数人，还不知有几个要命丧他手！"

景帝见太后逼迫不放，心中凄然，恳求道："郅都，忠臣也，流言如何能轻信？ 请阿娘宽大为怀，饶他一命。"

窦太后便将头一仰，落下了两行热泪来："那临江王，便不是忠臣吗？"

景帝登时语塞，稽首触地良久，方才抬头道："儿臣……愿遵命。"

离长乐宫快快返归，景帝呆坐半晌，将案头石砚摩挲良久，终叹了一声，遣人去召新任大理卿庐福。

庐福乃是两朝老臣，闻召急忙来见。 景帝不敢直视庐福，只低头道："太后甚厌郅都，今有懿旨下：立斩之。着大理衙遣得力属吏，携密诏赴雁门，将郅都斩首。"

庐福闻命大惊："陛下，无故斩二千石，这如何使得？"

景帝无奈道："临江王畏罪自裁，郅都反遭物议，有口难辩，此事转圜不得了。你是老臣，当如何处置，尽可从权。可遣人赴雁门，会同都尉擒住郅都，下手痛快便是。"

庐福满心惊异，见景帝正抬头注目，只得勉强受命，悲声道："老臣随文帝入都，两朝为官，从未做过违心事。此等差事，愿今生只得这一回。"

景帝听得心如刀绞，含泪叹道："朕也是万般无奈。想那郅都，廉正从公，不顾妻子，朝中有几人能及？"

君臣两人，相对无言良久，庐福才叩首道："事既无转圜，臣下当为陛下分忧，这便去物色能吏出使。"言毕便起身，疾步退下了。

返归大理衙署，庐福不由犯了难，想那郅都为人严酷，中外皆畏惧，大理衙吏员上百，有何人敢去斩他之首。

正踌躇间，忽见狱令周千秋在衙中忙碌，便想到此人乃老吏，久经历练，可任此险差。于是便唤周千秋到近前，将密诏之事告知。

周千秋听罢，脸色就一白："大理卿之意，是要遣下官去斩郅都？"

"正是。"

"下官……万、万不敢从命。那郅都是何人？都中小儿闻其名，皆不敢啼哭。若去雁门斩他，何人能有此胆量？下官年迈，几近残年，望大理卿开恩，另选少年不怕事的去。"

"足下谋事老练，本官早已知。此差乃奉密诏，非同寻常，署中上下百人，非你莫属。"

周千秋竟急得跪下，连连叩首道："还望上官哀悯！朝中大臣，人人畏惧'苍鹰'，我如何就敢去？"

庐福微露笑意道："天日之下，有何事能难倒老吏？你附耳过来，我自有妙计授之。"

周千秋凑近前去，听罢庐福密嘱，脸色红白不定，犹豫片刻，方顿足道："也罢也罢！大理卿既看重下官，下官来日亦无多，舍命一搏就是。"

旬日之后，周千秋乘驿车，驰入雁门郡城善无县（今山西省右玉县南），谎称捕人，先去府衙见了都尉赵瞿，以天子密诏示之。

赵瞿阅罢密诏，脸色登时惨白，两手颤抖，竟将密诏缣帛遗落地上。

周千秋忙拾起来藏好，拈须笑道："主上既有诏，都尉还敢推辞吗？离都之前，大理卿传诏于下官，务请都尉相助。至于如何斩郅都，我自有妙计，请附耳过来。"

听罢周千秋一番密语，赵瞿亦是惊疑。

周千秋容不得他犹豫，一拍案道："事若迟疑，你我定死于非命！老夫死不足惜，足下年壮，怎可不惜命？请依计而行，免得懊悔。"

赵瞿见无退路，只得拱手道："下臣愿从命。"

稍后，赵瞿便引了周千秋，至太守厢房，报称："大理衙主吏周千秋，前来追捕逃人。"

郅都正埋头看公文，闻听禀报，略一抬头道："唔，如何狱令也来捕人了？"

周千秋连忙趋前，伏地拜道："近日大理诏狱中，有人越狱。下官周千秋，奉命来贵郡缉捕，还请关照。"

郅都瞥了一眼周千秋，转头对赵瞿道："周狱令掌廷狱三十年，名满京都，都尉不可怠慢，凡事听狱令吩咐。"

赵瞿便顺势道："下官也正是此意。今日夕食，拟在舍中设宴，为周狱令接风，还请太守赏光。"

郅都放下简牍，望了望周千秋，沉吟片刻，微微颔首道："也罢，本官自会去。"

周千秋心中窃喜，连声称谢，又恭维了郅都几句，便与赵瞿一同退下。

那郅都所居官舍，与赵瞿之舍仅一墙之隔，皆在府衙后院。至薄暮时分，郅都果然如约而来，见过周、赵两人，也不多寒暄，依旧面如严霜。

三人在后园凉亭落座，周千秋便伸手入怀，拿出一壶酒来，满面堆笑道："郅公来雁门，塞外胡骑闻风而逃，此事在都中，已传为美谈。敝衙上下僚属，无不敬服。下官能与郅公同席，乃生平大幸，特携来家藏美酒一壶，献与郅公，聊作敬意。"

那郅都双目如隼，扫了一眼酒壶，忽就变色道："狱令来此，可是奉太后密谕？"

周千秋不禁浑身一激，连忙辩解道："哪里……"

郅都不待他说完，便一指酒壶道："莫非，是要来鸩杀郅某吗？"

赵瞿闻郅都出此言，不禁瞠目，慌忙望着周千秋，身上不住打战。

但见那周千秋，面不改色，只微笑道："久闻郅公威严，今日方得见。周某一小吏也，哪里能攀得上太后？此酒，乃出自滇国，为前朝大夫邓通相赠，下官舍不得饮。今夕幸会，愿与郏公同醉。"便拿过酒杯来，先为自己斟满一杯，一饮而尽。而后，又为郏都斟满一杯，双手奉上。

此时，赵瞿家中妻妾、婢女，往来如梭，为宾客端上许多美馔。

郏都见周千秋先饮了酒，这才释疑，略微一笑，望着赵瞿道："我只道赵都尉是武夫，只爱骑射，未料你家中有这么多美眷！来，既是周狱令好意，你我二人，便不要辜负。你家中还有多少好酒，尽都搬来。"

赵瞿这才缓过神来，连忙笑道："下官家中，还有一邯郸歌姬，可为二公助兴。"当即唤出一个美姬来，在旁婉转歌吟，席间顿时平添几许喜气。

杯觥交错间，周千秋只不住恭维郏都，又多有请教之意。如此酒过数巡，郏都虽警觉，到底还是禁不住恭维，酒兴便渐浓，不疑有他，指着周千秋笑道："我也知，公卿都惧周狱令，然今日我见狱令，却也不似恶煞。"

赵瞿见机，又教妻子取来窖藏美酒，连连劝饮，直灌得郏都酩酊大醉，伏案不起。

见郏都已醉，周千秋便使个眼色。赵瞿会意，即挥退女眷，猛然将一个酒杯掷于地。

闻此砰然一声，忽就有数名壮士，自亭下暗处跃出，疾奔上来，将郏都死死按住。

来人正是都尉属下兵卫，已藏匿多时，闻声出来，未等郏都清醒，便拿绳索将他五花大绑。

郅都为绳索所缚，才略有知觉，喃喃道："都尉……如何绑我？"

周千秋不容他喘息，即从袖中取出密诏来，宣读一遍，厉声对众卒道："罪臣郅都，有诏当问斩。推出去，斩了！"

郅都受此一激，忽就清醒过来，暴怒道："天子发诏令，如何能斩太守？"

周千秋便轻蔑一笑："既有诏令，莫说一个太守，连丞相也斩得！郅公，今日老吏要教你知：生杀予夺，非你一人可专！"

郅都怒啐一口，大骂道："鸡狗小吏，恶名满长安，恨不能当日便寻个由头，活剐了你这滥人！"

周千秋戟指郅都，恶狠狠回骂道："酷吏！满朝公卿，只恨不能剥你皮，你又如何成了好人？那临江王，与你无冤无仇，如何便要逼人死？你在长安，非杀即剐，好不威风！可知天下人成千累万，总有一个，是你惹不起的！"

郅都到此时，已全然清醒，不由仰天叹道："太后要教我死，我固无可逃；只恨精明一世，竟死在了恶吏手中！"

周千秋冷笑一声道："死到临头，还只知一个酷字，也活该如此。都尉，押他出去！"

赵瞿当即吩咐道："今奉诏令，尔等行刑，手脚须痛快！"

众兵卒一声应诺，便将郅都拖至门外。至红缨刀起时，郅都犹自大骂不止，声震官舍。

待行刑毕，周千秋命人取来首级，装入函匣，才觉浑身已为汗湿透，手脚皆软。当夜住在馆驿，片刻也不敢合眼。次日晨起，便匆忙辞别赵瞿，携了首级，返归长安了。

可怜那郅都，执法如山，中外俱服，却是一席酒宴未了，竟断送了性命。也怪他平素操之过急，素少悲悯，不免有伤天害理之处，而不得善终。其人之沉浮，足可为后世酷吏之鉴。

再说景帝那边，半月里只觉坐卧不宁。批阅奏章时，也时常停笔，凝望窗外，偶发数声叹息。有时郁闷至极，正欲召周文仁来聊，方才猛醒：斯人已远放边地矣！

待庐福入奏，禀明郅都已斩，景帝竟恍惚多时，未有答复。

庐福窥一眼景帝脸色，小心问道："陛下，郅都已死，将如何善后？"

景帝叹息道："郅都之死，实为太子而死，到底是难得的忠臣。将他首级尸身，送归故里，命县衙好好葬了。那郅都家小，也须嘱县吏善待。"

"善后之事，臣定当办妥。以往郅都在长安，豪强不敢猖獗；今郅都死，豪门皆欢喜称快，城中或许又要乱一时。"

"休想！死一个郅都，那豪门便可张狂吗？"

庐福仍觉忧虑，直言奏道："自郅都免官，中尉职虚悬已久，长安城内宗室，屡屡犯法，有司不能禁。京畿要地，如此乱下去，如何得了？只可惜天下再无郅都。"

"如何没有？有。今济南都尉宁成，便可任中尉，其治之严，不逊于郅都。"

说到这位宁成，原是景帝身边郎官，后外放为小吏，其为人刁滑，气又盛，每至一处，必欺凌长吏、苛责下属。年前迁往济南为都尉，恰与郅都在一处。

此前几任都尉，凡入府见郅都，皆步行至府门，由门吏引进，一如县令见太守，诚惶诚恐。唯宁成在任上，有事径直入府，见郅都也不执礼，自顾坐于上座。郅都久闻宁成之名，见他狂傲，心下反倒喜之，竟与之结好，有如兄弟。

景帝对宁成素来器重，中尉职既空缺，想想也再无他人可用。于是，郅都死后不过几日，宁成便奉调入都，接任中尉。此人上任后，即效法郅都，执法甚苛，唯廉正不如郅都。

长安宗室豪门见此，都暗暗叫苦，私下抱怨道："今上既在，郅都便不死！"

怨言传遍长安，新任丞相卫绾闻知，颇觉不安，连忙入朝禀报景帝。

景帝却一笑："豪门忧心，朕便安心。自古以来，天子或就是这般做下来的。古籍上的事，爱卿可曾读过？若读过，便不必慌了。"

卫绾踌躇片刻，忽一横心，伏地叩首道："臣有心事，已郁结多年，今日提起，愿剖白于陛下。"

景帝略显惊异："哦？君为先帝旧臣，与朕也相熟多年，有何建言，今日但言无妨。"

"汉家自吕太后以来，尚无为，用法吏，固是四海晏然，衣食渐丰；然七国乱起，恐是缘于'无为'亦有其弊。"

"爱卿此言，朕此前不曾闻。只知秦施苛政，遂失天下；汉则尚无为，方有民务稼穑、食货丰足之安。卿何以言'无为'亦有弊？"

"汉家今日，固无四海皆刑徒之苦，百姓得以谋生计；然民不知礼，世不尊儒，浑浑噩噩一如秦时，方有当今豪强滋生，为非作歹，非用郅都之流而不可抑。前朝贾谊曾有言：礼禁将然之前，而法禁已然之后。臣以为，此恰是当今要害。礼不兴，则小民不知敬畏，贵戚不知律己，纵有一二酷吏，可令天下处处无贼吗？"

景帝闻此言，容色微变，瞥一眼卫绾道："此话，你如何不早说？我用你，是为督责众臣；想那众臣怠惰，又怎比礼崩乐坏更险？尊儒崇礼，亦是我所愿也；然世事汹汹，如今天下，还有几个大儒？"

卫绾答道："年来大事多，陛下无暇过问诸生之事。今四方儒生，各有所专，门徒亦盛。言《诗》，在鲁有申培公，在齐有辕固生；言《尚书》，在济南有伏生；言《春秋》，在齐鲁有胡毋生，在赵有董仲舒……"

景帝便又惊又喜："惭愧了，我只知济南郡有伏生，此前晁错搜求《尚书》，曾前去拜师。不想数年间，儒学竟如此之盛！惜乎太后不喜儒，否则，朕将统统召来，为我顾问。"

卫绾便道："齐人辕固，才学渊深，臣下曾拜他为师。近日，他正在臣家中做客。"

"这个辕固，其人何如？"

"其人廉直清正，子弟繁衍，遍及天下，陛下不妨召见。"

景帝却沉吟不语，半晌才道："召辕固生来，不免要惹太后疑心。"

卫绾便献计道："臣还识得一位黄生，精通黄老。陛下不妨召二人来，于宣室殿上论辩。若辕固胜，名声必扬于外，陛下便可趁势兴儒。"

景帝当即大喜："此计甚好，你便可去安排。"

隔不多日，卫绾邀得辕固生、黄生两人入宫，当景帝之面，纵论两人之所学。

当日，宣室殿上帘幕低垂，帘上绣有羲和、羲常双神图。四面殿脚，皆放置博山香炉，幽幽生香。乐工一班人，则于帘后操琴，如潺潺流水。

景帝东向而坐，辕固生、黄生与诸臣分列左右。众公卿落座后，都觉此次论道非同寻常。此前，文帝也曾召见王禹汤等，却从无这般隆重，便都敛息不敢失礼。

景帝环视诸臣，微微一笑："诸君也不必拘谨。今日清闲，延请辕固生、黄生入朝，为我君臣讲学，论儒学、黄老两家之长，我等洗耳恭听就是。"

众人一齐望向二人，但见那辕固生，年纪四十许，俊雅飘逸；黄生则是白发皤然，为一厚重老者。

辕固生闻景帝之言，便向座中诸人拱手一拜："儒与黄老，皆号为圣贤之学，实则有雅俗高下之分。今日蒙圣恩，入朝论辩，还请长者在先。"

那黄生也不客气，只略一回礼，便从黄帝讲起，至老子、列子、庄子、鹖（hé）冠子等，一路讲下来，滔滔不绝。

诸臣听得入神，都拊掌赞叹。景帝便插言道："昔我为太子，师傅亦曾提及，那鹖冠子为楚人，居深山，以五色鹖羽为冠，故为名号。只不知，此人有何高明处？"

黄生答道："鹖冠子知兵法，通阴阳，尤擅天文，乃战国末奇人也。主张上下无为，方使人知止知足。若人人知足，少则同济，长则同友，死生同爱，祸灾同忧。所谓天下大同，庶几可至矣！"

景帝听到此，竟是难以自持，环视诸臣一眼，赞叹道："好个知止知足！若此，人皆为尧舜，相爱相济，岂非逾越上古三代了？"

辕固生微露冷笑，向黄生一拱手道："长者高德，晚辈敬之；

然长者之言，吾却不能信。那鹖冠子，初本黄老，后又杂以刑名，渐趋末流。所谓'使人知止''死生同爱'，悖于人伦常理甚远，万难实行；欲以此为大同，岂非痴人说梦乎？"

黄生便嗤笑道："小子无知，岂能妄论先贤？鹖冠子曰：'天地成于元气。'知止，便是守住元气，不事侵夺。万民虽愚，尚有圣人；有圣贤者启之，执大同之制，何愁无三代之盛？"

辕固生则仰头大笑道："先生之言，果然是梦呓！人之欲，果能禁绝乎？无非以诗书礼乐教化之，方能知规矩、循礼节。所谓圣人'执大同之制'，若有违人伦，空言大义，必如暴秦之虐政，白白害了千万人性命。故而黄老之说，实乃乡鄙之论也。如今妇孺童蒙，皆能言'无为'。然则，人有七情，可无为乎？民有大欲，愿无为乎？唯有己所不欲，勿施于人，方能推己及人，使君臣父子各安其位。"

"小子，可知儒者由来吗？儒者之流，原为殷商遗民，无以为生，为人执丧仪而已。故而儒学之论，无非琐细规矩，枝枝蔓蔓，无涉天地之元气。那孔子所言礼，孟子所言修身，无非是小吏眼光，鄙俗不可耐！"

"断无此理！我儒学先贤，孔子为鲁司空①、大司寇②，摄相国事；孟子游历齐、宋、滕、魏，为君王座上宾；荀子为齐学宫祭酒、楚兰陵令，都曾周游天下，倡言仁义，所遇国君无不折服。

---

① 司空，官职名，西周始置。掌水利、营建之事。

② 大司寇，官职名，西周始置。掌律法、刑狱之事。

敢问先生，此辈中，何人是小吏？ 倒是那老聃（dān）为周守藏史①，摆弄书籍；庄周为宋漆园吏②，无非啬夫者流，不是小吏又是何职？"

"黄老之学，大音希声，岂是尔等鄙儒所能领会的？ 那孔丘在鲁，不知礼乐之源，不明道德之要，尚须驱车千里，就教于老子。 其人侥幸，得为鲁国大司寇，方及三月，即举措失当，狼狈逃去，才是庸吏一个！ 鹖冠子曰：天地，自然之物也。 任其自然，则本性不乱；不任自然，则奔忙于仁义之间。 孔丘，腐儒也，他怎知天地本元？"

"非也。 孔子倡仁政，便不是天地本元吗？ 人有欲，故而克己；天下无道，故而复礼；'克己复礼为仁'，岂不正是大同之制？ 那黄老无根之说，上天入地，飘忽莫定，焉能信之？ 王者欲成大同之世，便不能无为，须从修身起，齐家治国，乃至平天下。 上古汤武受命③，便是复礼；若无汤武受命，顺天应人，勤于事功，又何来三代之盛？"

"笑话！ 汤武哪里是受命，分明是弑君！"

"不然。 桀纣昏乱，天下之心皆归汤武。 汤武顺天下之心，而诛桀纣，不得已自立为王，如何便不是受命？"

黄生便一抖白须，笑道："小子又不知了！ 冠冕虽旧，必加于首；鞋履虽新，必着于足。 为何？ 乃有上下之分也。 桀纣虽失

---

① 守藏史，官职名，西周始置。掌收藏国家图籍，为史官之一。

② 漆园吏，一般指庄子。一说漆园为古地名，庄子曾在此做官；另一说为庄子曾在蒙邑中为吏，主督漆事。

③ 汤武受命，指商汤、周武王起兵灭夏桀、商纣王。

道，然为君上也；汤武虽圣，乃臣下也。君主德行有失，臣不正言谏之，反因过而诛之，代立为天子，不是杀君又是何为？"

辕固生闻此言，目光炯炯，忽然变色道："以先生之言，莫不是高皇帝代秦，即天子之位，也是错了？"

此言一出，满座皆惊。公卿静听两人互相驳难，已然入神，此时更是面面相觑。

见两人激辩至此，景帝便觉不能安坐，连忙截住："食肉不食马肝，未为不知味也；言学者不言'汤武受命'，不为愚。二公论道，机锋百出，各有所秉，总以不伤和气为上。我君臣闻高论，算是开了眼界。更何况，今日论学，是为求经世之道。朝廷施政，何为得失，可否指点一二？"

黄生便正色道："鹖冠子言：'主知不明，以贵为道，以意为法。'最是要不得！百姓家困人怨，在上者却诿过于下，如此'过生于上，罪死于下'，便是诛尽罪臣，也无济于事。"

景帝脸便一红，连连拱手道："领教领教！"转头便又望向辕固生。

辕固生随即道："荀子言：'尧舜之与桀跖，其性一也；君子之与小人，其性一也。'唯有倡礼仪，制法度，方可使泥涂之人为尧舜。"

景帝心有所悟，不由就一喜："二公指教，真乃贵于千金。今日便到此吧，朕将各有赏赐，并拟召两位为博士，以备顾问，万望勿推辞。"

二人谢恩毕，便有谒者上来，分头安排不提。

消息传开，朝中轰动，百官争欲一睹二人风采。未几，窦太后在长乐宫，也闻听辕固生大名，知他不以黄老之说为尊，便有意召见，欲当面问个究竟。

辕固生应召来至长信殿，拜过窦太后，便遵命坐于太后座前，屏息听命。

窦太后缓缓道："哀家目盲，看不清你相貌了。听你声音，中气十足，显是饱学之士。"

辕固生便客气道："太后谬奖了！小臣蒙陛下看重，忝列博士，当知无不言，指陈时弊。"

"好！有此心便好。天子身边，总不能尽是逢迎之徒。哀家早年时，便喜好《老子》，可否指教，此书最关要处，是哪一节？"

"此书，市井之言也，不读也罢。"

窦太后不意辕固生有此言，不禁大怒："老子之书，不比孔子那筑城吏夫之书强吗？"言毕，便唤了宦者令来，命将辕固生带去后园，推入猛兽圈，徒手与野猪斗。

殿中众宦者闻令，立即上前，将辕固生死死捉住。

辕固生挣扎呼道："小臣拗直，不该忤太后之意；然入猛兽圈，当有兵器。"

窦太后便轻蔑一笑："你辈孔门之徒，不是说那孔子'瞻之在前，忽焉在后'吗，请他来助你便是。哀家也要去猛兽圈，看他如何在你前后！"

那宦者令将辕固生拖出，心知事已闹大，连忙嘱人奔至未央宫，急报于景帝。

景帝闻之，大惊失色，也顾不得更衣了，急忙乘软辇，赶到长乐宫后园。

好在窦太后更衣费了些时，待景帝到时，众甲士正将辕固生举起，投入野猪圈中。

彼时汉宫内，与猛兽格斗蔚然成风。当年李广，便是力能格虎，方获文帝赏识的。此次窦太后发怒，到底是未将事情做绝，仅令辕固生与野猪格斗。

只见一众涓人、甲士，都围在栅栏外，喧嚷不已，要看野猪如何咬死辕固生。

窦太后则端坐于伞盖下，神态悠然；眼目虽看不大清，闻声也是面露喜色。

那辕固生被投入圈中，甫一落地，未及站稳，便有一只凶猛野猪逼近，虎视眈眈。

人兽之间，两相对峙。栅栏外诸人也都收了声，只注目观望。

景帝不由得惶急，连忙推开众人，靠近围栏。见情势紧急，又不便违逆太后之意，急得满头是汗。

那辕固生身临险境，脸色虽白，倒也未惊惶，只逼住野猪怒视。

景帝心中叹道："书生虽迂腐，终究是直言无罪，何至于此！"当即四下里望望，忽见身边甲士佩有短剑，便伸手拔出，掷入圈中。

辕固生乃儒生，平日娴习"六艺"，除礼乐书数之外，亦精通射御，身手十分敏捷。见有短兵器落下，倏忽便拾起，大喝一声，刺向野猪。

这一剑，正中其心，野猪应声而倒，四脚抽搐，不多时便死了。

围观众人便一阵喝彩。有那掌兽圈的水衡都尉，连忙上前开了锁钥，放辕固生出来。

窦太后见此，默然无语，便也无意再加罪辕固生，摆摆手，算是就此放过。

景帝在旁舒了口气，迎上前去，对辕固生道："先生好身手！速去歇息，余事暂不用问。"

风波过后，景帝只觉哭笑不得。恰逢后宫夫人王息姁病殁，其三子刘乘，此时已成年，立为清河王；景帝便拜辕固生为王太傅，远赴清河（今河北省清河县东南），先避开太后再说。

临别，景帝执辕固生之手，满心不忍，叹息道："朕久有尊儒之意，惜乎时运不济，只得委屈先生了。"

后清河王在位十二年病殁，无子除国，辕固生也随之罢归。至汉武帝时，征召贤良，辕固生竟以九十高龄应征，也算是一段传奇，此为后话了。

至景帝后元二年入秋，卫绾为相已一年，诸事料理皆妥。再看天下，边患虽有缓解，天公偏又不作美，春有饥荒，秋又大旱，各地年成均告歉收，五谷不登。

卫绾见仓廪渐少，百姓乏食，心中便着急。想到民间如若粮尽，野有饿殍，将无颜以对天下后世，便急忙入朝，将心中所忧，禀报景帝。

景帝亦不敢怠慢，数日后，即有诏令颁行天下，不受诸侯进献，减宫中宴享，省民间徭赋，以安民心，并昭告各郡国，力促百姓务农桑、广蓄积，以备灾害。

此外，又痛斥各地县丞之辈私心滥权，鱼肉百姓。其诏曰："今岁或不登，民食颇寡，其咎安在？或诈伪为吏，吏以货赂为市，渔夺百姓，侵谋万民。 县丞，为各县长吏也，或有奸猾之徒，与盗同盗，目无法纪。 自今之后，令二千石各修其职，严明吏治。 有敷衍官职、空耗财赋者，由丞相查明，请其罪，布告天下。务使臣民明朕之意。”

诏下数日后，景帝便召卫绾来问：“诏令颁至四方，有何议论?”

卫绾面露喜色道：“民皆欢踊，以为圣意明察，从此猾吏不得为非矣。”

景帝顿觉欣慰，随后又问道：“你曾外放河间，知地方民情。何以近年猾吏蜂起，贪贿公行，莫非朕驭下乏术，太过仁慈乎?”

“非也！ 陛下登位以来，驭下甚严，权臣亦多有得咎。 长安豪门，如今已蹑足而行，不敢放肆。”

“何以豪门知收敛，小吏反倒猖獗?”

“只因礼崩乐坏，已成大势，人心贪之不足。 以往执宰，只知减赋富民；另有儒生崇礼，又只知倡学救世。 殊不知：人不患其不知，而患其为诈也；不患其不富，而患其贪得无厌也。”

景帝愕然，口大张而不能闭，遂拍案道：“君之所言，朕从未曾听闻，果真就是如此！”

卫绾又道：“世有廉士，清心寡欲，若为吏，当知恤民之苦。然今之选吏，无资财十万钱以上者，不得为宦。 那廉士寡欲，从何处可得这十万钱? 故廉士久不得志，而贪夫则常得利。”

景帝拍掌赞道：“君曾为太子师，果然通达！ 选吏之弊，朕已明白了。 高帝以来数朝，抑豪强，削诸侯，不遗余力；然于郡县众吏，则稍嫌宽仁。 日久，彼辈便成蠹虫，反噬其主。”便命卫绾拟诏，令民间凡有资财四万者，即可为宦，不使廉士报效无门。

如此，景帝才稍觉宽心。时过不久，逢秋冬之交，忽又有衡山国及河东、云中两郡，骤发瘟疫，百姓病死者无数。长安官民闻讯，也大为恐慌，家家煮醋酢袪毒，一日三惊。

景帝看过各地呈报，也是无计可施，急得不思饮食。呆坐了半晌，忽问身边宦者道："周文仁在零陵，每月必有来信，本月怎不见寄至？"

那宦者吞吞吐吐，不敢明言。

景帝便怒道："你便如实说！"

宦者伏地战栗道："上月末，零陵郡有急报，称周文仁已病殁。然……近臣无人敢呈报主上。"

"啊！"景帝浑身一颤，登时忧愤满怀，凄声呼道，"周文仁君，你如何就走了！"忽就觉胸闷气塞，力不能支。勉强撑了半日，仍觉头晕，只得卧床不起。

太子刘彻闻讯，大惊失色，忙奔至宣室殿，端水煎药，百计伺候，昼夜不离父皇病榻。

秋风苦雨间，熬了两月过去，堪堪已至后元三年（前141年）。元旦，因天子有恙免了朝贺，倒也觉清净。景帝此时，稍觉复苏，便嘱刘彻扶自己起来，凭窗远眺。

见长安千门万户炊烟袅袅，景帝不禁就有泪流，对刘彻喃喃道："我之为政，戾气太重。文武重臣，皆死于非命；心腹如周文仁，亦夭寿而亡。为父今生虽为天子，却怵惕不能安枕，实不如长安一富户耳。"

太子刘彻年已十六，生性果毅，颇为懂事，当下安慰道："父皇莫忧心，近来朝政，应对皆属得当。郡国有灾，赈济皆已发下，百姓自知感恩。"

"我连月有恙，长安可还安稳吗？"

"回父皇，中尉巡察甚严，丞相亦亲赴市井察问，凡偶语父皇病况者，无论官民，一概捕拿。故此数月间，城内安堵如常。"

景帝便一惊，稍后才缓缓道："如此……也好，也好！"

此后，景帝每日晨都勉力起身，踱至窗前，贪看户外景致。痴望中，想起周文仁来，不禁又暗自流泪。

如此一连五日，竟都见到雾中一轮冬阳，赤如炭火，红光遍洒市廛中。景帝便觉惊异，急召太常许昌来，问道："日连赤五日，太史官是如何说？"

许昌答道："太史仅说起，前元三年，天北有赤云如席，而后有七国之乱……"

景帝脸色一变，急急问道："近来日赤呢？"

许昌答道："太史不能解。"

景帝便叹口气，想了想，即吩咐道："你这便传诏南皮侯窦彭祖，令他去召王禹汤来。旁人不能解，王生定然能解。"

此时，窦彭祖已免官归第，接到诏令，不敢怠慢，当即驾车赶往交道亭。至王宅门前下车，却见门扉紧锁，铁锁上已锈迹斑斑，心中便觉奇怪，反身去找里正探问。

里正也不知其详，随窦彭祖来至王宅，见果然如此，便道："王生居此，已有三十余年，往来皆贵人，从无邻里入其门。小人只知他独居，衣食自足。近来事杂，倒将他疏忽了。"随后低头想想，才又道："自当今太子立，就再也未见他出入。"

窦彭祖踌躇片刻，便命里正取来斧子，砸开门锁入内。门内景象一如往日，小院幽寂，茅舍依旧，似无甚异常；走近前去，才看到屋门为虚掩。窦彭祖壮了壮胆，推门进去，但见尘埃满屋，蛛网零落，竟是多年无人居此的模样！

窦彭祖大感骇异，满屋里仔细看，忽见正堂木案上，有人用手指在浮尘上写了字。细加辨认，原是"扶苏、蒙恬"四字。

窦彭祖大惊，与里正面面相觑。少顷，窦彭祖才厉声问道："里正，那王生是从何处而来？寻常竟是何等样人？"

里正闻此问，慌得跪下，连连叩首道："王生来此时，小人尚是幼童。数十年间，只见他独来独往，灶火自理，不见有何异谋。"

窦彭祖呆怔半晌，叹了口气，挥手命里正退下，自己又徜徉多时，方出门登车返回。

再说寝殿病榻上，景帝见窦彭祖只一人返回，神色有异，便问道："王生如何了？"

窦彭祖一阵战栗，急急将所见如实禀报。

景帝亦是吃惊，口中喃喃道："王禹汤，果然异人也！那'扶苏、蒙恬'四字，究是何意？"

"回陛下，微臣也不知。"

"扶苏、蒙恬，皆为赵高所害……"景帝仰头想想，脸色忽就一白，挣扎道，"朕明白了！刘荣死，周亚夫亦死，然我绝非秦二世！"说罢，竟一阵痰迷，晕死了过去。

窦彭祖与众人一阵慌乱，忙唤太医进来，热敷灌药；又分头去唤了太子、王皇后前来。

众人围着景帝，七手八脚侍弄一番。稍后，景帝好歹缓了过来，见太子刘彻在床边，便一把扯住，急唤道："去，召丞相卫绾来。"

时不久，卫绾应召奔入，景帝拉住他衣袖道："赤日当头五日，实不知是吉是凶。黄石公曰：'孤莫孤于自恃。'朕之过，就在于太过自恃。今周亚夫已病卒，想那勋臣之后国除，实是不妥。可封亚夫之弟周坚为侯，以承周勃之祀。"

此时忽闻门外有女子哭声，景帝便望着王皇后。王皇后连忙回道："是后宫贾夫人、程姬、唐姬等，皆在门外。"

景帝便一摇头："命尔等速退下，先帝尚未召我，哭的甚么？"遂又望着窦彭祖，嘱咐道："太后那里，万不能惊动。"

如此忙乱半日，景帝面色渐缓，众人这才松口气。王皇后与刘彻便不敢大意，自此轮流守候，昼夜不离。

又过了半月，景帝稍觉振作，便命王皇后、刘彻不必守护，任由自己调养。岂料才过一月余，至十二月末，忽有黑云压长安，冬日里雷声大作。众涓人皆感惊惶，从窗户望出去，见日光竟成了紫色。

景帝闻之，命宦者扶自己起来，也往窗口去看。仰望了片刻，眼中忽精光一闪，急命人召刘彻前来。

刘彻闻召，以为父皇病重，急忙气喘吁吁奔来。见景帝倚于床上，并无异常，这才将悬心放下。

景帝微露笑意，招手道："彻儿过来。"

刘彻便跪下，膝行至床前听命。

景帝道："你母生你时，曾梦红日入怀。近来长安频出红日，今日更由红而紫，当是应验在你身上。"

刘彻惊疑道："儿仅是懵懂少年，何以当之？"

"人间事，不可以常理推之。为父近日病重，料想来日已无多。想我登位以来，迄今已十六年，为政百端，无一事难得住我；唯于身后事，则感无能为力。这几日想得多，觉臣民颂声灌耳，不若后事托付得人。今红日既出，世事更替，你便要担起这社稷了。"

"父皇此言……儿臣今日不想听。"

景帝便容色凛然道："事已临头，我父子如何不能实言？红日照长安，赤光漫道，固是瑞吉之象，然为父也疑是血光之兆，不可不提防。你日后登位，万不可开杀戒。"

刘彻心头也一凛，战战兢兢答道："儿遵命。"

景帝又道："为父病重，羸弱异常，恐等不及你二十再加冠了。下月中，你即可赴高帝庙，权行加冠礼。我不能亲临，则由丞相代之。"

刘彻闻言，顿时泪流如注，只得叩首应之。

至正月十七日，诸公卿、宗室奉上命，簇拥刘彻至高帝庙，行礼如仪，备极隆重。

当日返回，刘彻疾步入寝殿，见景帝倒卧床上，竟是气若游丝，不禁就大哭。

景帝闻声睁开眼，勉强一笑："彻儿勇武，何以缠绵似小家妇？"

刘彻哽咽问道："阿翁还有何嘱？"

"我为政，似过严苛，彻儿不得似我，待臣民须仁厚。年来我废磔刑①，允死罪以腐刑②代之，又屡赦天下，皆是为平民怨，然亦无济于事。"

---

① 磔刑，古时酷刑，将肢体分裂。

② 腐刑，亦称宫刑、蚕室，古时酷刑，即"男子割势，女人幽闭，次死之刑"。

"父皇，你已尽心了。"

景帝声音渐小，似耳语道："乃祖与我，勤勉两代；只可惜，留予你无穷憾事……"说到此，声渐不闻，竟已陷入了昏迷中。

寝殿寂寂，可闻窗外有寒鸦悲鸣，数声又止。刘彻大恸，伏在床边急呼，然景帝却犹如已入梦，此后再也未出一语。

如此十日后，即正月二十七日，天将薄暮，万家炊烟未散时，汉景帝崩于宣室殿，享年四十八岁。

他前后在位十六年。临终之际，犹自颤颤伸出手，紧握刘彻之手不放，似有千言万语要说……